転生したら最愛の家族にもう一度出会えました

前世のチートで美味しいごはんをつくります

2

あやさくら

Illustration CONACO

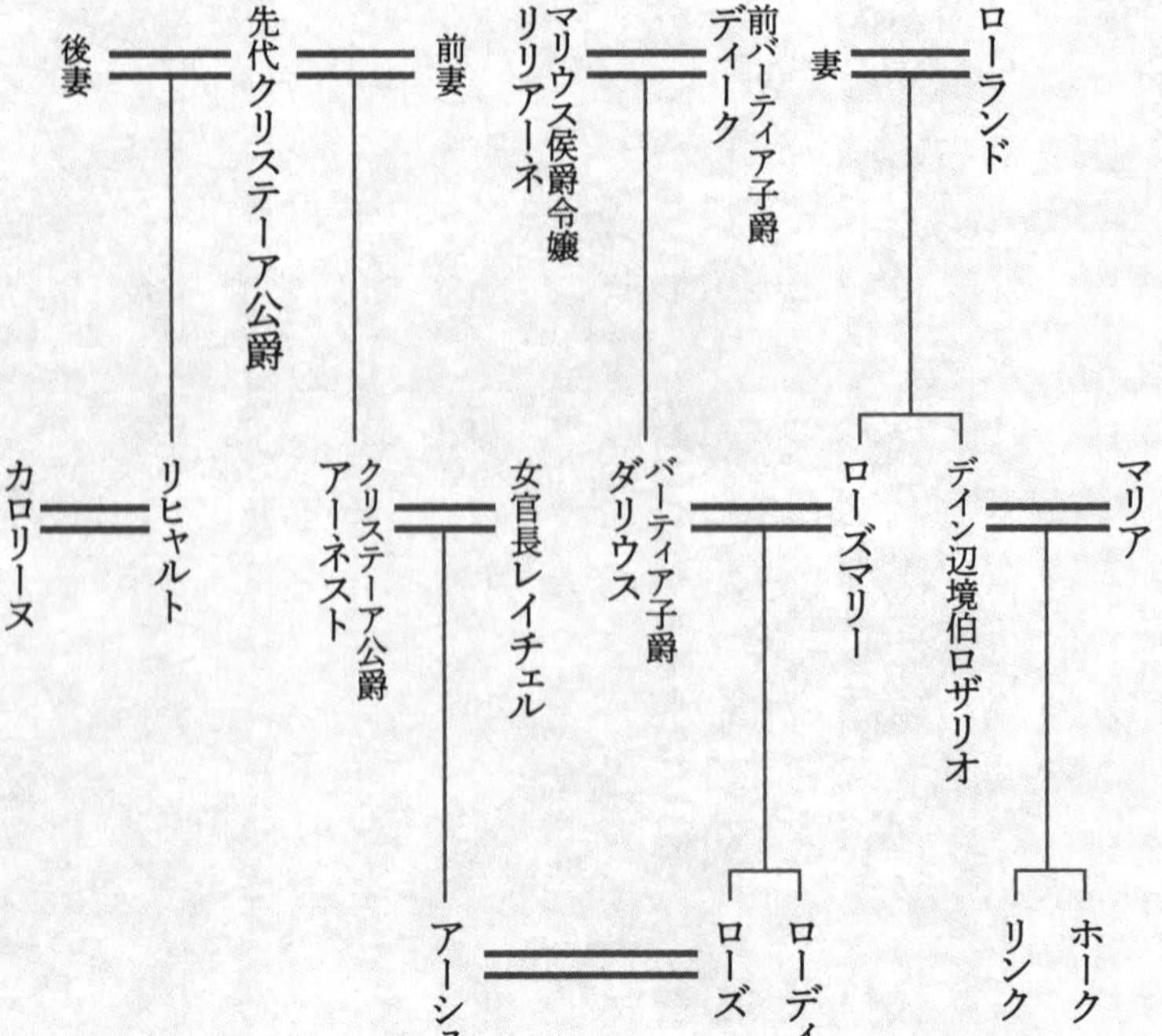
ローランド
妻
前バーティア子爵ディーク
マリウス侯爵令嬢リリアーネ
前妻
先代クリステーア公爵
後妻
マリア
ディン辺境伯ロザリオ
ローズマリー
バーティア子爵ダリウス
女官長レイチェル
クリステーア公爵アーネスト
リヒャルト
カロリーヌ
ホーク
リンク
ローディン
ローズ
アーシュ
アーシェラ

4つの公爵家

クリステーア公爵家	クリスティア公爵家	クリスウィン公爵家	クリスフィア公爵家
ローズの嫁ぎ先。後継者のアーシュは行方不明。		現王妃の実家。親族にカレン神官長もいる。	当主は公爵家の中で最も若く、元は魔法学院の教師。

アースクリス国周辺地図

STORY

前世農家の娘だったアーシェラは、
赤ん坊の頃に攫われて今は拾ってくれた家族の深い愛情のもと、すくすくと成長中。

まだ小さいけれど、前世の日本の味が恋しくて試しに料理をしてみたら、これが家族に大好評！

あれよあれよという間に製品化し、世に広まっていくことに。

そんな幸せな生活の一方で、アーシェラたちの住むアースクリス国は
他三国から仕掛けられた戦争を終結すべく、抗戦の準備を進めていた。

額を集めて今後の作戦を練る王族や四公爵たち。

彼らは暗雲立ち込める局面の中、アーシェラの持つ不思議な力に希望を見出していた。

実はクリステーア公爵嫡男とローズの実子でありながら、
それを王族や公爵家以外には秘密にされたまま育てられているアーシェラ。

彼女が今後、この世界で果たしていく使命とは——？

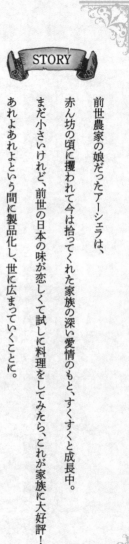

アーシェラ
(3)

バーティア子爵家の拾い子。農家の娘だった前世の知識を生かし、今世で色んな『美味しい』を提供中。

ローズ
(21)

アーシェラを拾ったバーティア子爵家の娘。クリステーア公爵家で産んだ子供は死産と思われていたが……？

リンク
(21)

デイン辺境伯の次男で、ローズとローディンの従兄弟。ローディンと共にバーティア商会を経営し、アーシェラを育てる。

ローディン
(19)

バーティア子爵家の嫡子で、ローズの弟。ローズとアーシェラを養うため、自領でバーティア商会を立ち上げる。

1　叔父様が子爵になった！

王宮から王都にあるデイン辺境伯家に戻った夕食の席でのこと。

デイン辺境伯の長男、つまりリンクさんのお兄さんであるホークさんは多忙のため、王宮を出た後、船で辺境のデイン領に戻ったらしい。

そのホークさんがローディン叔父様に、とっておきのワインをプレゼントとして置いていったので、みんなでワインを開けて乾杯をした。私はワインに似た、ぶどうジュースだ。

「ローディン・バーティア子爵の誕生に！　乾杯!!」

とっても嬉しそうに、前デイン辺境伯であり、ローズ母様とローディン叔父様の母方の祖父でもあるローランドおじい様が声を上げた。

「「「おめでとう！　ローディン！」」」

私以外はみんな知っていたらしい。

口々に「良かったな」と言っているが、私は知らなかったので、乾杯とお祝いの言葉を聞いてびっくりした。

「ししゃくさま？　おじしゃま、ししゃくさまになったの？」

「ああ。そうだよ。父上から子爵位を受け継いだんだ」

「今日からローディンはバーティア子爵だ」

　前バーティア子爵……いや今は前々子爵であるディークひいお祖父様が微笑んで言った。どこかホッとしているように見える。

「これでもう、ダリウスも勝手に借金はできまい。各所に手を回しておいたから、ひとまずは安心だな」

　と言ったのは、ロザリオ・デイン現辺境伯。

　これまでローズ母様とローディン叔父様の父親――前子爵様《ダリウス》は何度も甘い話に引っ掛かって失敗し、金融機関も貸し渋っていたため、無条件に融資してくれる高利貸しに手を出していたとのことだ。

　けれど、バーティア子爵という身分がなくなってしまえば、もうそういった高利貸しからも融資は受けられないという。

「アーシュ殿に立て替えてもらっていた高利貸しの借金は、先月利子をつけてクリステーア公爵へすべて返済しました」

　ローディン叔父様のその言葉に、ローズ母様が明らかにほっとした顔をした。

「良かったな、ローズ。気にしていたんだろう?」

　ロザリオ・デイン辺境伯がローズ母様に労りの声をかけた。

「ローズとの結婚の条件に、アーシュ殿に自分の借金の肩代わりをさせたダリウスには、とことん呆れてしまったが、これで少し肩の荷が下りたんじゃないか？」

「はい、伯父様。ずっと心配をかけてごめんなさい。——ありがとう、ローディン、お祖父様」

なんと。前バーティア子爵様は働かないとは聞いていたけど、娘の旦那さんであるアーシュさんに借金の肩代わりまでさせていたのか。とんでもない人だ。

でも、借金を肩代わりしてでも、ローズ母様と結婚したかったんだ。アーシュさんは。

「ローズは悪くないのだから、謝らなくていい」

「そうよ、ローズ」

デイン辺境伯夫妻が優しく微笑んだ。

高利貸しにはデイン辺境伯家から『〝現〟バーティア子爵本人でなければ金銭貸すべからず』と早々に手を回したらしい。

なので〝前〟バーティア子爵ダリウスは門前払いするよう確約もとっているとのこと。デイン辺境伯様は、どうやら高利貸しの弱みを握っているらしい。

ローディン叔父様は父親の借金を返済するために頑張って働いてきたから、高利貸しには絶対に手を出すことはないと思うけど。

「ダリウスには母親の屋敷を与えることにする」

ダリウス前子爵の父親であるディークひいお祖父様の言葉に、ローランドおじい様が頷いた。

「ああ、マリウス侯爵家がディークに贈った、あの屋敷か」

「リリアーネ——ダリウスの母親が子供の頃、父親である侯爵から貰っていた屋敷だ。リリアーネの兄の前マリウス侯爵が、リリアーネとその両親である先々代侯爵夫妻が亡くなった後に権利を私に贈与してきた。リリアーネのものだからと」

マリウス侯爵家って、そんなに家をたくさん持っているのか。

それをぽんとあげるとは。なんだかスケールが違う。

ダリウス・バーティア前子爵の母親は、マリウス侯爵家の令嬢だった。

領地に豊富な鉱脈を有するがゆえに、莫大な富を持っていた当時のマリウス侯爵家夫妻は、全く働かずとも贅沢三昧できた。それはマリウス侯爵令嬢であったリリアーネ様も同様だ。

そんなマリウス家出身の母親と祖父母に、さんざん甘やかされて育ってきたダリウス前子爵は、幼少期のうちに自分が何もしなくても金は湧いてくると心に刻み込んでしまった。

人に騙されて借金を重ねても、全く当事者意識がないばかりか、いつか誰かが返してくれると思っていたようである。

その借金は、ディークひいお祖父様やローディン叔父様が何年もかけて返済していたというのに、全く罪悪感はないらしい。本当にどうしようもないお人だ。

「ダリウスに知られれば、すぐに食い潰すだろうと伏せてきたが、あいつにやろう。母親のものだしな」

大きくはないが、贅沢な造りの屋敷らしい。

ディークひいお祖父様が前マリウス侯爵から屋敷を贈与された頃は、ちょうどダリウス前子爵が借金を重ね続けていた時期と重なっていた。

けれど屋敷のことを息子に教えればさらに気が大きくなり、愚行を増長させるだけと思って、なかったことにしていたそうだ。

ディークひいお祖父様の言葉に、ローランドおじい様が「そうだな」と返す。

「侯爵家の屋敷だ。調度品をいくつか売るだけで、贅沢に暮らせるだろうな」

「屋敷はマリウス侯爵領にあるからな。別荘を手に入れたと喜ぶだろう」

その屋敷は、とても綺麗な湖のほとりにあるのだそうだ。

「あいつにはきっぱりと表舞台から退いてもらわねばならんからな。相応のえさを撒いておかないと。――ただ……ローディンに子爵位を譲る最後の最後まであいつ《ダリウス》がまともに働かなかったのは、私の大きな失敗だな――……」

忙しさのあまり、全くと言っていいほど一人息子であるダリウスの子育てに関わらなかったことが、ひいお祖父様にとっては拭い切れない後悔のようだ。

前子爵ダリウスの性質は、母親と母方の祖父母にとことんまで甘やかされて育ったのが大きな原因だ。

――でも。

「あれは生まれ持った怠け気質だ。気にするな、ディーク」

ローランドおじい様がきっぱりと言った。

私も、その通りだと思う。

彼《ダリウス》が何度失敗しても、働きもせずに楽な方へと流されていったのは、生まれついての性質だろう。

――前世の私の親戚にも似たような人がいたのだ。さほど裕福ではないのにろくに働かず、その一生を終えるまで妻に食べさせてもらっていた人が。

同じ環境で育った他の兄弟がちゃんと働いているのを見ていたので、『育った環境』ではなく、その人の『生まれ持った性質』だと思う。

「お前の父親が昔騙されて借金を抱えたのは、もう仕方がないことだ。お前は休まず働いてその借金をすべて返し終えた。そのせいでダリウスをきちんと育てられなかったと悔やむのは仕方ないことだがな……。――その代わり、お前は立派にローズとローディンを育て上げた。そして、ダリウスは反面教師としてローズとローディンの役に立った。――もう、それでいいのだよ」

ローランドおじい様はそう言って、ディークひいお祖父様の肩に手を置いた。

「――ああ。そう、だな……」

ディークひいお祖父様は、目を伏せて小さく頷いた。

――父親の失策も、息子のダリウスのことも。

今となってはもうどうしようもないことだ。

――時は、戻せないものなのだから。

まだまだ悔やむ気持ちはあるのだろうけれど、ディークひいお祖父様は、ローズ母様とローディン叔父様をしっかりと育て上げ、ローディン叔父様に子爵位を継がせることができたのだ。

――後顧の憂いを断つことができた。それだけで充分だろう。

「――そうだな。もういいな」

ローディン叔父様にバーティア子爵家を託せたことで、心の中でやっと折り合いをつけることができたのだろう。

ひいお祖父様のスッキリとした表情を見て、微笑んだローランドおじい様が続けた言葉は——またまたダリウスの愚かさを露呈するものだった。

「それから、ダリウスだが。結果的にあいつは子爵だった時に作った借金の返済をせずに、ローディンに押し付けたことになる。今日子爵位を手放して、一番先にそれに気づいたらしい。『やった！』って顔をしていたぞ」

本当に残念なお人である。みんな「本当に困った奴だ」と呆れ顔だ。

「ああ、それ。金融機関の役員やってるマーシャルブラン侯爵が、ローディンに寄っていったのを見てたんだな」

リンクさんが気づいたように言うと、ローディン叔父様が、

「いや、別に借金の取り立てじゃなかったけどな」

と言った。

曰《いわ》く、その侯爵様は王宮で行われた試食会の米をいたく気に入ったらしい。いち早く農業指導の日程を決めたいがために足早に近寄ってきたそうだ。

「ああ、そういえば、国から明示された米の種もみ分の買い上げ金額が、驚くほど高値だったから、親父の借金はこれで全部なくなったよ。——本当に助かった」

ローディン叔父様が安堵のため息をついた。

え？　そんなに高く買ってくれたの？

「しゅごい！」

「ああ。アーシェのおかげだよ」

そう言って、ローディン叔父様が私の頭を優しく撫でてくれた。

試食会の際、ローディン叔父様と一緒に提示額の書面を確認したディークひいお祖父様が頷いたのを見て、みんなが喜びの声を上げた。

「そうか！　本当に良かったな。ローディン」

「完済するまで、まだ数年かかると思っていたが。頑張ったなローディン」

前デイン辺境伯と現デイン辺境伯が労いの声をかけた。

「ありがとうございます。お祖父様、伯父上、伯母上。ずっと支えてくれて。……本当に感謝しています」

ローディン叔父様の真摯な感謝の言葉に、ローランドおじい様もロザリオ・デイン辺境伯も、そして奥様であるマリアおば様も、嬉しそうに笑った。

「お前もローズも、私たちの子供と同じだ。頼ってくれて嬉しいのだぞ」

「そうよ、ローディン。私は、あなたたちのもう一人の母親だと思っているのよ」

本当の父親であるダリウスは全く父親らしくなかったため、父親に甘えることのできなかったローズ母様とローディン叔父様は、ディークひいお祖父様と母親であるローズマリー様に育てられた。

そしてデイン辺境伯夫妻たちも自分たちの本当の子供のように愛情を与え、導いてくれた。

元々ダリウスが子供の教育に関与するのは阻止しようと考えていたそうだが、そんな心配は無用だったようだ。そもそも仕事にも子育てにも全く関心がなかったということを聞いて、また呆れてしまった。

「良かったわね。ローディン」

ローズ母様もとても嬉しそうだ。

ローディン叔父様も、「ありがとう」と返していた。

――そして。

和やかに食事が終わると、ローディン叔父様が「報告があります」と前置きをした。

私と母様以外はすでに知っているとのことで、ローディン叔父様がローズ母様を真っ直ぐに見た。

「姉さん。今日王宮に呼ばれた理由だけど。――僕……いや、私は今冬から半年間、ウルド国への出征を命じられた」

その言葉に私も母様も、ぴくんと身体がはねた。

「俺はその次の半年のジェンド国だな。そう言い渡された」

リンクさんが続けて言った。

「おじしゃまがうるど。りんくおじしゃまがじぇんど……」

「そうなの……分かったわ……」

覚悟してきたこととはいえ、母様も私もそれ以上の言葉が出なかった。

ひいお祖父様、デイン辺境伯親子はローディン叔父様とリンクさんの言葉を静かに受け止めている。

マリアおば様は、少し瞳を潤ませていた。

「大丈夫だよ。アーシェと約束したからね。絶対無事に戻ってくるって」

しんとなってしまった空気を散らすように、ローディン叔父様が明るく言った。

「そうそう。ちゃっちゃと終わらせて帰ってくるから」

にっこりと笑って、リンクさんも言う。

気落ちしてしまったローズ母様と私を励ますように明るく。

「その前にいろいろやらなきゃいけないことがたくさんあるな～!」

忙しくなるぞ!　とリンクさんが明るく言うと、ローディン叔父様が同意した。

「そうだな。親父が逃げてくれて良かったよ」

「?」

逃げる?　前子爵様が?　なんのこと?

ローズ母様と一緒にローディン叔父様の言葉に首を傾げると、

「米の普及のために『働く』よう陛下に命令されたら、逃げたのだよ」

と、ディークひいお祖父様が簡潔に言った。

デイン親子は「全くだな」と呆れた顔でローディン叔父様に同意している。

陛下の命令から逃げた?

――それって、貴族として失格では？　いや人間としても残念すぎるよね。

◇◇◇

改めて今日の試食会場でのことを、ローランドお祖父様たちから教えてもらった。

米を最初にこの国に持ち込んだのはダリウス・バーティア前子爵。

試食会では、米に兵糧になるほどの有用性があることを知らされた参加者から口々に褒められ、彼はほくほくしていた。まるで自分の手柄のように振る舞い、鼻高々だったそうだ。

……米をこの国に持ち込んでくれたのはとってもありがたいけど、作付けして一生懸命世話をしてきたのはバーティアの領民。

そして、率先して動いてきたのはローディン叔父様とリンクさんだ。

――前子爵様は指一本動かしていないのに。

叔父様たちの手柄を取られるって、気分のいいものではない。

当の彼は、国王陛下にお褒めの言葉をいただき、褒美も貰って一層満足げだったそうだ。

その際に、陛下から『バーティア子爵』に米の普及の陣頭指揮を執れと命じられたのだ。

彼は、当然のようにローディン叔父様に押し付けようとしたが、試食会前に発表された、ウルド国侵攻の人員の中に息子の名前があったことを思い出し、焦った。

ローディン叔父様が戦争に行くことが決まっている以上、押し付けることはできない。よって自ら米の普及のために動かなければならない。

他の誰かにこの仕事を押し付けようにも、今まで領地経営に一つも携わってこなかった彼は、誰に頼めばいいか皆目見当がつかなかったのだ。

思い余って、母方の従兄弟であるマリウス侯爵に縋りつくように話しかけたという。

その内容に、マリウス侯爵は心底呆れた表情でダリウスを見ていたそうだ。

マリウス侯爵には私も一度会ったことがある。

以前からバーティア商会の魔法道具部門をよく使ってくれているお得意様で、金色の髪を撫でつけ、ターコイズブルーの瞳をした、誠実そうな印象のおじ様だった。

マリウス侯爵とダリウス前子爵は同年代で、魔法学院でも同級生だったそうだ。だから、彼が根っからの怠け者であることを知っている。

マリウス侯爵にとって、魔法学院の教師であったディーク・バーティア前々子爵は叔母の配偶者ではあるが、親戚として会ったことは少ない。だが、魔法学院での二年間で尊敬できる先生であることを知っている。

――しかし、従兄弟のダリウスのことは、心底嫌いだった。

魔法学院にいた時は『遊んでばかりいないで勉強しろ』、成人してからは『貴族なら、身分に見合った義務を果たせ』と、何度窘《たしな》めたか知れない。

が、四十歳を過ぎた今もダリウスは怠け者のまま。

全く働かずに借金を重ねていることも、その借金をまだ年若い従甥《いとこおい》が返済していることも知っているのだ。

そのためマリウス侯爵は、泣きついてきたダリウスをターコイズブルーの瞳を細めて睨みつけた。

「お前が米の普及の陣頭指揮だと？　お前が人に教えるなどできるはずがない。もともと何もやってこなかったくせに。今回だってここまでやれたのは、全部ローディンの手柄だろうに」

知るか、勝手にしろ、と突き放したという。

それでも、「お前の言う通り、私にはできないんだ！　何とかしてくれ！」とまたも縋りついてきた従兄弟《ダリウス》を冷ややかに見てマリウス侯爵が放った言葉は――

「お前がこの件から逃れられる方法は一つだけだ。今回陛下は『バーティア子爵』に米の普及を命じられた。なら、ローディンを『バーティア子爵』にすればいい。――これから戦地に行く息子に、これ以上の重責を与えるような恥知らずなことができるというならな」

その言葉を聞いた次の瞬間、ダリウス・バーティア前子爵は、はじかれるように陛下のもとへと足早に行き、

「戦争で負った足の傷の後遺症で、とてもこれ以上子爵の務めを果たせそうにありません！」

とのたまったのだとか。

会場中に響き渡った声に、その場にいた貴族たちがざわついた。「いやお前、今陛下のもとに行くまでスタスタ歩いていただろう」「褒美を賜った時はスキップしていなかったか？」と。

だがダリウス前子爵は、

「子爵位はこの場で嫡男であるローディンに譲ります。米普及の大役は子爵としてローディンが果

たします！」

と宣言した。

つまり子爵位を手放すことで、陛下の下命をローディン叔父様に丸投げしたのだ。

その言葉を聞いた会場の貴族たちの間では、「は？　お前、これから戦地に行く息子にこの仕事も押し付けるつもりか？」「……そもそもこの米は息子のローディンが頑張った成果だというのに、自分の手柄にしていたな」「呆れ果てた奴だ」という言葉が飛び交ったという。

ダリウス・バーティア前子爵は、米普及の大役から逃れるために、『恥知らず』という二つ名を自ら被ったらしい。

——どこまで残念なんだろうか。


「ローズマリーかロザリオに言ってもらおうと思っていた言葉を、マリウス侯爵が言ってくれて良かったな」

「確かにな。マリウス侯爵のおかげで、今日のうちに陛下と重臣たちの目の前で子爵位を譲らせることができた。上々だな」

ローランドおじい様とディークひいお祖父様が頷き合う。

最初から、この試食会を機にローディン叔父様へ子爵位を譲らせ、ダリウス前子爵を隠居させるつもりだったらしい。

米が間違いなく軍用の食料に採用されると踏んだひいお祖父様は、今回の陛下の下命を予測していた。また、戦況をふまえるとローディン叔父様が次の侵攻で徴兵されるだろうことも予測がついていたそうだ。

それでも、ダリウス・バーティア子爵が地位にしがみつくと思われたため、時間をかけてローズマリー夫人かデイン辺境伯であるロザリオおじ様に説得してもらおうと考えていたそうだが、マリウス侯爵のキツイ助言のおかげで即断即決してくれた。グッジョブ、マリウス侯爵様。

「――米の普及については、私のいない間はリンクが、リンクがいない間は私が各地に行って指揮を執ることにします」

「ローディンやリンクがいない間は、私も商会の仕事を手伝おう」

ひいお祖父様が「任せなさい」とローディン叔父様とリンクさんに言った。

「人手が足りない時は、デイン領からも応援を出す。遠慮なく言うのだぞ」

「ありがとうございます。お祖父様。ローランドお祖父様」

「あ～。じゃあ、一番南のデイン領から水田作りを始めるから、三十人ほど集めてほしい」

「三十人？」

バーティア領で水田を整備した時より多いよね。でもその人数にはちゃんとした意味があった。

「水田作りは体力仕事でもあるが、それ以上にいろんなノウハウを覚えてもらう必要がある。俺が行ってデイン領で教えたら、また次の領に出向き、教えなければならない。俺だってこの身一つしかないし、全部を回すには無理がある。だから、デイン領で指導できる人間を作りたいんだ。水田のやり方を覚えてもらったら、他の領でのサポートをしてもらいたい」

トーイさんやそのお祖父さんといった、バーティア領の農民の皆さんにも水田作りのサポートをお願いする予定だが、何か所も同時進行して水田を一から作るには人手がまだまだ足りないのだ。

「今日申し出があった領は、金融機関の長のマーシャルブラン侯爵と、クリスウィン公爵、そして従伯父《いとこおじ》のマリウス侯爵です」

「そして、デイン辺境伯領か。一年で開拓するのはこれくらいが限界か」

これから先の申し入れは、その次の年からの着手ということにしているそうだ。

「マリウス侯爵は、大変だろうから自分の領は後回しでもいいと言ってくださいましたが、父に子爵位を譲らせる決断をさせてくださった感謝の意も込めて、稲作のサポートをしたいと思います」

「マリウス侯爵は、自分が後押ししたとは知らないがな」

逆にマリウス侯爵は「余計なことを言った」とローディン叔父様に謝罪してきたらしい。

これまでの話を聞いていて、マリウス侯爵はいい人なのだろうなと思う。

「まずは現地調査が必要ですね。どこの領にも水源はありますが、水温を調整する溜池も必要でしょう。それが用意できる土地はどこか、そこからです」

そう言うと、ローディン叔父様はひいお祖父様やデイン家の皆さんに頭を下げた。

「私は二か月後にはウルド国に行きます。すべてが中途の状態で行くことになりますので、後をリンクに託します。どうかサポートをお願いします」

「分かった。任せなさい」

デイン辺境伯が力強く頷いた。

「それじゃあ、近いうちにデイン領に帰るわ。水田の候補地見たいしな」

「ああ。そうだな」

リンクさんとローディン叔父様が行くなら、もちろん。

「あーちぇもいく!!」

「もちろんだ。アーシェもいこうな」

デイン辺境伯は海に面した領地。

こっちの世界での初めての海。

「うみ！　うみみたい！」

「そうだな。ずっと海が見たいって言ってたな」

「ようし！　アーシェラ！　おじい様が海だけじゃなく、いろんなところに連れていってやろう！」

ローランドおじい様が満面の笑みを浮かべてそう言った。

「あい!!」

水田を通して、いろんなところに行くのだ！

いろんなところで、いっぱいいいろんなことをして、ローディン叔父様とリンクさんを待とう。

二人が帰ってきた時、笑顔でいっぱいおみやげ話ができるように。

2　カレンさんとほしがき

王都からバーティア領に帰ってきて数週間が経った頃、王都からのお客様が商会を訪ねて来た。

朝食が終わって母様と後片付けをしていた時に、セルトさんの案内で二階にある住居部分にやってきて「おはようございます！　アーシェラちゃん！」と元気に挨拶してくれたのは——

「んーと。かれんしゃん？」

神官の白いローブではなく、落ち着いた青色のワンピースだったので一瞬分からなかった。

カレン神官長は緩やかなウェーブのかかった長い金髪に青い瞳をした、とっても綺麗な人だ。

三十代半ばを過ぎたということだが、まだ二十歳を過ぎたばかりの年頃に見える。

王妃様と一緒で、魔力の強い女性は成長が遅い、というのを体現している。

私も将来、こんな風に成長が遅いんだろうな～と思いつつご挨拶。

「おはようごじゃいましゅ。かれんしゃん」

「今日はバーティア領に菊の花の株を持ってきましたわ！」

菊の花は別の神官と護衛が馬車で護っているらしい。

「ああ。教会に植えるやつか」

ローディン叔父様が一階の仕事部屋からやってきた。

先日私が食用だと見抜いた菊の花は、王都の教会から各地の教会に移植されることになっている。その作業は、神殿側の準備が出来たら順々に回っていくという流れになるらしい。

おおまかな日程は決まっていたものの、数日のずれは対応してほしいと通達されていた。まさに、今日は予定の日より三日ほど早い。

「はい！　今各地に神官たちが株分けの菊の花を手分けして持って行っているんです。今日は私が」

「うちは小さい領地なので、教会は全部で三か所ですね」

「他の領では根付いたんですか？」

ローズ母様がお茶を用意しながら聞いた。

「ええ。ですが、さすがに全部の教会で根付くとは限らないみたいで。でも今のところは各領地、複数ある教会のうちの一か所くらいは根付いているみたいですわ」

良かった。一か所でも多く根付けばそれだけ飢える人が少なくなるはずだ。

「教会への菊の花の植え付けの際は、バーティア子爵様に立ち会いをお願いします」

カレン神官長がバーティア子爵邸に行かず、商会の方の家に来たのは、ローディン叔父様に子爵として立ち会いをお願いするためだった。

「もちろんです」

頷くローディン叔父様。それならもちろん。

「あーちぇもいく！」

「ああ。一緒に行こうな」


商会の外に出ると、朝の冷たい空気が肌を刺す。

「しゃむい」

「秋も深まったな」

来月、ローディン叔父様はウルド国に行く。

だから出来る限り叔父様にくっついていたい。

ローディン叔父様は、厚手の上着を私に羽織らせると、ひょいと当たり前のように私を抱っこして歩く。

今日リンクさんは手の離せない仕事があるため、商会でお留守番だ。

小さい領地とはいえ、歩いて回れるわけではない。

今日はお昼近くから予定があったので、馬車を走らせて最短の時間で菊の花を植えていった。

子爵邸のふもとの教会に一株。

街の中の教会に一株。

最後に、耕作地と領民の家の間にある教会に一株。

「司祭たちに根付いたか、後日報告してもらいますわね」

カレン神官長は王妃様の遠縁らしく、とても明るい方だ。

王宮で初めて会った時、私はお昼寝からの寝起きだった。

どうやらレイチェルお祖母様の部屋で眠っていた時に何人かが出入りしていたらしい。だがぐっすり眠っていたので、寝顔だけ見て帰った人がほとんどだったそうだ。なんだか申し訳ない。

ちゃんと挨拶できたのは、カレン神官長様とクリステーア公爵であるアーネストお祖父様だけだった。

目が覚めたら、アーネストお祖父様が顔を覗き込んでいたからびっくりした。

アーネストお祖父様は、弟嫁であるカロリーヌ（すでに呼び捨て）と同じ濃い緑色の瞳をしていた。

カロリーヌの印象が最悪だったせいで、一瞬その瞳にびくりと警戒したけど、アーネストお祖父様はとっても優しい瞳で微笑んでいたので、ぜんぜん嫌悪感が湧かなかった。

「はじめまちて。あーちぇらでしゅ」

と挨拶したら、頬ずりされてぎゅうぎゅう抱きしめられた。レイチェルお祖母様と同じだ。

お祖父様と呼んでほしいと言われたので、

「おじいしゃま」

と呼んだら顔をくしゃくしゃにして泣かれたのはなぜだろう？

「ありがとう」

と何度もレイチェルお祖母様とアーネストお祖父様に言われたのも、なぜなのか分からない。

でも『いつでも遊びにおいで』と言ってもらえたのはとても嬉しかった。

◇◇◇

耕作地と領民の家々の間にある教会に、三か所目、本日最後の菊の花を無事に植え終わった。

今日急いで教会を回ったのは、ここの教会でイベントがあったからだ。

「あ！　おじしゃま！　かき！　かきいっぱい!!」

教会の敷地の中に何本もある木には、柿がたわわに実ってとっても美味しそうに熟している。

「柿って美味しいですわよね！　強いお酒で渋を抜いて食べると美味しくって！」

旬が楽しみなんです！　とカレン神官長がはしゃいで言う。

「え。あれ？　何でこんなに人が？」

カレン神官長が驚くのも無理はない。

領民たちが、ぞくぞくと教会の敷地に集まってきているのだ。老いも若きも、四十人くらいはいるだろうか。

そして、バーティア商会からもスタンさんをはじめ、何人かが大きな荷物やハシゴを持って教会の敷地に入ってきた。

今日ここに領民たちがぞくぞくと集まって来ているのは、柿の収穫のためだ。

手伝ってくれた領民には、かご一つ分の柿をあげることにしている。

柿の木にハシゴをかけ、周囲にシートを敷き、大きな袋やカゴを用意していく。

「ええと。柿の収穫は分かりましたけど、人数多いですよね。女性がとっても多いですし」

柿の木から少し離れた場所に商会の従業員がシートを広げる。そこに領民の女性たちが座り、めいめいに家から持参したナイフを取り出していた。

「ええ？」

カレン神官長が目を丸くしているので説明しよう。

「かき。かわむいて、ほしゅ」

「柿を、干すのですか？」

「ああ。美味いんだよな」

「はーい！　皆さん！　帰りに柿と手間賃支払いますからね～！　頑張って収穫と処理をお願いしますね！」

今日はスタンさんが仕切り役だ。

「？　何をされるのですか？」

「ああ。これから柿の加工品を作るんですよ」

首を傾げたカレンさんにローディン叔父様が答える。

「え？　そのまま食べるのでは？」

「渋を抜いたものをそのまま食べるのも美味しいですが、どうせなら長く食べられるようにと、干し柿にするんです」

「まあ！　初めて聞きました」

「毎年領地内の柿を収穫して、渋を抜いてからジャムに加工していたのですが、たいてい一気に渋が抜けるので、加工が間に合わずに傷んでしまい結構な数を捨てていたんです」

「そうなんですね」

カレン神官長は貴族出身である。出来上がった品だけを見ているので、廃棄されているというのは知らなかったらしい。

「去年もとりあえず収穫して、倉庫に積み上げていたら、アーシェが『柿の皮を剝いて干してほしい』って必死に頼んできたから、試しに干してみたんです」

去年のことを思い出して、ローディン叔父様がふふふと笑った。

「軒下に吊るした柿を、毎日飽きもせず眺めて。時々触ったりして」

それは種離れするように揉んでいたのだ。何回か繰り返すと美味しくなる。

「十日を越えたくらいで、乾いて小さくなった柿を取り込んで食べてみたら、これが美味しかったんですよ。なあ、アーシェ」

そう言って、私の頭を撫でる。

本来干し柿は二週間から一か月ほど干さないと出来ないけど、こっちの世界の柿は早かった。十日前後で渋柿が美味しい干し柿に変わったのだ。

上手に保存すると冬の間は傷まずに美味しくいただける。

「それを商会の皆に食べさせたら、大好評で。領民に声をかけて、収穫して倉庫に積み上げていた柿の皮剝きと干す作業をやったんです」

バーティア領は他の領と比べて、柿の木が多いのだそうだ。

理由は知らないけれど、わたしとしては旬の柿も大好きだし、干し柿も大好きなので、柿の山を見た時は嬉しくて興奮してしまった。

「去年は、シーズンの終わりに干し柿のことを知ったので、たくさんは作れなかったんですよ。今年は一大イベントにして、最初から干し柿作りをすることにしたんです」

これを皮切りに、あちこちで柿の収穫をして、加工するのだ。

しばらくは各家庭の軒先に皮を剝いた柿が吊り下げられることだろう。冬の保存食だ。

うまくすれば秋冬のスイーツとして販売できるはずである。

「そんなに美味しいんですね！　私も食べてみたいです!!」

カレン神官長が柿好きを猛アピールしてくる。

「いっちょにやったら、おやちゅにね」

柿は木によって実るスピードが違うので、ラスク工房のサキさんたちに早採れの柿で作ってもらっていたのだ。

それが今日のおやつだ。

「さあ、収穫ですよ〜〜!!」

スタンさんの号令で、一斉に柿の収穫が始まった。

梯子《はしご》を使ったり、風魔法を使ったりといろんな方法で出来た柿を収穫する。大量だ。

一本の木に三百個から五百個。この教会には柿の木が二十本以上あるから相当な数が収穫できる。

まだ熟していない柿は鳥たちのために残しておく。

そして、みんなで一斉に柿の皮剝きをして、へた上部の枝部分にひもをくくりつけて吊るすような形に加工していく。

まだナイフを使えない私はカレン神官長と一緒に、吊るすためのひもを渡して歩く係をした。

そして、大量の柿は五個ずつひもに吊るされた状態に仕上げられる。

それをスタンさんたちが確認して、領民たちに出来た数量に見合った手間賃とおみやげの柿を一かごずつ渡していく。

そして、待ちに待ったおやつの時間だ。

サキさんたちが作ってくれた干し柿が一つずつみんなに渡された。

「やっぱり美味い！」

「貰った柿でうちも作るわ!!」

「家に柿の木植えたい！」

「おいおい八年かかるぞ」

桃栗三年柿八年という日本の言葉を思い出す。こっちでも種から育てると八年かかるのか。

接《つ》ぎ木だともっと短い期間で育つはずだけど、やり方が分からないから、口は出さないでおこう。

「かれんしゃん。どうじょ」

カレン神官長が領民のみんなの反応を見て、期待で目をキラキラさせている。

干すと柿は色が濃くなる。表面が乾いて適度に中がトロッとしてくるのだ。

干し柿を手にしたカレン神官長が手に伝わる触感を楽しんだ後、

「いただきますわ」

と、はむっと一口。

いい感じにトロッとしていることだろう。

その後、柿の甘さと旨さが凝縮して滑らかな食感が舌にまとわりつく。

「――！　美味しいですっっ!!」

カレン神官長が目を見開いた。

「美味しい！　美味しい！　ほんっとに美味しいですっっ!!」

ふふふ。カレン神官長も干し柿のとりこになったようだ。

「渋が抜けた旬の柿ももちろん美味しいですけど、これは果物というよりも上質なスイーツですわ！」

「適度に水分が抜けているから、少し長持ちしますよ。それに、もっと乾かして水分が抜けるとだいぶ保ちます」

「おじしゃま。うるどにもってってって」

柿は栄養価が高い。前世では『柿が赤くなれば医者が青くなる』と言われていたほどだ。

運動中の筋肉の痙攣《けいれん》を防ぐ効果もある。行軍での疲労回復や、風邪の予防にも効果がある。冬の行軍にもってこいの食材なのだ。出来れば兵糧にして持って行ってほしい。

あとでリンクさんに鑑定をお願いして、勧めてもらおうと思う。

「ああ。そうするよ。これはアーシェを思い出させるからね。大事に食べることにするよ」

「あの！　これ、神殿にも買わせてください！」

「もちろんですよ。ありがとうございます」

カレン神官長もすっかり乗り気になっている。

自宅用にこの場で柿の皮を剥いている領民の奥さんたちの手元をじいっと見ている。たぶん、作り方を覚えようとしているのだろう。

スタンさんにナイフを借りようとしていたので、お付きの神官が必死に止めていた。

「おやめください！　ご自分の不器用さを知らないんですか!!　指がなくなります!!」

教会に響き渡った神官の悲鳴に、みんなで大爆笑した。

◇◇◇

柿の収穫を終えて商会の家に帰ってきたら、商会の前にリンクさんと、もう一人、誰かが立っていた。

銀色の短髪、紫色の瞳をしたがっしりとした人だ。

「よう！　帰って来たな！」

「クリスフィア公爵！」

ローディン叔父様が礼をする。

「こうしゃくしゃま？」

「お～！　この前は眠っていたからな。初めましてだな！　私はフリーデン・クリスフィアだ」

クリスフィア公爵は片膝を地面について挨拶してくれた。膝汚れちゃうよ？

でもおかげでしっかり顔を見ることができた。クリスフィア公爵の瞳は淡い紫色で、ローディン叔父様やローズ母様とは違うけど、とても綺麗だった。

公爵様という高い地位の貴族のはずなのに、高圧的な雰囲気がないことに少し驚いた。

それに私みたいな小さな子のために躊躇《ためら》わず膝をつくなんて。

クリスフィア公爵にとってはそれが普通なのだろう。

パーティアの商会には貴族もたまに来たりする。

子爵というのは貴族の中ではそう高い地位ではない。

全員ではないけれど、たまに子爵より高い身分の貴族がやってきて、自分に有利に取引を進めるために高圧的な態度をとって、こっちに不利な条件を呑ませようとする。

そしてそのような態度をとる人は、私が商会の奥のキッズコーナーにいるのを見て、嘲りの視線や嫌みを放つ。大体そういう人は二つの行動がセットである。

もちろん本性をうまく隠している人もいるが、私は本能的に『そういう人』かどうかが分かるようになった。人の目は心を映す鏡なのだ。

商会従業員のスタンさんはいつしか私の反応を見るようになり、私をさらに奥に隠すかどうかで叔父様たちは相手への対応を決めているらしい。

けれどクリスフィア公爵はなんだか太陽のような明るさで、あたたかな感じがする――ああ、この人は大丈夫だ。ちゃんとご挨拶しよう。

「あーちぇらでしゅ」

にっこり笑って、ペコリと頭を下げる。

「おお～！　可愛いな～！　頭を撫でてもいいかい？」

ちゃんとこちらに聞いてくれるのは嬉しい。

「あい!!」

クリスフィア公爵の優しくて大きな手が気持ちいい。

「カレン神官長も来ていたのだな」

「はい！　今日は菊の花をパーティアの教会に植えるために来ました」

「そうか。ウチの領地は半数が根付いたようだ。なかなか全部とはいかないな」

「一つしか根付かない領もありますし、お気になさらないでください」

根付かない場合、菊の花は一晩で忽然《こつぜん》と姿を消してしまうそうだ。

枯れるわけではなく消えるとは、さすがに女神様の花だ。

「狭い家ですが、こちらへどうぞ」

母様が居間にクリスフィア公爵とカレン神官長を招いた。

今日はクリスフィア公爵が来るのが分かっていたので母様はお留守番だった。

クリスフィア公爵は商会の家の警備状況の確認に来てくれたそうだ。

数週間前、私たちが王都から帰って来たら、家の周りに護衛らしき人たちが明らかに増えていた。

領民の装いでも、纏う空気が違って見えるのだ。

次いでディークひいお祖父様立ち会いで、護衛と魔術師を何人か紹介された。何かあった時に助けを求めるようにと。

ひいお祖父様は警備が強化されたことで、以前より危険性は減ったはずだと言っていた。

どうしても人の出入りの多い商会の中にある家は、侵入を企む方にとっては狙いやすいのだ。

だから魔術師数人がかりで監視してくれているらしい。

申し訳ないな、と思ったけど、どこかに避難するよりはこちらの方がいい。家族と離れて暮らすなんて考えられないし、この商会の家も大好きなのだ。

それに考えてみたら、私が悪いんじゃなくて狙う方が悪い。

護ってくれる人たちのおかげで、以前はしょっちゅう感じていたあの嫌な視線をこのところあまり感じないので、ちょっと安心だ。

今日は柿の収穫のため、商会にいる人がだいぶ少なかった。

今日のように事前に分かっている時は、連絡をすれば王宮の魔術師さんが人数を増やして商会の家の護衛をしてくれる。

これから先、急用で周りから人がいなくなることも想定して、様々な護衛計画も立てているとのことだ。とってもありがたい。


「お茶請けにこちらもどうぞ」

紅茶とお菓子の他に、母様が大きな皿をテーブルに置いた。

出されたのは、大きなお皿いっぱいの干し柿と、皮を剝いてカットした渋抜き済みの柿だ。

「わあ！　さっきと同じ干し柿ですね！　渋抜き済みの柿も！　いっただっきまーす！」

カレン神官長がさっそく小皿に取って食べ始めた。

美味しそうに食べるなあ。さすが王妃様の親戚。食べる量がすごい。

「へえ。干し柿だって？　初めてだな」

クリスフィア公爵が干し柿を一つ手に取って、珍しそうに見ている。

「すっごく美味しいんですよ～！　さっき一ついただいたのですけど、美味しいんです！」

カレン神官長の満面の笑みでのお勧めで、クリスフィア公爵が一口。

「へえ、美味いな……甘みと旨味、この凝縮した感じもいいな」

クリスフィア公爵の口にも合ったらしい。良かった。

「うちの実家の領地の柿も干し柿にしてもらいます！　作り方真似していいですか!?」

「いいですよ。な？　アーシェ」

「あい！　いっぱいいちゅくる。ふゆみんなでたべりゅ」

「ああ。うまく保存すると一冬保つからな」

「おじしゃまも、うるどにいっぱいもってって！」

「お！　それなら私も欲しいな。たまに甘いものが欲しくなるからな。さすがにこの甘さで毎日はきついが」

どうやらクリスフィア公爵は、甘いものが嫌いではなくてもあまり食べない人のようだ。

確かに、男の人は甘いものが得意ではない人も結構いるよね。

それなら。

「かあしゃま！　ばたーほちい」

「はいはい。バターね」

去年も好評を博したあれを食べてもらおう。

「バター？」

すぐにローズ母様がバターを持ってきてくれた。

塗るためではなく、冷やして厚さを一センチメートルほどにカットしてあるものだ。

干し柿を食べる時には、いつも用意している。

よし。では私が作りましょう!!

これを作る時はちょっと硬めの干し柿の方が私は好みなので、山になった干し柿の皿からそういうものを選ぶ。

「んーと。ほちがきのかたいのをわって～、ばたーはちゃんで～。あい！　こうしゃくしゃまどうじょ！」

作ったのは、干し柿のバターサンドだ。

私にとっては、これが大好きな食べ方だった。

「お、おう。バターって。――パンじゃないんだけどな」

クリスフィア公爵が受け取って、不思議そうに見ている。

「アーシェ。私にも欲しいな」

「あい！　ほちがきわって～。ばたーはちゃんで～。あい！　おじしゃまどうじょ！」

「あの！　それ、私にもいただけませんか？　食べてみたいです！」

「あい！　ほちがきわって～。ばたーはちゃんで～。あい！　かれんしゃんどうじょ！」

うん。歌（？）で、なんかのってきたぞ。

「あ。アーシェ、俺にも」

くすくす笑いながらリンクさんもねだる。

いいですよ。いくらでも作りましょう！

母様のも。もちろん私のもね！

軽快な節回しとともに、干し柿のバターサンドを作って一人一人に渡して。

全員分を作り終わったら、みんなにこにこ笑って柿のバターサンドを持っている。

あ。行き渡るのを待っててくれたのか。

それでは。

「いただきましゅ」

「「いただきます」」

うん。みんなで一緒に食べましょう。

「……美味しいっ！」

「うっま！」

カレン神官長とクリスフィア公爵の声が重なった。

「アーシェラちゃん！　これ！　これ！　絶品ですわ!!」

そう。干し柿の適度な硬さと甘さ、バターの塩味とコクが絶妙なのだ。

何個も食べたくなる。あとを引く美味しさなのだ。

「なんだコレ。バターの塩気とコクが干し柿の甘さとばっちり合う。すごく美味いぞ！」

カレン神官長だけでなく、クリスフィア公爵の好みにも合ったらしい。

「ふふふ。美味しいですよね。私たちもこの食べ方が一番好きなんです。ですから、干し柿用にこうやってバターを切って常備しておいているんですよ」

ローズ母様が「お好きなだけお作りしますよ」と言ったけど、カレン神官長はすごい勢いで自分で何個も作って食べ始めた。

「美味しいですわ～!!」

両手に柿のバターサンドを持ってふりふりしている。まるで踊っているかのようだ。

ああ。これはあちこちの料理人さんたちもやってる感動の舞だね。

クリスフィア公爵も自分でバターサンドを作って何個も食べていた。

「いいな〜干し柿。うちの領地でも来年から作らせよう。美味いし、バターをサンドすると絶品だ」

「？　来年ですか？」

「うちの領地のはもう収穫時期が終わってしまっていて、ないんだよ」

ああ。土地によって収穫時期が違うものね。

「だから、この干し柿を融通してくれ。妻や子供たちにもこうやって食べさせてやりたい」

「バーティア領はこれから収穫しますからいいですよ。どのくらいご入り用ですか？」

「家用に一箱。いや二箱だな。うちの領民に食べさせて味を覚えてもらおうと思う。それと……」

「？　どうしました？」

「いや……まいったな。この柿のバターサンド。自分がハマってしまったよ。戦地に持って行きたい」

ということは、軍用に持って行くということかな？

ローディン叔父様がにっこりと笑って言った。

「お買い上げありがとうございます。軍用にご用意させていただきますね。バーティアは柿の産地ですから出発までにできるだけたくさん用意します」

「それと、毒混入がないか鑑定して封印した上で出荷します」

真剣な顔のリンクさんが続けたその言葉に驚いた。

どうやら食事に毒を仕込むのは結構ある手段なのだそうだ。

「ああ。頼む」

クリスフィア公爵が頷いた。

「それに、兵糧の一つにするのは英断です。干し柿を去年鑑定した時、運動中の痙攣の予防と、疲労回復、それと病気を予防する効果があると出たんですよ。風邪も予防するので、冬の行軍にはうってつけの食材です」

リンクさんが少し笑みを浮かべながら、干し柿の効能を説明した。

頼もうと思っていたけど、すでに鑑定をしていたらしい。

その言葉にローディン叔父様が頷いた。

「そういえばそうだったな。アーシェは去年の冬、干し柿をいっぱい食べたから風邪ひかなかったのかもな」

ん？　そういえば去年は干し柿がうまく出来たので、嬉しくて冬の間中食べていた。

一昨年は酷い風邪で何日も寝込んだけど、去年の冬は……思い返してみたら風邪をひかなかったみたいだ。あれは干し柿のおかげだったのかもしれない。

「しょうかも」

「まあ！　素晴らしいわ!!　美味しい上にそんな効果があるなんて！」

「それはいいな。冬の出兵はキツイからな。柿にそんな効果があるなら助かる」

――なんだか、思いがけず私自身で証明したようだ。

でも、無事に干し柿が採用されることになって良かった。

「ふふふ。ウルドでさっきのバターサンドの歌を思い出しながら食べることにしよう」

ローディン叔父様がくすくす笑って言うと、クリスフィア公爵が笑いながら相槌を打った。

「ああ。元気が出そうだからな」

「可愛かったですよね！」

カレン神官長やリンクさん、ローズ母様も笑っている。


んん？　なんだか柿の副産物ができた？

◇◇◇

カレン神官長が柿のバターサンドを思う存分堪能した後、「炊き込みごはんを食べてみたい！」とおねだりしてきたので、夕ごはんを御馳走することになった。

王宮での試食会は軍に関わる貴族たちが主だったのだけど、どうやらカレン神官長のお兄様のウィルド侯爵様が参加していたらしい。

それもあって「お兄様が炊き込みごはんが絶品だったと絶賛していたので、それが食べたいのです！　お願いします!!」と気持ちいいくらいストレートにお願いしてきたのだ。

クリスフィア公爵も「炊き込みごはんなら私もご馳走になりたい」とのことだったので、今日の夕食は賑やかになりそうだ。

先ほどローズ母様が仕込みのために台所に行き、料理が出来るまでローディン叔父様とクリスフィア公爵が今後の遠征の話をすることになったので、リンクさんとカレン神官長も一緒に話を聞くことになった。

私はというと、ローディン叔父様の膝の上だ。

ローズ母様と一緒に炊き込みごはんの仕込みをしに行こうとしたら、「アーシェはここにいなさい」と、ローディン叔父様が膝に乗せたのだ。

――あう。恥ずかしいけど嬉しい。

ローディン叔父様がウルド国に出発するのは、来月、本格的に寒くなり始める頃だ。

さらに二か月もすると、日中でも氷点下になる日が一か月以上続く。半年間の従軍期間の後半は、寒さも和らぎ春が訪れるだろうけど、前半から中盤の約四か月は寒いのだ。

戦争が始まってから五年、これまで寒さと雪のために冬季は暗黙の了解のように休戦となっていた。対して交戦は兵糧を蓄え終えた秋にするのが通例である。

だからアースクリス国が決断した冬期の進軍は、『冬期間の戦争はしない』というこれまでの認識の裏をかくこと。

早急にウルド国の無辜《むこ》の民を飢えから救うために、あえて厳しい時期に一気に叩いて決着をつけるつもりなのだと聞いた。

ウルド国を含めての三つの対戦国では、この冬多くの民が食糧難で命を落とすだろうと予測されていた。今年もアースクリス国以外の国は穀物が不作だったせいだ。

また、三国ではそれぞれ自国の王族や政府に対して民が反乱を起こしたため、アースクリス国に攻め入る余力がなかった。ゆえに今年に入ってから戦闘は起こっていない。

しかし、今でもアースクリスの王族や軍部に対して、間諜や暗殺者は執拗に放たれている。戦の火種は消えていない証拠だ。

アースクリス国は、五年前に決めた大陸統一に向けての作戦の開始時期として今冬を選び、ウルド国のダリル公爵からの要請を受けて、ウルド国侵攻を決行した。

ウルド国との戦争を最初の短期間で終結させて、残りの期間は戦後処理とウルド国の民の救済にあてることにしているのだそうだ。

冬の進軍はきつい。

寒さと雪が容赦なく身体にダメージを与えるだろう。

食事がどんなものかは分からないけれど、干し柿みたいな甘い物は貴重だし、戦争に行く人も喜ぶと思う。

そこでふと、ローディン叔父様のこれからの半年間の食事が気になった。

「ごはん、だいじょぶ？」

先行部隊に続いて、補給部隊も都度行くらしいけど、途中で襲われたりしたら食糧が危ういのではないだろうか。

「補給部隊にも精鋭たちが付くから大丈夫だ。それに、先行部隊だけで王都を落とすつもりだから後発隊である補給部隊はウルドの民の食糧支援も兼ねることになるな」

　ということは、食糧はどんなにあっても足りないということだ。

「先行部隊の食事には、麦の他に米も用意した。米は腹持ちもいいしな。肉や魚もあるが、後半は干し肉や干し魚などの保存食が主流になる。あと秋採れのキノコや野菜もな。しっかりと量は確保してある。今回は干した菊やコンブも持って行けるからいいが……」

　ん？　なんか言葉が詰まったよ。どうしたんだろう？

「どうなさったのですか？」

　カレン神官長が問いかけると、クリスフィア公爵があぁ、と我に返る。

「悪い。一瞬別のことを考えていた。実は先行部隊も、ダリル公爵の領地で食糧や支援物資を下ろす予定なんだが、それだけでいいかずっと考えていてな……」

　そうだ。デイン辺境伯領の海岸に難民が流れ着いているのと同じように、陸路でアースクリス国に逃れてきている者もいる。

「一気に王都近くまで行くつもりだが、道中は長い。ダリル公爵領以外でも王都までの道のりの間に少しでも領民を助けてやりたいとも思っているんだがな」

　ウルドの王都までは戦闘をしつつの進軍になる。

　ダリル公爵率いる反乱軍は、要衝の半数以上を掌握しているため、王都近辺まではさほどの障害はないとの報告だったが、どうなるかは行ってみなければ分からない。予測が付かないものなのだ。道中でウルド国の兵と交戦になる可能性は十分にある。

本来ウルドの王都までは馬車を使って二週間ほどで行けるのだが、今回は一か月くらいはかかるだろうと思われている。

「……そうですわね。アースクリス国以外はここ数年不作続きの上、政府が民から食糧を搾り取っていると言います。民に罪はないのですから、出来ることなら道中で支援はしたいですけれど、ここは最短でダリル公爵と合流した方がその後の支援が早く進むのではないでしょうか」

寄り道をすればその分危険が増す。それにウルドの民が敵国から直接渡された食糧を信用するかどうかは分からない。毒が混入されていると誤解される可能性もあるのだ。

「やはり、その方がウルドの民にとっていいだろうな。だが……ダリル公爵の領地に下ろす支援物資も到底足りぬだろう。せめて来春までは保たせてやりたいのだがな」

ウルド国は今年の冷害で穀物が三割程度しか収穫できなかったそうだ。

国民が一年間食べていくには全く足りないのだが、それを根こそぎ国に搾り取られているらしい。皆で結託してわずかな穀物を隠し、なんとか生き延びているという話を、アースクリス国が放った間者や、ダリル公爵自身から聞いているということだ。

「自分たちが育てた穀物を、国から隠さなければ生きていけないとはな。——民を護る義務を持つ国王のすることか。国王失格だ」

「人としても失格でしょう。王は民の親。守るべき子である民を虐げていること自体、王としても親としても、人としても失格です」

ローディン叔父様の言葉が冷たい響きを放つ。

「先行部隊と補給部隊からの支援で、冬を越せるといいがな……」

リンクさんが呟くと、カレン神官長も難しそうな顔で頷いた。

アースクリス国一国で、ウルド国の民全員の食を賄いきれるとは思えないし、難しいだろうと思う。

この世界の一年と四季は前世の日本と大体同じで、一か月は三十日で十二か月。一年は三六〇日だ。

十二月に出兵し、五月までの半年間が叔父様の従軍期間となる。

そして日本の北国と気候が似ているので、本格的な春が来るのは四月頃になる。

春になればいろんな自然の恵みがもたらされる。これからの約四か月が食糧難にあえぐ他の三国にとって正念場になるだろう。

アースクリス国の麦は豊作だったので、ウルド王都への進軍の途中で、ダリル公爵とその友軍へ支援物資として渡されることが決まっている。

ダリル公爵はそれを配分して各領へと渡すことになっているのだ。

「餓死するまで民を苦しめる生国と、敵でありながら食糧支援という手を差し伸べる国。民の心が向くのはどちらでしょうね」

カレン神官長が言う。

アンベール国の王に唆《そそのか》されて、ウルド国王と王弟、そして王族におもねる貴族が引き起こした戦争。

その時期を境に各国は食糧が不作になった。

人の心は難しい。傍若無人な生国。家族を殺した敵国。

私なら家族を殺した敵国を赦せないし、禍根は一生残るだろう。

けれど、飢え続けた民の心は、自らを虐げた生国よりも、救いの手を差し伸べた者の方に傾くものだろうか。

——本当に本当に難しい問題だ。

「——まあそういうわけで、今回の出兵の際は兵糧が大量に必要になる。ウルドの民を飢え死にさせるわけにはいかないからな」

クリスフィア公爵が言うと、カレン神官長も言い添える。

「この食糧難の中でも、なんとか耐えているところもあります。反乱軍を率いているダリル公爵やアウルス子爵、ランテッド男爵の領地は今年もなんとか通常通りの収穫になっているとか」

「？　どうちて？」

ウルド国の大半が不作なのに？

「ダリル公爵の領地は、ウルドの王都に近いながらも、もともと夏がとても暑い土地なのです。冬は寒いのですが温泉が至る所に湧き出ているそうで。冷害による不作で他の領の収穫量が激減している中で、冷害の影響をほとんど受けなかったそうです」

ダリル公爵の領地はアースクリス国軍の拠点となる。

夏が暑く、冬は寒いということは、たぶん盆地なのだろう。

寒いと聞いて心配したけれど、王族を先祖に持つというダリル公爵の領地には、広大な城や屋敷がいくつもあり、それらをアースクリス国軍に提供すると申し出てくれているらしい。ありがたいことだ。

「アウルス子爵領とランテッド男爵領はどうなのでしょう?」

ローディン叔父様が聞くと、カレン神官長が答える。

「アウルス子爵領は山岳地帯でウルドでも寒冷な気候の地ですが、蕎麦《そば》という穀物を育てています。寒さに強く約二、三か月という短期間で収穫できる作物らしいです」

「しょば!」

思わず大きな声が出た。

蕎麦!　ウルド国に蕎麦があったとは!!

「ランテッド男爵領は以前麦と蕎麦の両方を栽培していましたが、戦争になってすぐの頃、麦の凶作に悩まされた際に、すぐに蕎麦栽培に切り替えて民を食糧難から守ったそうです」

蕎麦は痩せた土地に育つということで、貴族たちから貧しい土地の作物だと嘲笑の対象になっていた。故に他の貴族は蕎麦を植えたがらず、不作になっても麦に固執してさらに飢える民が増えることになったらしい。

ランテッド男爵領は海に面した領地で、冷たい海からの風が吹く。

もともと麦の収穫量が少ない土地だったので、友人のアウルス子爵の勧めで蕎麦栽培に力を入れたところ、麦の何倍も収穫できたため、麦が凶作になった際の蕎麦栽培への転換に抵抗がなかったそうだ。

そして、ダリル公爵領は、内陸に位置し、周りを山に囲まれている広大な盆地らしい。

例年、夏は暑すぎるくらい暑く、冬は寒さが厳しい。山で海からの風が遮られ、盆地特有の地形で大気が蓋をするため、ここ数年の日照不足や冷害にも作物は深刻な影響を受けなかったらしい。

カレン神官長の言葉の後を、クリスフィア公爵が続ける。

3 ウルドの王冠

「もちろんウルド王家からの供出命令が出された際は、領地の蓄えのギリギリのラインまで麦や蕎麦を提供したが、それらはすべて王族と上級貴族に回され、困窮する民には一切回されなかったと、ダリル公爵が悔しそうに言っていた。そしてその所業こそが、ダリル公爵、アウルス子爵、ランテッド男爵が生国に見切りをつけるきっかけになったらしい」

クリスフィア公爵が苦々しくウルド王の所業を話した。

ダリル公爵たちは困窮している民のためと思って、無償で食糧を出したのだそうだ。

それを王族と一部の貴族がせしめて民に渡さないなんて、本当に王様なの？　と疑ってしまう。民を護るために動くのが王族の役目だろう。そのための高い地位と権力だろう！

ウルドの王に腹が立ってきた。

アウルス子爵は、それからもずっと蕎麦の種を飢えに苦しむ他の領地に無償で渡し続けているそうだ。

たくさんの領地に無償で種を渡すというのは一度だけでも大変なことだ。

それを何年も続けているということは、信念を持ってやり続けているということだろう。

話を聞いているだけでも、アウルス子爵はすごい人だ。

けれど、アウルス子爵から援助された種で実った蕎麦さえも、ウルド政府に搾取されているらしい。

無情な王族の所業に目が覚めた一部の貴族たちは国におもねることをやめて、ダリル公爵やアウルス子爵たちの支持に回り、今では半数以上の貴族が反乱軍に参加しているとのことだった。

「アウルス子爵領では、五年前まで蕎麦栽培を年一回行っていたところを、今では年二回から三回まで増やして量を確保しているようです」

んん？　何度も同じ場所で同じ作物を作り続けると連作障害が起きるはずだけど、こっちの世界は違うのかな？

実際収穫できているようだから地質が違うか、領民の努力の結果なのだろう。

それにしても、アウルス子爵という人は、頑張っているんだなと思う。

「この三つの領地に、民が助けを求めて殺到しているそうです。ですが、ダリル公爵領はともかくアウルス子爵とランテッド男爵の領地は小さく、受け入れられる人数にも限りがあります」

「そうだろうな。全員を救うことは難しいだろう」

クリスフィア公爵が頷いた。

「それでも、アウルス子爵はウルド国中を自ら回って、なんとか一人でも助けようとしておられるそうです」

「アウルス子爵はそういう人だとダリル公爵からも聞いている。おそらく領民のためならば命を懸けるだろうとも言っておられたな」

「ええ、ランテッド男爵も、アウルス子爵と同じ心持ちの方のようで、ダリル公爵も感心していらっしゃいました」

おや、カレン神官長もダリル公爵と会ったことがあるのか。と思ったら、ダリル公爵が夏の終わり頃に単身でアースクリス国にやってきた時に、重臣たちと共に同席を許されたということだ。

「――それに、ですね」

カレン神官長が、少し言いよどむ。言おうかどうか迷っていることがあるらしい。

「？　どうした？　カレン神官長」

クリスフィア公爵の問いかけに、決意したようだ。

一度目を伏せた後、背筋を伸ばして、真っ直ぐに私たちを見た。

「これは、神官長としての私に伝えられた、極秘扱いの情報となります。ご承知おきください。

――アルトゥール・アウルス子爵は……実は、ウルド国先王の婚外子なのです」

一瞬、ここにいる皆が言葉をなくした。

クリスフィア公爵も知らなかったことらしい。

「……ということは、現王の？」

「母親違いの兄君にあたります。四十数年前、ウルドの先王と、アウルス前子爵の妹君との間に生まれた方です。ですが、ウルド国王には当時の宰相の一人娘である侯爵家の婚約者がいたのです。完全な政略結婚ですが」

その宰相が数代にわたってウルド王家を操っていたという話は、アースクリス国上層部も知っている。

「アウルス子爵令嬢は、ウルド前国王が、野心家の宰相から隠し通してきた恋人です。恋人である彼女と生まれた我が子を護るために、アウルス子爵令嬢の非嫡出子として出生届が出されましたが、

――アウルス子爵領の神殿で神官が出生届を受理した時、空白だった父親の名前の欄に、神官の目

の前で『父親』の名が浮かび上がり、刻まれたそうです。『ウルド国王　ラジエル・ウルド』と」

「それは……」

クリスフィア公爵が息を呑んだ。

――その奇跡とも言える状況が指し示すものは。

「はい。私はこの大陸すべての創世の女神様の神殿を統括する、神官の長です。女神様のご意思を汲む者として断言いたします。――アルトゥール・アウルス子爵は、新生ウルド王国の王冠を戴くお方です」

クリスフィア公爵はもとより、ローディン叔父様やリンクさんも目を見開いた。

今のウルド王政を滅ぼした後、アースクリス国の属国となった後に戴く、新生ウルド国の王冠。

その王冠を授かるのが、アウルス子爵だと女神様に定められているということなのだ。

「――よく、これまでアウルス子爵は無事だったな」

「ウルド国はこの大陸にもともとあった女神様の信仰を、別の信仰にすり替えて――というかウルドはもともと別の大陸からの流民が集まって作った国でしたから、自分たちの故郷の宗教を国教にし、神殿を立てて信仰しています。今古くからの女神様の神殿が残っていて信仰が続いているのは、奇しくも先ほどの三つの領地。ダリル公爵領、アウルス子爵領、ランテッド男爵領、この三つです」

「……っ!!」

クリスフィア公爵がふたたび驚いて息を呑んだ。

「……ウルドの反乱軍を率いている人物や領地については把握していたが、その三つの領地に、ウルド国では廃れてしまった創世の女神様の神殿がピンポイントで現存しているとは考えもつかなかったな……」

ローディン叔父様やリンクさんも、クリスフィア公爵のその言葉に頷いていた。

出生届は貴族院と神殿に提出される。

貴族院にはアウルス子爵令嬢の非嫡出子として届け出がされた。病弱で子供のできないアウルス子爵の後継者として。

ウルド国では、貴族院に出生届を二通提出し、原本証明と書き換え不可の魔法を付与することでロックし、提出したうちの一通が返される。それを、信仰する神殿に提出することになっているとのことだった。

——その魔法付与された《ロックされた》書類に、干渉できる『人間』はいない。

アルトゥール・アウルス。

——彼は創世の女神様によってウルドの王と定められていたのだ。

◇◇◇

女神様の意思を確信した、ウルド国アウルス子爵領にある女神様の神殿の神官は、ウルド国の宰相に知られぬように隠すことに決めた。

ゆえに女神様の神殿でのこの一件を知る者はごくわずかだ。

アウルス子爵領の神官、両親であるラジエル・ウルド前国王と母親である子爵令嬢、母方の伯父であるアウルス前子爵、そして創世の女神様の神官をまとめる立場にあるアースクリス国の神官長、そして神官長から報告を受けたアースクリス国王だけ。

万が一でもどこかから知られていれば、すでにアウルス子爵の命はなかっただろう。

――ウルド国の前宰相は、前国王《ラジエル・ウルド》の義父として、傍若無人を極めていた。

温和な性格の前々国王とラジエル・ウルド前国王を傀儡《かいらい》にして圧政を敷いていたという。

早くに前々国王が崩御したため、幼くして王位についたラジエル・ウルドは、実権を宰相に握られ、最期まで自分の意思で政務を執ることはできなかったらしい。

宰相の一人娘が跡継ぎである王子二人を生んだ数年後、不慮の事故でラジエル・ウルド前国王は二十代で亡くなっている。

前々国王も、ラジエル・ウルド前国王も、おそらくは宰相に暗殺されたのだろうと囁かれているが、その真相は誰も知らない。

年端もいかない現国王の祖父となった宰相の権力に盾突ける者はおらず、宰相が亡くなるまで貴族たちも戦々恐々としていたらしい。

その宰相の血を受け継いだ現国王と王弟が、愚かな戦争を引き起こし、悪政を敷き、民を抜け出すことのできない泥沼に引きずり込んでいる。

アルトゥール・アウルス子爵の存在。

そして、ウルド王政に反旗を翻したのが、女神様への信仰を忘れない領の者たちであったとは。

「必然、か……」

クリスフィア公爵がポツリと言った。

この大陸の大きな混乱はここ十数年のことだと思っていた、と続ける。

けれど、その大きな混乱に至るまでの『種』は、ずっとずっと前から芽吹き、育っていたということなのだろう。

「陛下には、アウルス子爵の出生の件は、アースクリス国王として即位される時に、レント前神官長と前国王陛下からお伝えしています。国王となる者が把握しておくべき重要な機密情報として。

――私はつい先日レント前神官長から、ウルド国の神殿で受理されたアウルス子爵の『出生届』を渡されました」

この大陸の創世の女神の神殿に提出された出生届は、すべてアースクリス国の大神殿に収められる。

アルトゥール・アウルスとして提出された出生届は、女神様によって『アルトゥール・アウルス・ウルド王子』と刻印された。

その出生届は、ウルド国アウルス子爵領の神殿から、すぐさまアースクリス国の大神殿に収められ、ウルド国側に徹底して秘匿されてきたからこそ、アルトゥール王子の命は護られてきたのだ。

四十数年前、レント前神官長が魔法学院を卒業して神官になったばかりの頃、アウルス子爵領の神官を神殿の入り口で出迎えたのだという。

本来であれば、国が違い、数週間もかかる長い道中でもあることから、ウルド国は一年分の届け出書類をまとめて収めに来るのが通例だ。だから『時期が違うな』と不思議に思ったそうだ。

さらにアウルスの神官は、アースクリス国の神官長直々に書類の確認をしてほしいと申し出たという。

レント前神官長が二十一年前に神官長の重責を担った時、前神官長よりその秘密を受け継いだ。

あの時のアウルスの神官の慌てようと、その行動を思い出して納得すると同時に、目の前に示された出生届の意味を知った時、『ウルド国にいずれ政変が起きる』と確信したという。

――それがまさか、大陸全体を巻き込んだ戦争になるとは思わなかった、とレント前神官長はカレン神官長に話したそうだ。

「――数日後、この件につきまして公爵様方に陛下からお話しされる予定です。極秘事項ではありますが、私は今ここで『お話しする必要がある』と感じましたので独断でお伝えいたしました。ですので、今の話は口外無用でお願いいたします」

その言葉にクリスフィア公爵をはじめ、ローディン叔父様とリンクさんが頷いた。

もちろん私も話さないけれど、そんな国家機密を私みたいな子供に教えていいのだろうか？

いや、心は大人（？）だけど。

——それにしても、すごい話だった。

もちろん大人たちにはアウルス子爵の出生が一番の重大事だろう。

けれど——ウルド国には蕎麦がある！　私にとっては、これが一番だった!!

ウルドではどういう風に食べているんだろう？

麦の代わりというから、パンとかガレットかな？

平和になったらぜひ輸入してもらって、蕎麦を食べたい!!

でも、その蕎麦を育てているアウルス子爵が、前国王が隠してでも守りたかった子供で。

生まれた時に女神様にウルドの王になると啓示されていた、なんてすごいよね。

そこで、あれ？　と気が付いた。

——ダリル公爵領、アウルス子爵領、ランテッド男爵領。

その三つの領地には女神様の神殿がある。

特にアウルス子爵領は、さっき聞いた奇跡のようなことが起きる。

——そこは、まぎれもなく神気のある場所だ！

女神様の菊の花の咲く条件は、『神気のある場所』！

ウルドの神殿に菊の花が咲いたら、ウルドの人たちを飢えから救済できる!!

「しょのしんでん！　めがみしゃまのきく!!　しょこならしゃく!!」

思わず大きな声で叫んだら、クリスフィア公爵が「あ！」という表情をした。

菊の花を普及させるのはアースクリス国の国内だけだと思い込んでいたからだ。

それはローディン叔父様とリンクさんも同じだったようだ。

「――はい。承りました」

そこに、カレン神官長の神妙な声が響いた。

何を承ったの？　と思ってカレン神官長の顔を見たら、カレン神官長がにっこりと笑っていた。

「アーシェラ様。今、私が授かった女神様の水晶がお答えになりました」

カレン神官長がそう言って、胸に手を当てた。

見ると、カレン神官長の胸の辺りが、キラキラ光っていた。

レント前神官長のように、そこに女神様の水晶石が収まっているのだろう。金色とプラチナの光がそこから溢れていた。

その光が、女神様の『肯定』を示していることを私たちは知っている。

『ウルド国の創世の女神の神殿に、アースクリス国で咲いた女神の花を分け与えよ』

――そう、創世の女神様は言っているのだ。

「――良かったですわ！　私も先ほどアウルス子爵領の神殿の話をしている間、菊の花が頭をよぎったのです！」

カレン神官長が喜びの声を上げた。

そして、クリスフィア公爵様とローディン叔父様に改めて向き直る。

「では、クリスフィア公爵様、バーティア子爵様。ウルド国の女神様の神殿まで、菊の花の護送と移植をお願い致します」

カレン神官長の凛とした声に、クリスフィア公爵とローディン叔父様が胸に手を当てて頭を下げた。

「「承りました」」

「――これで何とかなるかもしれないな」

頭を上げたクリスフィア公爵が安堵のため息をついた。

すべての領地が凶作ではないことを知り、食糧支援の負担と不安が少し減った。

さらに菊の花が多くのウルドの民を救ってくれるだろう。

この希望が大きな力となった。

神妙な顔から笑顔になって、クリスフィア公爵が笑った。

ローディン叔父様とリンクさんも「良かった」と笑っている。

深刻な話が終わって、みんなの顔が笑顔になったのを見て。

……私は、どうしてもクリスフィア公爵とローディン叔父様にお願いしたいことがあった。

――今ならお願いできるかな？　どうしてもあれが欲しいのだ。

「……おじしゃま。こうしゃくしゃま」

「「ん？　どうした？」」

クリスフィア公爵とローディン叔父様の声が重なった。

どうしようか悩んだけど、頼んでいいかな？

「あーちぇ。しょばのたねほちぃ！」

本当は蕎麦の実や蕎麦粉が欲しいが、食糧難のところからは貰えない。

けれど、『一握り分の種』ならいいかなと思ったのだ。

「「ああ〜やっぱりな」」

今度はローディン叔父様とリンクさんの声が重なった。同時に笑ってもいる。

「蕎麦の話が出た時、目がキラキラしてたもんな」

「身体もワクワクしてたしな」

あうう。どうやらバレていたみたいだ。

「しゅこしでいいの」

小さな両手に載るくらい、とジェスチャーしたら、クリスフィア公爵が頷いた。

「まあ、いいんじゃないか？　短期間で育って一年に何度も収穫できるなら、来年以降の兵糧にもできるだろうし、麦が不作になった際の対策にもなるだろうしな。アウルス子爵に種分だけ貰えるか尋ねてみよう」

あれ？　クリスフィア公爵様、話が大きくなってない？　ちょっとでいいんだよ？

「じゃあ、蕎麦の種はおみやげだな。楽しみに待っておいで」

ローディン叔父様が笑って頭を撫でた。

「あい!!」

絶対にローディン叔父様は笑顔でウルドから帰ってくる。

絶対に元気で帰ってくると信じてる。

おみやげに、蕎麦の種を持って。

――そしたら、一緒に蕎麦を育てようね。

◇◇◇

それからカレン神官長が、この大陸の歴史を教えてくれた。

なぜかと言うと、この大陸の基本的なことを知らないせいで、クリスフィア公爵と叔父様たちの会話中に私が何度も首を傾げるからだ。

だから、簡単な地図を紙に描きながら教えてくれた。

――遥か昔、もともとこの大陸にはアースクリス国しかなかった。

だからこの大陸の名は『アースクリス』だ。大陸自体が一つの国だった。

そのアースクリス大陸に、数百年前、他の大陸に住むことができなくなったいくつもの民族の人々が流れ着き、やがて国を作ったと言われている。

それが西のウルド国であり、東南のジェンド国であり、東のアンベール国なのだ。

かつてのアースクリス国王が、住み慣れた土地をなくし命からがらアースクリス大陸に逃れてきた流民たちに土地を分け与えて、建国を許した。

それに感謝した流民たちが作った国は、長い間友好的であったものの、やがて数百年もの時間が流れた頃には、土地を分け与えてもらった恩を忘れ、アースクリス国の豊かさに羨望と嫉妬が入り混じった感情を向けるようになった。

離反の始まりは、この大陸の主神である女神様を崇めなくなったことだ。

建国の際に、提示されたアースクリス国側からの約束事は、たった一つ。


『この大陸を創った女神に仇なす行為をするべからず』


——たった一つの、その『誓約』を。

『信仰は自由であり止められぬものである』を理由に軽んじるようになり、結果、一つ、また一つ、と移民の作った三つの国から、古来からある女神様の神殿や教会が崩れて消え去っていった。

『誓約』があったため、直接的な女神様信仰への迫害や宗教施設への破壊行為はなかったが、多くの神殿や教会が風化によって廃れるに任せた。

今では残った神殿は三つの国を合わせても十指に満たぬくらいである。

その頃から、表向きは友好的に、裏では『いつか豊かなアースクリス国を奪い取ろう』という空気が漂い始めた。

けれど、大陸を分割したとはいえ、アースクリス国は大国。

この数百年で、好戦的な周辺国の王族が何度もいいがかりをつけて戦争を仕掛けたが、常にアースクリス国に軍配が上がっていた。

これまで何度も停戦協定が結ばれ、そして何度も破棄されてきたのだ。

その間に、アースクリス国は一国だけで落とせる国ではない、という認識が根付いていった。

そしていつの世も、三国の中にアースクリス国に友好的な王がいたため、これまで結託してアースクリス国に戦を仕掛けることがなかったのだ。

しかし現在、アンベール国で愚かな者が王位につき、嫉妬と逆恨みでアースクリス国に牙を剝いた。

そして数代にわたってウルド国を操ってきた前宰相の血を引く、浅慮なウルドの王族がアンベール国王の誘いに乗り、アンベール国王に自らの妹を嫁がせたジェンド国王もまた彼に同調した。

ゆえに、三国の建国以来、初めて結託しての戦争となったのだった。

◇◇◇

カレン神官長による大陸の講義（？）のあと、クリスフィア公爵が最初の私の質問に答えた。

「話がとんでもない方向に飛んだけど、先行部隊の食事だがな、まあ、野菜以外は大丈夫だ」

確かに。軍の食事の話から、ウルド国のアルトゥール・アウルス子爵の出生の秘密まで飛んだのはびっくりだ。

「野菜ですか？」

カレン神官長が首を傾げた。

「今回の出征は冬だからな。今は実りの秋だが、逆に言えば冬期間、野菜は新鮮なものは望めないだろう」

穀類は十分だけれど、野菜はたぶんこれから不足になるだろう、とのことだ。

「先行部隊で持っていく分は十分な量があるだろうが、その後だ。後続部隊による補給だけでは野菜はウルドまでの道程が長すぎるから難しい。これから収穫したものをうまく保存しなければな」

今回は勝利前提で、きっちり半年間ウルド国にいる予定だ。

これまで、兵役は半年間で、国境付近での従軍だった。

攻めてくる他国軍を国境付近で迎え撃ち、国境を越えさせまいとしていた。

だから、従軍している人は祖国であるアースクリス国の近くで戦っていたのだ。

ゆえに食糧の補給も容易だった。

けれど、今回はウルドの王都まで侵攻する。

先ほど教えてもらった通り、他国の王都にまで攻め込むのは初めてのことなのだ。

「開戦前は小競り合いばかりだったからな。本格的な戦争は俺も初めてだった。最初の一、二年はあっちでもこっちでもひっきりなしに戦闘があって、兵も大変だったが、陣頭指揮をとられる陛下も、同様の指揮権を持つ公爵たちも大変だったな」

話には聞いていた。

一番犠牲が多かったのは最初のあたりの二年間。三年目は敵の勢いが落ちてきたと言っても、きつかったとクリスフィア公爵が言った。

そうだ。このアースクリス国一国で三国を相手にしているのだ。

ずっと返り討ちにしてきたけれど、犠牲者もたくさんたくさんいる。後遺症を負った人だっているのだ。バーティア領民のハロルドさんやルーンさんのように。

「戦地ではずっと気を張ってピリピリしている。戦争はいわば殺し合いだ。相手を殺したり、知人や友人が目の前で殺されたり傷つけられたりして、精神的にやられる者も多い。それでも兵たちは、大切な者たちを護るために心を奮い立たせているのだ」

「――はい」

ローディン叔父様とリンクさん、カレン神官長が真剣な顔で話を聞いている。

「そんな中でな。食べなれた故郷の味を食べ、腹が満たされると身体と心が安心する。そして、しっかり睡眠をとることができれば――また立ち上がれる。生きるためにも精神的な活力のためにも、本当に食事は大事なものだ。だからこそ、兵にはしっかりした食事を用意してやりたいと思っている。これまでは、比較的アースクリス国に近いところでの戦闘だけだったから、食糧の補給は難しく考えなくても良かったが、これからは別の国に行く。――だから食糧や物資の補給と確保、その継続が重要になるのだ」

そして、クリスフィア公爵は視線をリンクさんに向けた。

「補給基地は、ウルド国との国境沿いに数か所。その中にデイン辺境伯領も補給物資を集積する場所として入っている。万が一どこかが奇襲されても別の補給基地からウルド国にいるアースクリス国軍に補給が可能になるようにな。――デイン辺境伯領だけではなく、ウルド国と陸地で接するエフベ辺境伯領も、ウルドの王都を落とした後は、支援のための拠点になる」

デイン辺境伯領の港からは、西の海を回って、ウルド国のランテッド男爵所領の港に入ることができる。

また、ウルド国の海に繋がる河川を通れば、ウルド国の真ん中くらいまでは船で行けるのだ。

「はい。デイン領が補給基地になることは想定していました」

リンクさんが頷いた。

リンクさんの故郷であるデイン辺境伯領は、大きな港と軍隊を有している。これまで海から何度も侵攻しようとした敵国を撃退してきた、辺境伯軍だ。

そしてデイン辺境伯領も、開戦直後、三国の一斉襲撃を受けた。

デイン領の海からは三国の連合軍が、西側のウルド国は陸から侵攻、ジェンド国も国境の川を渡河して侵攻してきた。

アースクリスの要衝であるデイン領を手に入れようと、三方向から攻められたのだ。

さらに時を同じくして、王都に近い国境付近や、アンベールやウルド、ジェンドの国境付近でも戦火が上がり、陛下やすべての公爵たちがそれぞれの戦地へと赴くこととなった。

つまり敵の三か国は、デイン領を確実に手に入れるため、アースクリス国が援軍を送ることができないように同時多発的に襲撃を仕掛けたのだ。当然、仕掛けられた方は堪ったものではない。

そんな中、デイン領へと援軍に赴いたのは現在のクリスフィア公爵と、父親の前公爵だったそうだ。

クリスフィア公爵たちは、デイン辺境伯と共に戦地を駆け回り、デイン前辺境伯《ローランドおじい様》とホークさんも戦地を駆けた。

その時辺境伯軍は三方向からの攻撃、しかもあまりの数の多さに押され気味だった、という。

だがディーク・バーティア元子爵も駆けつけて、魔術師たちの指揮を執り、見事に撃退した――ということを初めて聞いた。

それを聞いて、ひいお祖父様も戦争に行ったの!?　と驚いた。ひいお祖父様の年齢では、軍役を課されないはずなのに。

「バーティア先生はさすがだ。ホークを援護して、私の軍や辺境伯軍の魔術師たちに的確な指示を出していた。一時に何方向からも攻められたらどこかに穴が空く。その穴を見事に埋めてくれた。あの時バーティア先生が駆けつけてくれなかったら、大変なことになっていたことだろう」

クリスフィア公爵が思い出しながら、感慨深げに頷く。

「祖父のその話は聞いています。……その時私たちは魔法学院にいましたから、周りから聞いただけですが」

開戦直後は、まだ王都の全寮制の魔法学院にいたローディン叔父様とリンクさん。

クリスフィア公爵は、まだ公爵位を継ぐ前で魔法学院の教師をしていた頃だという。

デイン領への敵襲の知らせを受けて、デイン領に戻ろうとしたリンクさんを引き止めて説得したのが、ディークひいお祖父様だった。

『お前より私が行った方が役立つだろう。違うか？』

そう言って、颯爽と戦地に向かったとのことだった。


突然デイン領の戦地に現れたディーク・バーティア元子爵に魔術師たちは驚いたそうだが、彼らのほとんどが彼の教え子だったため、皆素直に指示に従ったらしい。

三国の一斉攻撃という圧倒的な数の差に、押され気味だった戦局。

公爵の言った通り、ひいお祖父様は戦地にいた魔術師を見事にまとめ上げて、戦局を一気にひっくり返し、勝利に多大に貢献したとのことだ。

「しゅごい!!　ひいおじいしゃまかっこいい!!」

聞いていて、その光景が目に浮かんでくるようだった。

映画とかアニメのワンシーンのようだ！

「ああ。お祖父様はすごい方だ」

ローディン叔父様が誇らしいと言って微笑んだ。

「おじしゃま!!　あーちぇ、ひいおじいしゃまにまほうおちえてほちい！」

王妃様が私の魔法学の教師を選ぶと言っていたけど、そんなにすごい人なら、ひいお祖父様に教えてもらいたい！

「ああ。それはいいだろうな。教師の一人に入れてもらうといい」

クリスフィア公爵が頷いた。

魔法学はいろいろある。

魔力で四大属性の魔法を使ったり、魔術陣を作って同様の力を使う学問、魔法道具を作ったり、薬草を扱い医学として役立てる学問など、多岐にわたっている。

ひいお祖父様も、クリスフィア公爵も、魔法と魔術陣の扱い方が得意らしい。

ひいお祖父様が魔法学院の教職を退いた後を引き継いで、その教科の教鞭をとったのがクリスフィア公爵とのこと。

ちなみにクリスフィア公爵は開戦後、ローディン叔父様とリンクさんが卒業すると同時に、教師を辞めて公爵位を継いだとのことだった。

「ひいおじいしゃま、あーちぇにもおちえてくれるかな？」

「ハハハ。大丈夫だろう。バーティア先生の無表情が崩れるのが見られそうだな」

クリスフィア公爵が楽しそうに言うと、

「もうアーシェの前では別人ですよ」

とローディン叔父様が苦笑して言った。

うん？　ひいお祖父様は無表情じゃないよ？
ぼそりと言うのが多いだけで。
私を見て微笑んでくれる瞳が、ローディン叔父様と同じですごく安心するんだ。

4　訓練メニュー採用？

　さっき、クリスフィア公爵は穀物については大丈夫だと言った。問題は野菜の補給だと。

　野菜の補給か……そうだ、冬は基本的に秋までの収穫物を消費する季節なのだ。

　ウルド国に行く後続部隊では、新鮮な野菜の補給は望めないかもしれない。

　新鮮野菜を年中流通できた前世の農家さんは改めてすごいと思う。

「今年は行軍を予定していたから野菜の作付けも少し多めにしていたのだ。そうしたら、収穫量がすごくて。……ありがたいがな」

　他の三国の状況を鑑みれば申し訳ないくらいの豊作らしい。

　そもそもアースクリス国は建国以来、自然災害がほとんどない。だからこそ、三国は今も諦めずにアースクリス国を奪い取ろうとしているのだ。それはさておき。

「？」

　たくさん出来たのならいいのでは？　食糧支援にも持っていくのだよね？

　クリスフィア公爵の言葉に首を傾げたら、

「一度に出来たからな。これを冬中保たせられればいいのだが」

あ！　そういうことか。長期保存が必要不可欠だ。

「うちもですよ。『作付けを多めに』というご下命が各領地に回ったので。今年の収穫したものが全部保管できるかどうかが怪しいですね」

ローディン叔父様は眉根を寄せていた。

豊作だとは聞いていたけど、保管場所に困っているというのは今まで聞いていなかった。

野菜は種類によって保存温度が違うんだよね。

「じゃがいもやカボチャは倉庫に入れておかないと、厳冬期に凍るので、屋内保存ですね」

ローディン叔父様が言うと、リンクさんが続ける。

「いつもは他の野菜も入れるが、倉庫で全部保存するのは無理かもしれないな」

「ああ。キャベツは藁やシートをうまく活用すれば屋外でも越冬できるから大丈夫だろう」

「大根とニンジンはどうする？　今年は倉庫に入り切らないぞ」

「うーん。急遽倉庫建てられるか？　……でも間に合いそうもないな」

そう、今年は大根が豊作だったのだ。

「……おまえらすごいな」

ローディン叔父様とリンクさんの野菜談議に、クリスフィア公爵が驚いている。

クリスフィア公爵は本格的な戦争になって初めて、食材の確保が大事なのだと思い知らされたという。

開戦して最初の一、二年は三国の勢いが凄かったため、長期戦も度々あった。

戦争というのは戦闘だけで人が死ぬのではない。

食糧の補給がままならなければ自滅してしまう。そんな危機が何度もあったらしい。

その経験からアースクリス国では、各国に攻め入る準備として、十分な食糧を確保すると決めて穀物を貯蔵してきた。

クリスフィア公爵は、野菜に関しては領地での収穫量の報告を受けていただけで、実際の育て方や野菜の特徴、保存方法も知らない。

貴族の中でも高位の公爵様なのだ。畑の土に触ったことがないのは当たり前だろう。

今年豊作で倉庫に入らないです、との報告を受けて、対応に苦慮しているらしい。

同じ貴族のローディン叔父様とリンクさんの会話を聞いて、クリスフィア公爵の目が驚きでどんどん見開いていったのが面白かった。貴族でも農作業をする、ローディン叔父様やリンクさんの方が珍しいのだけどね。

「商会での生活も、もう四年になりますから。一通りは分かります」

ディークひいお祖父様からの提案で、ローディン叔父様たちは庶民と同じ生活をしてきたのだ。

日の出とともに起きて働き、食事作りや掃除洗濯など、身の回りのことを自分で行う、という貴族ではありえないことをやってきた。

「ここでの生活は最初不便でした。何せ、お茶はともかく、スープ一つ満足に作れなかったんです」

「そうだな。見かねた商会のみんなに助けてもらわなかったら、大変だったろうな」

ローディン叔父様とリンクさんが懐かしそうに言うと、クリスフィア公爵が苦笑いした。

「まあ、貴族とはそういうものだがな」

「ええ。貴族は領民の生活と命を守る。私もそのためにいろいろと勉強してきたつもりでした。国に仕えること、そして領地を守る仕事は重要です。私はそれだけで十分かと思っていました。ここに来るまでは」

そう言うと、ローディン叔父様は優しく私の頭を撫でた。

うん？　どうしたの？　と見上げたら、ローディン叔父様がにっこりと笑っていた。

「私たち三人だけなら、自ら料理をすることもなく購入したものだけでずっと暮らしていたでしょう。けれど、私たちにはアーシェラがいました。アーシェラを育てるために自分たちで離乳食を作って食べさせる。離乳食など売っているところはありませんからね。――その食べ物はどうやって調理するのか、そしてその食材は安全なのか。そしてその野菜はどうやって育っているのか――そうやって深く知ろうとしたら、今まで見えなかったものがたくさん見えるようになったんです」

「ああ、その通りだな」

リンクさんも同意する。

ローディン叔父様もリンクさんも、商会での生活で大事な経験をしたのだと話していたことがある。

「おかげで領地のことを深く知ることができたのです。農作業もいい経験になりました」

「知見が広くなったわけだな。あのリンクが落ち着いたくらいだから、こういう体験もいいのだろうな。平和になったら、うちの一人息子にもいつか同じ体験をさせてみたいものだな」

クリスフィア公爵の言葉に、リンクさんがむくれた。

「あのリンクってなんだよ……」

「ん～？　一見落ち着いて見えるが、その実、生傷が絶えなくて周りをひやひやさせていただろう？　そのお前が妙に落ち着いたと思ってな」

「あれは別に俺のせいじゃない。てかその話はやめてくれ！」

「分かった分かった」

だいぶ砕けた口調だから、魔法学院にいた頃もそう悪くない間柄だったのだろう。

ケガのくだりを尋ねたら、魔法学院時代、今は薬師になったドレンさんと、リンクさんはよくやり合っていたらしい。

きっかけはテルルさん。

今はドレンさんの奥さんになったテルルさんは、魔法学院入学当時、あまり男の人に興味がなくて、魔法学院に入学するなりテルルさんに一目ぼれしたドレンさんが猛烈アピールしてきても、なんとも思っていなかったらしい。

だけど、一年を過ぎてもドレンさんが突進してくるので、さすがに困ってしまいきっぱりと断ったらしい。うん、男前だ。

たまたまリンクさんがその近くを通って、事情を知らずに知り合いのテルルさんに親し気に声をかけたことから、誤解をしたドレンさんに喧嘩をふっかけられたことがあったそうだ。

その後、誤解が解けて仲良くなった後も、腕試しでやり合ったとか。

で、ローディン叔父様が二人を治療する、というルーティーンだったらしい。

結局、魔法学院を卒業したのちドレンさんの努力が実を結んでテルルさんとめでたく結婚。リンクさんが祝福すると同時に、その執念に盛大に呆れたという話だった。本当にね。

また話が横にずれたな、とクリスフィア公爵が笑った。

そうだ。野菜野菜。

「需要と供給のバランスが大事ですね。ウルド国への供給も考えたら収穫量は過剰ではないのですが、保存できないというのは問題ですね」

「そうなのだ。せっかく実ったが、保存や加工が間に合わない」

このまま畑に置いては傷んでしまうし、収穫してもいずれ傷んでしまうだろう。

――ん？　さっき収穫しても保存する場所がないのは大根とニンジンって言ったよね？

収穫した野菜を、冬の間最大六か月間持たせる方法。それは。

「つちにうめる」

いわゆる土中保存法。

そう、大根やニンジンの保存にはこの方法が有効なのだ。

◇◇◇

何度も言うけれど、私は前世農家の娘だった。

畑で実った秋冬大根を、冬の間農業機械で掘った穴に埋めて保存すれば、凍って傷むこともなく、味が落ちることもない。霜が降りる前に収穫して穴に埋めておき、春になるまでの間、需要に合わせて掘り起こし、市場に出荷していたのだ。

きっぱりと言った私の言葉に、ローディン叔父様が訊き返してくる。

「土に埋める？　何を？」

「だいこんしゃんとにんじんしゃん」

「？　大根って収穫して倉庫に詰めておけばある程度保つぞ。時間が経つと干からびて中が白くなるから、味は落ちるがな」

リンクさんのその言葉に、クリスフィア公爵やカレン神官長は首を傾げている。

時間が経った大根など、食べたこともなければ見たこともないのだろう。

リンクさんもローディン叔父様もずっと料理をしてきているからこそ、分かることなのだ。

リンクさんの『ある程度保つ』という言葉に、私は頭をふるふると振った。

「だいこんしゃん、かんしょうによわい。ちめったかみにちゅちゅんで、たててほじょんしゅる。おいちいのながもちしゅる」

リンクさんが気がついたように、ぽんっと手を叩いた。

「それって。あれか！　アーシェが台所の隅に立てて置いてるやつ！」

「そういえば昨日も使いかけを同じようにして立てて冷蔵庫に入れていたな」

ローディン叔父様も冷蔵庫の中を思い出したらしい。

「前に入れておいた大根も使い切るまで新鮮に近かったような気がするな」

うむ。立てて保存する。それは基本である。

「「なんで立てるんだ？」」

えーと。うまく説明できるかな。

「だいこんしゃん、ごぼうしゃん、にんじんしゃん。そだちゅとき、つちのなかでたてにのびる」

「「そうだな」」

ローディン叔父様とリンクさんが頷く。

「そうなのですか？」

「へえ。そうなのか」

とカレン神官長とクリスフィア公爵。

「おやちゃい、しゅうかくちてもいきちてる。ほじょんしゅるときも、そだったときとおなじにしゅると、おやちゃいさんもらくにいきができて、ながもちしゅる」

「そうかもな」

「しょれに、つちにあったおみじゅがない。かみにおみじゅちめらせてまくと、ながもちしゅる」

クリスフィア公爵がうんうんと頷いている。

「おお。分かりやすいな」

ローディン叔父様もリンクさんも頷いた。

よし、もう一息だ。長文は疲れるのだ。

「だいこんしゃん。つちにうめると、つちのおみじゅでかんしょうちなくて、いっぱいながもちしゅる。しょれにつちをかぶしぇるとこおらない」

大根を埋めるために五十センチメートルほど掘ると、土の温度は外気温に関係なく一定に保たれるのだ。厳冬期に外気温が氷点下になっても土の中は五度から六度ほどで一定。いわば天然の野菜保冷庫である。

「だから、土に埋める、か。新鮮さが長持ちするなら試しにやってみるか。数日中に大根畑の収穫をするつもりだから、保存は倉庫じゃなくて、畑に穴を掘って埋めてみよう」

ローディン叔父様の提案にリンクさんも頷いた。

「ああ。やってみる価値はあるよな。新鮮なまま長く保存できれば、それに越したことはないし」

どうやら、土中保存法が採用されたようだ。

ニンジンやゴボウも保存できると話したら、同様に埋めてみるとのことだ。

比較のために少しだけ倉庫に入れてみて、鮮度の違いを比べてみようと話していた。

うん、それでいい。比べてみた方が説得力があるのだ。

それにこういう時、ローディン叔父様もリンクさんも私の言葉を疑わない。

頭ごなしに否定することもなく、意見を取り入れてやってみようと動いてくれるのは、信用されているようでとても嬉しい。

「クリスフィア公爵。うまくいけば補給の際に新鮮な野菜が手に入るかもしれませんよ」

ローディン叔父様が自信を持ってそう言うと、クリスフィア公爵が驚きながら頷いた。

「お、おう。それは助かるな」

「アーシェがこういったことを言う時は間違いがないことが多いんです。ウルド国に冬の間に新鮮な野菜が届いたらアーシェが言ったことが間違いではなかったという証明になりますね」

「ウルドで楽しみに待っているよ」とローディン叔父様が微笑んだ。

「あい!!」

良かった。あ、でも。これだけは伝えないと台無しになる。

「はっぱきらにゃいと、はっぱにすいぶんとられて、だいこんがしわしわににゃる」

「ああ。アーシェがやってたように、大根と葉のすれすれのとこを切るんだろ」

「あい!!」

私はまだナイフを使えないため、お願いして切ってもらっている。なので、すぐに理解してくれた。

「葉っぱも炒めると美味いよな。スープにしてもいいし。葉っぱを乾燥させるのもありか……」

「しょれいい!」

私が言おうと思っていたことを、リンクさんが先に気が付いて言ってくれた。

「収穫の時に山ほど出るし。洗って湯がいて乾燥させれば、兵糧にも出来るな」

ぱちぱちと手を叩いた。大正解だ!!

「はっぱ!　えいようたっぷりありゅ!」

「お、おお。そうだな。それはありがたいな」

クリスフィア公爵が、思ってもみなかった食材《大根の葉》の登場に驚いている。

貴族の皆さんはおそらく大根の葉など食べたことがないだろう。

それでも、大根の葉は前世でも緑黄色野菜に分類されるほど栄養がたっぷりなのだ。乾燥させたら葉野菜として大量に用意できるだろう。

クリスフィア公爵は、土中保存法を他の領地にも勧めてみるとのことだった。ただし、最終的にはそれぞれの領地の判断に任せるらしい。

うん。それでいい。無理強いすることではないからね。

「良かったですわね！　食糧問題が少し解決しましたわね！」

カレン神官長が明るく言った。

「ああ。これから収穫するところは土中保存を勧めてみよう」

「もう収穫したところもあるのでしたよね？」

「それはウチだ。これ以上遅らせると駄目になるからと数日前に収穫したが、置き場所が不足して畑に積み上げてある。このままでは傷んでしまうがな」

そうだった。

柿の収穫からも分かるように、たぶんクリスフィア公爵の領地は収穫が早いところなのだろう。

「畑に置いてあるものは、先ほどの方法で埋め直してみよう。倉庫のものは流通させて消費だな。それでも大量に余るから乾燥野菜に回そうと思っているが、手間がかかってな」

この世界でも干しシイタケは普及していて、旬の時期に収穫したキノコや野菜も天日干しして保存食にしている。その中には大根を使った、切り干し大根的なものもあった。

クリスフィア公爵領で大量に余った大根は、切り干し大根を主として、スープに入れられるように小さく切って乾燥させているらしい。

確かに、いい方法だ。

でも、大きい大根を加工するのに、そんな細かな作業では大変だろうし、加工が間に合わなかったらせっかく出来た大根が傷んでしまうだろう。

——もったいない。

それに、ローディン叔父様のいる先行部隊に、補給部隊が辿り着くまでに何が起きるか分からない。

不測の事態を想定して、先行部隊に傷む心配のない保存食をできるだけたくさん用意して渡したい。

じつは——大根なら、あの方法があるのだ。

どのくらいで出来るか分からないけど、やってみる価値はあるかと思う。私がやったことがあるものしか今は用意できないけど。

廃棄寸前の材料《大根》がいっぱいあるからうまくやればたくさん用意できるかもしれない。

——ただ作るにはまだ季節が早いし、時間がいっぱいかかるのだ。

どうしよう?

頭の中がぐるぐるしてきた。

「「どうした？　アーシェ？」」

クリスフィア公爵の話を聞いた後、宙を見つめて固まってしまった私を、ローディン叔父様とリンクさんが心配そうに見ていた。

向かい側に座っているクリスフィア公爵とカレン神官長も首を傾げている。

二人とも身の内にすごい魔力を秘めているためか、身体の周りににじみ出るオーラが見えた。

――あ!!

そうだった！

ここには何人も魔法使いがいるのだ。

自然に任せなくても、魔法で作ればいいのだ!!

「んーと。かぜまほうと、こおりのまほう。いっぱいちゅかえる？」

振り向いてそう聞くと、後ろにいたローディン叔父様とリンクさんが頷いた。

「そりゃあな。何したいんだ？」

「だいこんでほじょんしょく。ちゅくる」

「「うん。それで？」」

ローディン叔父様とリンクさんは通常運転。

一方のクリスフィア公爵とカレン神官長は、私たちの会話を聞いて目を見開いている。

説明が難しいと言えば、とにかくやってみようということになった。

みんなで台所に行くと、台所の中には炊き込みごはんの具材のごぼうとニンジンとマイタケを炒める良い匂いが漂っていた。

「ふあああ〜。すでに美味しそうな香りですわ〜！」

カレン神官長がコンロで調理をしているローズ母様のもとにぴょこぴょこと行って、鼻をすんすんしている。

「私も作れるといいのですけど、皆に止められるのです。一番下の神官は貴族とはいえ身の回りのことや食事作りもするものなのですが」

神殿に入った当初から、食事作りはみんなに止められているという。

「ふふふ。私も聞いておりますわ。カレン神官長様。魔法学院時代に行われた、生徒同士ペアになって魔法の塔に入り、三日間耐える訓練の時のこと」

ローズ母様が言うと、ローディン叔父様が後に続いた。

「ああ。私たちも聞いてる。携帯食料をなくしてしまって、他のペアが助けてくれた話」

へえすごい。他のペアの人が助けてくれたんだ。

「だけどそのペアも、カレン神官長とペアを組んでいた人も訓練で疲れ切ってて、一人元気いっぱいだったカレン神官長が料理をしようとしたら」

リンクさんが続けると、クリスフィア公爵が最後をさらった。

「食材と一緒に指を切り落としそうになって、みんなが慌てて止めたんだよな。――ったく。訓練時間外で生徒たちの悲鳴が聞こえて焦ったんだぞ」

「面目ございません……」

その悲鳴で現場に駆け付けたのは、教師になったばかりのクリスフィア公爵だったそうだ。

「しかも、携帯食料だって本当はなくしたわけじゃなくて、計画性なしに食べてしまったんだよな」

「ミッションクリアしたら、出られると思っていたので……」

「それはお前の思い込みだ。きっちり三日間の訓練だ。ミッションクリアが早かろうと遅かろうと決められた時間を過ごすと、何度も説明したはずだぞ」

クリスフィア公爵が呆れてそう言うと、さらにカレン神官長の声が小さくなっていった。

「あれから、訓練の際は、調理にナイフを使わないようにあらかじめカットした食材を渡すことにした。どうしても必要だと希望する者には許可制にしたし、三日分の食料を一日で食べ切らないように、一日分ずつ小分けして渡すようにした」

「え!?　もしかして、三日分を一日で食べたんですか?」

クリスフィア公爵の言葉にローディン叔父様が驚くと、はじかれるようにカレン神官長が叫んだ。

「すみません！　うちの家系はみんないっぱい食べるんです！」

確かに。王妃様もたくさん食べる人だった。この二人が属するクリスウィン公爵一族はエンゲル係数が高そうだ。

「有事の際の訓練も兼ねているから、二日分の食料を渡して三日間保たせるようになっている」

「じゃあ、二日分を一日で食べたんだな」

リンクさんが少し呆れて言うと、カレン神官長の声がもっと小さくなった。

「はいい……」

「ふふふ。フィーネ……いえ王妃様も『これじゃあ全然足りないわ！』と言っておられましたよ。食料は一日分ずつに分けられていたので、私たちの時は三日目までちゃんと保ちました。あれはカレン神官長のおかげだったのですね」

「はあぁ。そんな裏話があったなんてな」

なんだか、カレン神官長。うっかりさんで面白すぎる。

「今日は炊き込みごはんをたくさん作りますので、いっぱい召し上がってくださいね」

ローズ母様が微笑むと、カレン神官長が感動して母様に抱き着いた。

「ローズさあん！　ありがとうございますぅ～～」

うん。ローズ母様に抱き着くところとか、いっぱい食べるところとか、ちょっと王妃様に似てる気がする。親戚だもんね。

◇◇◇

さあ、炊き込みごはんの準備を邪魔しないように、保存食作りに入ろう。

まずは、叔父様たちに家にあった大根の下ごしらえを頼んだ。

立派な大根を十五センチメートルくらいに切って、皮を剝いて二つ割。それを三本分。

大きい鍋に敷き詰めて水から煮る。

そして沸騰してから大根が透き通るまで煮る。大体十五分くらいだ。

煮えた大根を一度冷たい水で冷やした後、平らなザルに重ならないように並べた。

本当はしばらく水につけてアクを抜く工程があるけど、この世界の大根はアクが少ないからこのステップは省く。時間もないことだし。

さあ、ローディン叔父様とリンクさんの魔法の出番だ！

ちょっと肌寒い庭に出て、煮えた大根が入ったザルを木箱の上に載せた。

「りんくおじしゃまがこおりゃせて」

「分かった。こうだな」

リンクさんが頷いて魔力を使う。

——リンクさんの魔力の色は銀と青だ。キラキラして綺麗。

手のひらから放たれた魔力で、パキパキと音を立てて大根が凍結した。

凍った後、自然に溶けるのを待つ時間はないので、魔法で手助けしてもらおう。

「こおったら、とかしゅ。しょして、かわかしゅ」

「次は私だな。火の魔法の応用で熱を当てて——風を当てる」

ローディン叔父様が言うと、ザルから大根が浮き上がって魔力で球体のような空間が出来た。

「こうした方がこの空間だけに魔力を送れる」

「ああ。いいな」

リンクさんが頷いた。

魔力で作った球体の中でくるくると回るうちに、凍った大根の氷が溶けて、風によって水分が抜けていく。

そして再び氷結魔法、そして火の魔法の応用の熱で溶かして風で乾かす――の繰り返し。

途中からクリスフィア公爵とカレン神官長も参加した。

「どんどん小さくなっていきますわね！　面白いですわ～～!!」

そう言って、楽しそうに一人で氷結魔法、火と風の魔法を駆使しているのはカレン神官長だ。

すごい。

「「さすが、神官長だな」」

とローディン叔父様とリンクさんも感心している。

氷結魔法は水の魔法の上級魔法。熱は火の魔法の応用で難易度も高い。そして風魔法。

属性の違う魔法を次々に繰り出すのは大変なのだそうだ。

けれどカレン神官長は苦もなく、楽しそうにやっている。

ああ。面白そうだ。私も魔法が使えたらいいのに。

私も魔法の勉強をすることになっているが、王妃様が主導なので用意が出来るまで待っているところなのだ。

それはさておき。

――ゆがいた大根を、氷点下の真冬に、軒下で乾燥させる。

大根は夜に氷点下で凍り、日中はお日様の力で溶ける。

その繰り返しで出来るのが『寒大根《かんだいこん》』だ。

凍《し》み大根とも言うけど、前世の我が家では寒大根と言っていた。

二週間ほど時間をかけてしっかりと、からっからに乾燥させると、美味しい保存食になるのだ。

煮物に入れても美味しいし、前世の我が家ではお味噌汁が定番だった。

こっちの世界で自然の力に任せても出来るだろうけど、今は時間がないのだ。

四人で交代で一時間ほどかけてやってもらったら、からっからに乾燥した。

魔法ってすごい。自然に任せたら二週間かかるのが一時間で済んだのだ。

「へええ～。これが寒大根か～」

みんなで、それぞれ乾いて小さくなった大根を手に取って指で押している。

一年でもっとも寒い中で作る大根の保存食なので、『寒大根』と言ったらすんなり受け入れてもらえた。

「すっごくちっちゃくなりましたわね！」

カレン神官長が初めての作業と、それによって保存食が出来た感動を味わっている。

「これで、ほじょんしょくになった」

「これって食べられるんですよね！　いただいてみたいです!!」

「もちろんですよ。アーシェ、どうする？」

もちろん、メニューは決まっている。

——寒大根といったら、絶対あれだ！

「おみしょしるにしゅる！」

前世での定番、寒大根のお味噌汁。

寒大根が出来たら絶対に外せないメニューだ!!


さっそくみんなで寒い庭から台所に戻って料理にかかった。

寒大根をぬるま湯に浸して戻し、ぎゅっと絞って食べやすい大きさに切ってもらってお味噌汁に入れる。刻んでおいた大根の葉っぱも具材にして。

ああ。油揚げが欲しい～～

油揚げからコクが出て美味しくなるし、さらに油揚げが旨味を吸って美味しくなる。

寒大根のお味噌汁にはマストアイテムなのだ。

でもないものは仕方ない。

仕方ないからちょぴっとだけ、くせのないオイルを垂らしてみる。油揚げの代わりだ。

ちょうど炊き込みごはんも炊き上がったので、みんなで夕食にすることにした。

まずは、みんなで作った寒大根のお味噌汁から。

お味噌汁は、陶器のスープ皿ではなく、木で作られたボウル型のものによそう。

そっちの方が日本の食卓にあった汁椀に近いから気分的にお味噌汁が美味しく感じるし、熱伝導率が低いので陶器のものより汁物が冷めにくいのだ。

汁椀からのぼる湯気がもう美味しそうだ。

ふうふうしながらお味噌汁を一口。そして、寒大根を味わう。

――ああ。懐かしい……そして、とっても美味しい。

「「美味しい……」」

ほうっ、という声が聞こえる。

そう。あったかくて美味しくて安心する味なのだ。お味噌汁は。

そして、寒大根もとってもよく出来ていた。

――うん。即席で作った寒大根だけど合格点だ。

久しぶりの寒大根のお味噌汁。

しっかりと大根の味が残っていて美味しい。

それに寒い外にいたから味噌汁の温かさが身体に染みわたる。

ああ～。身体も心もほっこりする～。

「乾燥した大根にお味噌汁が染みて、噛むとじゅわって美味しいのが出てきます～！」

カレン神官長、表現が的確だ。

カレン神官長は初めての味に目をキラキラさせて、お味噌汁の色まで楽しんでいた。

「本当ですわね。生の大根と全然食感が違うけれど、とっても美味しいですわ」

ローズ母様も気に入ってくれたようだ。

「寒大根も美味いし、大根の葉も野菜なのだと分かったな。それに、何よりも味噌汁で身体があったまる。味噌を兵糧用にたくさん仕入れたが正解だな」

クリスフィア公爵が満足そうに頷いた。

そうなのだ。味噌は輸入されると聞いていたが、しっかりと軍用の調味料として採用された。試食会でもその美味しさゆえに欲しがる貴族たちもいたそうで、軍部と貿易の重職を兼任しているデイン辺境伯が、大陸からの味噌や醤油などの調味料の輸入を陛下から一任された。

だから今、デイン家のホークさんは国の偉い人と一緒に大陸へ買い付けに行っていて、来週、大量の米や味噌、醬油などを船に積載して帰ってくる予定になっている。

軍用と国内流通用にたくさん味噌と醬油が輸入されてくるのは素直に嬉しい。

美味しさがいろんな人に広がって需要が大きくなったら、ぜひ味噌職人さんと醬油職人さんを呼んでほしいものだ。

「お味噌汁も、この炊き込みごはんも、お兄様が言っていた通り『茶色いのに美味しい』ですわ！」

「ええ。試食会でも皆さん言っていましたね。確かにこれまで全体的に茶色だけの料理はあまりなかったですから」

「でもでも！　お味噌もお醬油も、美味しい調味料なんですものね！　この炊き込みごはんを食べたら、茶色に抵抗感なんてなくなりますわ!!」

ほくほくしながら、炊き込みごはんのおかわり三杯目をローズ母様にねだっている。

うん。気持ちいいくらいの食べっぷりだ。

魔法学院時代の訓練で三日分を一日で食べたのも頷ける。

「で、これはなんだ？」

テーブルの上には大きな皿にどっさりと細長い、これまた茶色い炒め物が盛り付けられていた。

カレン神官長がたっぷり食べられるように多めに作っておいたのだ。

「さっき寒大根を下ごしらえする時に出た、大根の皮で作ったきんぴらですよ。試食会に出したきんぴらごぼうの、ごぼうの代わりに大根の皮で作ったんです」

小皿に取り分けながらローディン叔父様が説明する。

「皮も食べられるんだな。歯ごたえもあるし。なかなか美味い」

「すごいですわ！　皮も葉っぱも食べられるなんて！　捨てるところないじゃないですか！」

カレン神官長には少し大き目のお皿に山盛りにして渡すと、綺麗な所作で、そしてすごいスピードで料理が皿から消えていく。もちろん、何度もおかわりしていた。

「ええ。食べられるものを捨てるとアーシェが地団駄踏みますからね」

「ああ。捨てると『もったいないおばけ』が出るらしいからな」

ローディン叔父様とリンクさんがくすくすと笑いながら言うと、クリスフィア公爵とカレン神官長が首を傾げた。

「「もったいないおばけ？」」

――う。そのネタはもういいじゃないかと思ったけど。

叔父様たちが楽しそうなのでよしとしよう。

だって。それは大地の恵み。

ちゃんと最後までいただくのが礼儀だと思うのだ。

それに、美味しいならそれでいいよね。

部屋が笑いに包まれたあと、クリスフィア公爵とカレン神官長に、自家製のエビ塩をおみやげにあげることになったのだった。


その後、ローズ母様が作った炊き込みごはんをしっかりとおかわりしたクリスフィア公爵が、テーブルの上の寒大根を手に取った。

「これも兵糧《寒大根》にたくさん入れたいが、な……」

試しに作った寒大根は大好評だったけど、今は自然の力で作るには時期が早すぎるのと、魔力で作るとしても時間がかかりすぎる。

今現在クリスフィア公爵領で余っている大根を救済するには、ちょっと力不足だったみたいだ。

むう。残念だ。

「厳冬期の保存食として、兵糧にはピッタリですけどね」

クリスフィア公爵の残念そうな声に、ローディン叔父様が言う。

「しゃむいひがちゅぢゅいたひに、のきしたにぶらしゃげる。こおって、かわいて、くりかえしゅとできる。じかん……んーと。ひにちがいっぱいかかりゅ」

魔法を使わなくても、厳冬期の寒い日に自然の力で作れるのだと一生懸命説明する。

すると、リンクさんが、

「今年は大根が豊作だったからな。厳冬期に大根を掘り起こして寒大根を作っておく。完全に乾燥したら、来年の春以降に俺がジェンド国に行く時にも、その後のアンベール国侵攻の際にも持っていけるからな」

とローディン叔父様に言う。するとクリスフィア公爵がその話に乗った。

「そうだな。今兵糧にできなくても、これから先の兵糧には十分採用できる。頼む」

「分かりました」

――厳冬期。そうなのだ。

補給部隊は何陣か出るものの、自然の力で作ると、どうしても時期が遅くなってしまう。

今はまだ氷点下になるほど寒くはないし、作る時期を誤ると傷んでしまう。

今作るには、魔法を使わなくてはいけないのだ。

先ほどのローディン叔父様とリンクさん、カレン神官長、クリスフィア公爵のように。

「――そうですわ！　魔法学院の訓練メニューに入れればよろしいのです!!」

ん？　魔法学院？

カレン神官長の明るい声が部屋に響いた。

「！　それは名案だな!!」

クリスフィア公爵の目が輝いた。

「そうか!! そういう手もあったか。盲点だったな」

「それはいいですね」

とリンクさんもローディン叔父様も頷いている。

「よし!! 一年生は風魔法と、火魔法の応用法を習得するのに適しているし、二年生は氷結魔法習得を卒業資格に入れるとでも言っておけば、必死になるだろうな。ふっふっふ」

クリスフィア公爵が楽しそうに、そして悪そうに笑った。

「訓練の方法もマンネリ化してきてるからな。こういう新しいやり方は教師たちにも歓迎される。教師たちも生徒に教えるためにやり方をマスターしなければならない。目的を伝えて生産した分の特別手当を出してやれば協力してくれるはずだ。大根を廃棄しなくてもいいし、保存食も出来るし、生徒たちの新しい訓練メニューにもできる。一石二鳥どころか一石三鳥だ!」

クリスフィア公爵の声が弾んでいる。

カレン神官長が魔法学院での製造を思いついてくれたおかげで一気に解決に向かっていけそうで、良かった。

魔法学院で訓練メニューに使われる大根は、クリスフィア公爵領と、王都近辺から大量に調達するようだ。

どうやら、寒大根を魔法で作るのはいろんな意味で効果的な訓練メニューになるらしい。

風魔法と火の魔法の応用、水の上級魔法である氷結魔法と、いろいろ組み合わせる必要があるのが大きい。

ローディン叔父様のように魔法の球体を作るのも、結構な難易度だそうだ。

「これを一人でできるようになれば、いい使い手になるぞ」

「何度も同じ魔法を繰り返すから、魔力を巡らせるいい訓練になりますよね」

「それに、生徒なら何人も関わって一つの課題をやることになる。連帯感も出るはずだ」

うんうんと満足そうにクリスフィア公爵が頷いている。

そんなこんなで、魔法学院で寒大根作りと、大根の葉の乾燥野菜作りをする方向で話が進んでいった。

また、土中保存についてはバーティア領で成功したら、アースクリス国中に有効な保存方法として正式に通達することになった。

とはいえ、それらの方法は情報として渡すけれど、やっぱり保存方法については各領地の判断に任せるということだ。

私は冬期間の保存方法として確立しているとは思うけれど、初めてのやり方に抵抗があるのは仕方がないことだしね。

そしてローディア叔父様とリンクさんはクリスフィア公爵に、後続の補給部隊にバーティア領からも新鮮な大根やニンジンを調達する約束をした。

これから先、各家庭の軒下に、秋には柿が、厳しい冬には大根がぶら下がるようになるかもしれない。

まるで前世での我が家のように。

野菜の保存食の大量確保の目途が立ったせいかクリスフィア公爵が明るく笑った。

「ありがとうな！　アーシェラちゃん！」

そう言って、私の頭を力強く撫でた。

私が提案したことはちょっとした家庭の知恵みたいなものだけれど、カレン神官長が解決案を思いつき、クリスフィア公爵が積極的に受け取ってくれるので、大きく事が動いていくようだ。

良い方向に行きそうで私も少し安心した。

みんながお腹いっぱい食べられればいいね。

◇◇◇

クリスフィア公爵の私を見る淡いアメジストの瞳がとっても優しい。

この人がローディン叔父様の軍の上司なのだ。

クリスフィア公爵は、これまで何度も戦地に赴いてきた。

国王陛下と、軍の指揮権を持つ公爵である、クリスフィア公爵、クリスティア公爵、王妃様のお父様のクリスウィン公爵、ローズ母様の義父であるクリステーア公爵は、ずっと先頭に立って軍を率いてきたのだ。

特にまだ若手であるクリスフィア公爵については、ご家族の皆さんも心配しているだろう。

――クリスフィア公爵はとても強い。

さっき寒大根を作るのに魔法を使った時、軽くやったように見えたけど、その時の魔力の輝きは強く、その威力に驚いた。

それに、最後のあたりは一人で魔法の球体を操り、風と火と氷結魔法だけでなく、太陽を思わせる光の魔法までも駆使していた。というのも、

『おひさまのひかりとねつで、こおっただいこんをとかしゅ』

と、交代で休憩している時に、自然に任せて軒下で作る方法を話したら、クリスフィア公爵はそれまで火の魔法の応用の熱で溶かしていたのを、『光』も使ってやり始めたのだ。

『光』の魔法もあるんだ。――とはいえ、光魔法の使い手はとても稀なので他言無用とのことだった。今日は秘密をいっぱい聞く日だなあ。

「四大属性全部使える上に、光魔法も使えるとかって。相変わらず規格外だよな～」

とリンクさんが感心していた。

「光はともかく、お前たちも四大属性全部の素質はあるはずだぞ。得意なのが二個くらいなだけで。バーティア先生に教えてもらってたんだろう?」

クリスフィア公爵が言う『バーティア先生』とはディークひいお祖父様のことだ。

「ええ。小さい頃の遊びと言えば、魔法だったので」

ひいお祖父様は、孫であるローディン叔父様に小さい頃から魔法を教えていたらしい。

元を辿れば、バーティア子爵家もデイン辺境伯家も、王族や公爵、侯爵などの血が入っている。

魔力は血で受け継がれるため、様々な属性の魔力が遺伝することになる。

けれど、魔力は使える種類が多いほど身体に負担がかかるため、大抵の人は一属性しか持たない。

だがバーティア子爵家は、昔から魔力量が多く、血筋的にも多種類の属性を持っている。それはデイン辺境伯家も同様だ。

その中でも相性のいい属性二つくらいが、身体に無理なくこなせる範囲らしい。

もちろん、鍛錬していけば魔力量も増えるし、魔術陣を使いこなせれば火・水・風・土の四大属性すべての魔法を使うことも可能。

また一属性しか使えないほど魔力が少ない者でも、魔術陣や魔法道具を使うことで、他属性の力を使うことができるのだそうだ。


ローディン叔父様は五歳、二歳年上のリンクさんは七歳で、当時の神官長であったレント司祭に一緒に魔力鑑定をしてもらった。

血筋的にバーティア子爵家は風と火の使い手が多い。その例に漏れず、ローディン叔父様にもそれが強く出たそうだ。それだけではなく、デイン辺境伯家やマリウス侯爵家の血も入っているため水や土の属性も入っている。

同じくリンクさんも水と風の属性と相性がいい。海辺の辺境伯領を代々受け継いできたデイン家は、水の魔法に特に親しんでおり、また風によって船を動かしてきた。

デイン家所有の貿易船を運用する際、嵐でも海難事故がないのは、デイン家の魔力が優れているからでもある。

それでも、子供の頃はその能力を十分に使うことが出来ない。

そのため、幼い頃から教師に魔力操作を教わるのである。

ローディン叔父様やローズ母様、そしてリンクさんとホークさんは、幼少期に魔力操作の基礎をディークひいお祖父様から教わったそうだ。

ひいお祖父様は三十年近く魔法学院の教師をしてきた人である。

魔法の特性をよく知っていて、その使い方も熟知している方だ。これ以上はない指導役だったと思う。


——話を戻そう。魔力のことをまとめると。

つまり、適性があれば、鍛錬次第で魔力は開花する。

魔力量が少なくても正確な魔術陣を作ったり、魔法道具の正しい使い方を習得すれば、十分に思い描いた魔法を使えるのだという。

魔法学院で教鞭をとってきたひいお祖父様は、いろいろな魔法を習得することで、将来の可能性を広げることができると確信していた。

特に四大属性の魔法を身に付ければ、身の安全も確保できる。

一つの属性でも十分ではあるが、複数使いこなせればその確率は数倍に跳ね上がるのだ。

ひいお祖父様は孫であるローディン叔父様を確実に守るために、すべての属性を扱えるよう教育を施したという。

風や火は息をするように使いこなせるように。そうではない水や土の属性は、魔術陣を敷くことで補えるように。

長年の教師生活で手に入れたたくさんの魔法道具の使い方も、子供の頃からみっちりと教え込んだそうだ。

んん？　そんなこと聞いたら、ローディン叔父様って、結構強いのでは？　と思ったけど。

リンクさんもホークさんも、そしてクリステーア公爵家のアーシュさんも、ひいお祖父様に幼い頃から仕込まれたらしくて、「珍しいことではないよ」とローディン叔父様が言っていた。

うーん。規格外な人がたくさん身近にいて感覚が麻痺しているのではないだろうか。

どんな訓練をしたか、聞いてみたところ。

「一番初めに、真っ白い魔法の羽を貰ったよ。風で動くのではなくて、魔力でしか動かないものだ」

「ああ。基本中の基本だな。ただ動かすまでが大変なんだよな」

リンクさんも同じことをやったらしい。

ひいお祖父様は、一番目に適性のある風魔法を教えてみようと、ローディン叔父様にふわふわの羽毛のついた真っ白い魔法の羽を与えた。

ひいお祖父様がやると、白い羽が虹色に光り、いとも簡単に鳥のように部屋中を飛び回る。けれどローディン叔父様が手に取ると動かなくなる。

何度『動け！』と言っても念じても動かず、しゅんとなった小さなローディン叔父様にひいお祖父様は、

『まずは自分の中の魔力を感じることに集中するのだ。そして、その魔力を身体中に自在に巡らせられるようになれば、羽も動かせるようになるぞ』

と言ったそうだ。

基本的にまじめなローディン叔父様は、言われた通り魔力を身体中に巡らせる訓練をした。

「けれど、魔法の羽は全く動かなくてね。でも、三日目くらいに執事が休憩用の飲み物をテーブルに置いた時に、テーブルの上の羽が執事の魔力の片鱗を感知して、急に舞い上がって――でも執事の魔力が少なかったためなのか、すぐに力尽きて近くの暖炉の中に飛び込んでしまったんだよ。

――その時だな。風魔法を初めて使ったのは」

羽が燃えてしまう！　と思ったローディン叔父様は、反射的に風魔法を使った。

魔法の羽は普通の火では燃えないらしいけど、五歳だった幼いローディン叔父様はそんなことは知らなかった。

力の加減が分からず、風で暖炉の火を消したはいいが、風の勢いが強くて、部屋中が灰だらけになったそうだ。

「ああ――。俺も同じようなことをやらかしたな」

リンクさんもデイン辺境伯家で初めての魔法を発動させて失敗し、魔法学院の教職を辞めてバーティア子爵領にいたひいお祖父様に、ホークさん共々、魔力操作を教えてもらうことにしたのだそうだ。

デイン辺境伯領とバーティア子爵領は離れているため、リンクさんやホークさんもしばらくバーティア子爵家本邸で一緒に暮らしていたという。

そんなこともあったので、デイン兄弟とバーティア姉弟は、いとこでありながら、家族のように仲が良い。

特にローディン叔父様とリンクさんは仲が良く、年齢の違う二人が同時期に魔法学院に在籍していたのも、全寮制なら一緒の方が楽しいからということで——まあ仲の良い証拠だ。

ついでにローズマリー夫人の実家である、デイン辺境伯家の人間がバーティア家に頻繁に出入りすることで、度々詐欺に引っ掛かるダリウス前子爵に、それとなく助言や警告もできたという。そしてそれは、ダリウス前子爵によるさらなる借金の危機をおおかた防ぐことにも繋がったらしい。

また同時期に、クリステーア公爵邸のアーシュさんもバーティア子爵家に来ることになり、ひいお祖父様に魔法操作を教えてもらっていたそうだ。

実はアーシュさんは、以前から叔父であるリヒャルトに狙われていたらしく、何度も襲撃を受けてケガをしていたとのこと。

アーシュさんの護衛に至っては瀕死の重傷を負うなど、深刻な事態になっていた。

まだその当時は、クリステーア公爵夫妻も弟であるリヒャルトを疑い切れずにいた。

ただ一人息子の命の危険があるという事実に、不安だけが募っていたという。

王都にはそれぞれの貴族の別邸があり、特に重要な役割を持つ貴族は領地よりも王都の別邸にいる期間が多い。

ホークさんとアーシュさんは、王都でよく一緒に遊ぶ幼なじみだったので、その繋がりでアーシュさんをバーティア子爵邸に連れて行き、魔力操作を教えてもらうことになったのだそうだ。

クリステーア公爵夫妻がアーシュさんを連れてバーティア子爵邸に訪れ、ひいお祖父様に頭を下げてお願いしたという。

——他ならぬ『バーティア先生』であれば、アーシュを預けられます。私たちに教えてくださったように、どうか息子のアーシュに身を守る術《すべ》を。どうか、アーシュが持つ公爵家ならではの能力を高めて、一日でも早く自分で自分の身を護ることができるよう力をお貸しいただきたい——という強い願いがあったとのことだ。

その当時、アーシュさんは十二歳。

それからアーシュさんはバーティア子爵邸にしばらくの間住み込んで、ひいお祖父様に魔力操作を教えてもらったそうだ。

その間、やはりバーティア子爵家の周辺にもアーシュさんを狙う者たちはやってきたらしいが、ひいお祖父様の返り討ちに遭ったとのこと。

加えてひいお祖父様がならず者たちをつけて行ったところ、リヒャルトがアーシュさんを狙った黒幕だったことが分かったのだという。

——そんなに昔からだったのか。

確かアーシュさんより十歳年上のはずだから、その当時リヒャルトは二十二歳。

その歳で甥っ子を殺そうとするなんて。

巨額な横領をするくらいだから、もともと性根が腐ってるんだ、と再認識した。

そして、そのバーティア子爵家で、幼かったローズ母様とアーシュさんは出会ったらしい。

——ということは、ローディン叔父様、リンクさん、ホークさん、アーシュさん、ローズ母様はバーティア子爵家で一緒に住んでいた時期があるということだよね。

小さなローズ母様や、幼い頃の叔父様たちが一緒にいるところを想像すると、すごく楽しそうだ。

実際、ローズ母様もローディン叔父様やリンクさんも、懐かしそうに笑っている。


それにしても。

デイン領での戦闘とか、暗殺者の返り討ちとか。

今日はひいお祖父様の武勇伝《かっこいい話》をたくさん聞いたなあ。

5　ギフトの片鱗

昔話をしていたら、すっかり遅くなってしまっていて、クリスフィア公爵もカレン神官長もそろそろ帰らなきゃいけない時間になった。

といっても、バーティア領から王都までは数日かかるので、今日は二人ともバーティア子爵邸に泊まるのだ。

クリスフィア公爵がディークひいお祖父様に会いたいと希望していたのと、菊の花を護送してきたカレン神官長はもともとバーティア子爵邸でおもてなしを受ける予定だったからだ。

夕食を商会の家でとることになったので、子爵邸に到着するのが遅くなる旨をローディン叔父様が連絡した際、ひいお祖父様から返信があった。

その内容は、『あの大食らいに、夜食を用意しておくと伝えておけ』だった。大食らいとは、カレン神官長のことだろう。

「まあ！　バーティア先生！　ひどいですわ～！」

「「お祖父様……大食らいって……」」

ローディン叔父様とローズ母様は的を射た伝言に苦笑しながら、くすくす笑っている。

リンクさんとクリスフィア公爵は噴き出していた。

「ぶはっ！　バーティアのじい様おもしれぇ！」

「ハハハハ！　バーティア先生分かってるな!!」

カレン神官長もまた、ディークひいお祖父様の生徒だったのだ、と思った一幕だった。


そのカレン神官長は今、母様に炊き込みごはんのおにぎりをおみやげにしてもらって、ホクホクしている。もちろんクリスフィア公爵にも渡した。

『家族に食べさせたい』と言っていたので、数日間であれば劣化を止めることのできる保存袋に入れて渡したら、とても喜んでいた。炊き込みごはんをそんなに喜んでくれるのは素直に嬉しい。

クリスフィア公爵がソファから立ち上がりながら、私を見てにっこりと微笑んで言った。

「来月の王宮で行われる出陣式にもおいで。王妃様と一緒に無事を祈ってくれると嬉しい」

出陣式は戦地へ赴く兵たちの士気を高めるために行われる。これまでは奇襲されてから出陣することが多かったため、簡易的なものが主体だった。

しかし、今回はしっかりとした目的を持ってこちらから侵攻するのだ。

神殿で祈りを捧げたあと、王都を出立するのだという。

「あい!!　いきましゅ!!」

いくらでも祈る!!

それでみんなが、ローディン叔父様が無事に帰って来られるなら、いくらでも。

ずっとずっと。ローディン叔父様とリンクさんが戦地に行くと聞いてから、ずっと祈ってきた。

どうか無事に帰ってきますように。
ケガをしませんように。
病気になりませんように。

戦争は相手に勝利しなければならない。
それは命を奪うことと同義。
相手にも命や家族など大事なものがある。

——我儘かもしれない。
だけど。
ローディン叔父様は。
リンクさんは。
私の大事な大事な家族なのだ。
私の命を分けてもいいと思うほど、大事な人なのだ。

この大陸を一つにするための、戦争。

これから数え切れないほどの命が消えてゆくのだろう――

――だから。

罪のない人たちの犠牲を最小限にするためなら、いくらだって祈る。


いつも私がベッドで眠りにつく時は、母様やローディン叔父様、リンクさんのうちの誰かがいつも側にいてくれる。

それに私が寝入ったあと、ローディン叔父様とリンクさんが寝室に、侵入者防止や魔法攻撃、物理的な攻撃を撥ね返す複雑な魔術陣を重ね掛けしているのだ。

改めて思い返すと、ずっとローディン叔父様やリンクさんに守ってもらっていたのだと思い知る。

――この頃、毎晩眠る前にお祈りをしていると、いつも急激に眠くなって、いつのまにか朝になっていることが多い。

「この頃ものすごく寝つきがいいな」

とローディン叔父様にもリンクさんにも言われるけど、だって急に意識が遠くなるんだもの。

今朝も起こしに来たローディン叔父様に、昨夜私が祈りの形をとったまま、ぱたりとベッドに沈んだ話を聞いた。

ということは、昨夜ローディン叔父様に『おやすみなさい』を言えなかったということだ。

あう、なんてことだ。

ローディン叔父様が私の頭を撫でてにっこりと笑いながら言う。

「いいんだよ。『寝る子は育つ』っていうからな」

うん？　どこの世界でも同じことを言う。

でも。

「でもまだ『ちび』っていわれりゅよ？」

近所の男の子は容赦がないのだ。

「アーシェはそのままで十分可愛いんだよ」

ローディン叔父様がそう言って、ぎゅうっと抱きしめてくれる。

だから私も叔父様をぎゅうってする。

いっぱいいいっぱい『大好き』を伝えたいからだ。

◇◇◇

カレン神官長とクリスフィア公爵のお見送りをしなきゃだけど、今朝のことを思い出したら、ローディン叔父様にくっつきたくなった。

お見送りのために立ち上がったローディン叔父様の服の端っこを引っ張る。

「おじしゃま。だっこちてほちい」

「ああ、おいで」

うん。ローディン叔父様に抱っこしてもらうとやっぱり安心する。

背中をぽんぽんしてくれるのも、頭を撫でてもらうのも大好きだ。

——この手を絶対になくしたくはない。

「おじしゃまが、げんきであーちぇのとこにかえってきましゅように」

きゅうっと、首に巻き付いて祈りの言葉を言う。

「大丈夫だよ。絶対に」

いつものようにローディン叔父様が優しく優しく言う。

「大丈夫ですわよ。アーシェラちゃん。バーティア子爵も強いですし、何より規格外に強いクリスフィア公爵がいますからね」

私が不安に思っていることを察したのか、カレン神官長も静かに言う。

ローディン叔父様もリンクさんもとっても強い。

それは、商会を取り囲んだ暗殺者を薙ぎ払ったところを何度も見てきたから、十分に知っている。

それに、ローディン叔父様の上司であるクリスフィア公爵も、とっても強い。

それでも。

何が起こるか分からないのが戦争なのだ。

——デイン辺境伯領への侵攻の際、多方向から襲い掛かられたように。

その時のディークひいお祖父様のように誰かが助けてくれればいいけれど。

ウルド国に行くローディン叔父様も。

ジェンド国に行くリンクさんも。

ローディン叔父様と一緒にウルド国に行くドレンさんも。

――ああ、どうか。

どうか、みんなが無事でありますように。

「こうしゃくさまも。げんきでかじょくのもとにかえってきましゅように」

祈りの言葉を口にしたら、クリスフィア公爵が驚いたように目を見開いて、その後にっこり笑った。

「ありがとう。ああ、必ずな」

頭を優しくポンポンしてくれた。

ん――ねみゅい。

急に睡魔がやってきて、抗うことができずに、私はコテリとローディン叔父様に身体を預けて眠ってしまった。

◇◇◇

「眠っちゃいましたね」

カレン神官長が覗き込むと、ローディンは、

「今日は、お昼寝してませんからね」

たぶん限界だったのですよ、と話す。

「見送りはいい。じゃあな」

「また来ますね～！」

そう言ってクリスフィア公爵とカレン神官長は馬車に乗り込んだ。


あたりはすでに暗い。

馬車は公爵家と神殿所有の二台で来ていたが、神殿所有の方にはお付きの者たちが乗り、公爵家の馬車にはクリスフィア公爵とカレン神官長が乗って、馬車を走らせながら二人きりで話していた。

「クリスフィア公爵。――先ほどの、分かりました？」

カレン神官長の問いに、クリスフィア公爵が頷いた。

「――ああ。あれが、あの子が持つ『祝福《ギフト》』か」

そう言って、クリスフィア公爵が自分の両手を見た。

自分が持つ魔力は銀色と紫色を放つ。

――そこに、金色とプラチナの光が入ったのが分かった。

「そのようですわね」

カレン神官長もクリスフィア公爵の手を見ていた。

魔力の『色』は強い魔力を持つ者しか『視る』ことはできない。

魔力を持っているだけでは、魔力を感じることはできても『視る』ことは難しい。

だが、神官長、公爵家の直系や王族たちは『視る』ことが可能なのだ。

魔力の色は生まれつきだ。多少色の強弱が変わっても、本質が変わることはない。

そこに――新たな光《色彩》が加えられた。

その付与された『力』が、限定的なものであることは『言霊』で分かった。


『元気で家族のもとに帰るまで』――だと。


クリスフィア公爵がその手をギュッと握った。

「おかげで、やる気が増したな」

勝利を手に摑む――それが確実であると、裏付けられたかのようだ。

高揚感が湧き上がってくる。

「そのせいで疲れさせちゃったんですね」

意識を失うように眠ってしまったのは、知らずに魔力を使い切ってしまったからだろう。

「――あれは、確かに狙われるな」

加護を持つ者が狙われる理由の一端をクリスフィア公爵は身をもって知った。

「――ええ。ですから。絶対にお守りいたします」

「ああ。そうだな」

純粋な想いとその力を、悪用しようとする者たちに渡すわけにはいかない。

――そう言った二人は、決意の証として。

商会の家から離れた場所で巧みに隠れていた暗殺者を暴き出し、相当数片付けて行ったのだった。

6　ハレの日のごちそう

そろそろ初雪が降る。

その頃が私の四歳の誕生日だ。

毎年誕生日はちゃんと祝ってもらった。

拾いっ子である私の誕生日の正しい日にちは不明だ。

それでも、ローズ母様たちは拾った時の私の様子から月齢を推測し誕生日を逆算した。

そして、ローディン叔父様の誕生日と同じにしたみたいだ。

たぶん私の本当の誕生日とものすごく近いと思う。

ローディン叔父様は今年二十歳になる。

来月ローディン叔父様はウルド国へ出征する。

今年も商会の家で誕生会をするのかと思ったら、ひいお祖父様に呼ばれ、バーティア子爵邸で行うことになった。

そして、誕生会の今日、商会の家とは比較的近いところにありながら一度も足を踏み入れなかった子爵邸を、初めて訪れた。

バーティア子爵家本邸は、王都のデイン辺境伯家別邸のようだった。

建国以来続いた子爵家は、貴族の中ではそう高くない地位だけれど、歴史はとても古い。

加えて魔力が強い家系であり、重要な役職を受け持つに相応《ふさわ》しい人物を輩出してきた家でもある。

過去には何度も王家からお姫様が降嫁されたという。

その歴史を知るがゆえに、公爵や侯爵、伯爵たちといえど、バーティア『子爵』に蔑む視線を送る者はさほどいない。

まあ、ダリウス前子爵に対しては例外だが。

代々のバーティア家当主は、過去に何度も打診された伯爵位以上への陞爵《しょうしゃく》を辞退し、ずっとこのバーティアの小さな土地を領主として守ってきた。

そして降嫁されたお姫様のためにと何度も増築された本邸は、なかなかに大きく重厚な佇まいだ。

広い子爵邸をローディン叔父様に抱っこされながら見学し、感動しきりで「しゅごい！」を連発していたら、デイン辺境伯家本邸はもっとスゴイのだと、ローディン叔父様が言っていた。そうなんだ。

結局、まだデイン辺境伯領には行くことができていない。

リンクさんは水田作りの打ち合わせのために行き来しているけど、ローディン叔父様が商会の仕事の引き継ぎや子爵家の仕事が忙しいこともあり、私はできるだけローディン叔父様にくっついていたかったのだ。

ちなみにリンクさんは数日前からデイン領に行っていて、今日の夕方、デイン家の皆さんと一緒にバーティア子爵邸に到着する予定だ。

そしてダリウス前子爵とローズマリー夫人はマリウス侯爵領にあるバーティア子爵家別邸に行っているらしい。王都のデイン家別邸で話に聞いた、ダリウス前子爵の母親の屋敷である。

ローズ母様は父親が不在でホッとしているようだった。

ひいお祖父様が、この日に合わせて別邸を使えるようにしたらしく、ダリウス前子爵は息子の誕生日よりも新しく出来た自分の家を楽しみに出かけたとのことだ。なんだかなぁ。

ひいお祖父様はローズ母様と私のためにローズマリー夫人に頼んで、ダリウス前子爵がしばらくバーティア子爵邸に戻らないようにしてもらっているらしい。

ローズマリー夫人は私にお祝いのカードとプレゼントを用意してくれていた。

彼女に会ったことはないけれど、毎年誕生日にはローディン叔父様だけではなく、私にもプレゼントを用意してくれた。主に子供服だけど、みんな可愛くてお気に入りだ。

誕生日だけでなく、季節ごとに服を贈ってくれて、ローディン叔父様が子爵邸に戻った際に受け取ってきていた。

会って『ありがとう』を言いたかったな～、残念。

今日のお料理はすべてバーティア子爵家の料理人が作ってくれるとのことだった。

それでも、食材や調味料を見るのが好きな私はローディン叔父様に頼んで、厨房を見せてもらうことにした。

「ローディン様！　ローズ様！　ええ!?　大旦那様まで、どうしたのですか？」

叔父様たちからすれば勝手知ったる自分の家。

けれど料理人たちからすれば、先ぶれもなく突然厨房に子爵家当主たちが現れたので、厨房内は騒然となった。

一番年かさの男性が奥から焦りながら出てきて、帽子を取って挨拶している。

中肉中背でグレーの瞳に、グレーの髪。その髪には白いものが交じっている。四十代後半くらいだろうか。

「気にするな。作業を続けるといい」

と言いながら厨房の中に入っていくひいお祖父様。気にするなと言われても、気になって手が止まってしまうのは人の性《さが》である。

そんなひいお祖父様を見て、ローディン叔父様が苦笑した。

「悪い、トマス料理長。料理の邪魔はしないから、食品庫を見せてくれ」

「はい。それはもちろん大丈夫ですが……」

そう言って、奥の食品庫の扉を開けてくれた。

今日の晩餐の準備で忙しいのは分かっていたので、「勝手に見るから気にしないでくれ」とローディン叔父様が言うと、料理人さんたちは作業に戻り、私たちだけで食品庫の中に入る。

「ふむ。自分の家だが、ここに入るのは初めてだな」

ひいお祖父様、デイン辺境伯家の厨房に行ったリンクさんと同じことを言っている。

やはり、食品庫は品揃えがすごい。

秋冬の野菜や果物がいろいろと箱に入っている。米の袋も何袋も置いてあった。

そして大きな粉の袋もたくさん置いてある。その他にも中小の粉袋があるけれど、中身が何か分からない。うーん、残念だ。

そこにトマス料理長と、ハリーさんという三十代くらいの茶髪に茶色の瞳をした料理人が入ってきた。

「すみません。ケーキの材料を取りに来ました」

トマス料理長は手際よく小麦粉や卵を持って、ハリーさんに渡していく。冷蔵庫からバターを持って出てくると、ハリーさんがぽつりと言う。

「えーと。後はベーキングパウダー……」

その言葉に驚いた。

「!!」

ベーキングパウダー！　あるんだ!!

「ん？　アーシェ、ベーキングパウダーが気になるのか？」

ローディン叔父様がピクリと反応した私に気づいた。トマス料理長も不思議そうに見てくる。

ベーキングパウダー！　あれがあればいろんなお菓子が出来るではないか!!

「……珍しいですね。小麦粉や片栗粉ならともかく、ベーキングパウダー……」

「かたくりこ!?」

私の目はさらにキラキラしていたと思う。

和食や中華に大活躍の片栗粉！　発見!!

私の中では、ベーキングパウダーより頻度が高いやつ!!

「……っ！　片栗粉も気になるようですね」

「悪い、私は分からない。違いを教えてくれるか？」

「承知しました」

トマス料理長はローディン叔父様に頷いた。

「まず小麦粉ですが、三種類あります。パンに使う強力粉、お菓子に使う薄力粉、少し硬めのパンを作る際には中力粉を使います。今日のケーキに使うのは薄力粉です」

トマス料理長は説明しながら、大きな袋を指さしていく。小麦粉は袋の色で種類を判断するようだ。

「そして、お菓子に使うクリームを作るコーンスターチ。これはトウモロコシから出来ています。そして、じゃがいもから出来ている片栗粉。どちらも料理にとろみをつけるものです」

コーンスターチにはトウモロコシ、片栗粉にはじゃがいものイラストがついていた。

片栗粉は私にとってのマストアイテムだ。

「そして、こちらはお菓子をふんわりと膨らませるベーキングパウダー。そしてこちらがベーキングパウダーにも入っている重曹です」

「重曹？」

「鉱石から採れるもので、料理にも掃除にも使える便利なものです。昔は重曹でお菓子を作っていたのですが、重曹とコーンスターチとレモンだったか……詳しくは忘れてしまいましたが、配合したものがベーキングパウダーで、これが出来てからケーキがふんわりと仕上がるようになったのです」

「へえ。なるほどな」

「まあ。そうなのね」

「しゅごい！」

　商会の家ではパンを焼くこともケーキを作ることもなかったけど、前世ではどちらも作っていた。今はまだまだ一人では何も作れないけど、材料があるということを知れただけでも十分だ。

「商会には一通りあるはずだが、深く知ると面白いものだな。トマス、粉類を少し分けてくれ。商会の家にも置いておく」

「承知しました。が、お使いになられますか？」

「ああ。アーシェが目をキラキラさせているからな。そのうち使うだろう」

　トマス料理長が首を傾げて私を見た。

　こんな子供が粉を使う？　と疑問を抱いたみたいだ。少し躊躇いながら、

「あの……。デイン辺境伯家のクラン料理長から試食会に出された料理のレシピを貰ったのです。ですが、料理の正しい味が分からなくてこれまで作ることができませんでした。よろしければ調味

料の量など教えていただければ……」

レシピには調味料の種類は記入されていたが、分量に関しては適量入れると書いてあったという。

確かに。私も計量カップなしに目分量で作ったのだった。

料理人は目と舌で料理を覚えるというが――

クランさん。大まかな分量くらい書けば良かったのに。

「『分からないことはアーシェラ様に聞くといい』と書かれていまして。ですが」

あ～。戸惑ってる。

まあ、戸惑うのは当然だろう。子供に聞けと書いてあるのだから。

トマス料理長はローディン叔父様に頭を下げて懇願した。

「材料はすぐ揃えますので！　お願いします!!」

どうやら今日も炊き込みごはんを作ることになりそうだ。

「まあ！　いいわよ。炊き込みごはんやお味噌汁なら私も作れるようになったから。アーシェの代わりに私が教えるわね」

「ローズ様!?」

「何を驚いている。ローズもローディンも商会の家で料理を作っているのだぞ」

ひいお祖父様が呆れたように言うと、トマス料理長が思い出したように呟く。

「……そうでしたよね。クラン料理長がくれたレシピには、たくさんの種類の料理が書かれていたので、商会で料理人を雇ったのだと思っていました」

ん？　そうなの？

「まあ、うちの料理長はアーシェだけどな」

「そうだな。ラスクのレシピ保有者もアーシェラだしな」

ローディン叔父様の言葉に、ひいお祖父様が頷いた。

「は……」

トマス料理長はまだまだお子様の私を信じていないようだ。

厨房に戻ると、慌ただしく炊き込みごはんの準備が始まった。

材料の下ごしらえをしたり、炒めたり、ごはんの用意をしたりとそれぞれに忙しい。

教えるのは母様とローディン叔父様だ。

私はというと、ひいお祖父様と一緒に厨房の端っこでケーキ作りを眺めていた。

さすがはプロの料理人。

ふんわりと焼き上がったスポンジをスライスして、生クリームをたっぷり塗ってシロップ漬けの黄桃を挟み、秋の果物を綺麗にカットして飾り付けていく。

「最後に栗の甘煮を添え、出来上がりです!!」

「しゅごい！　きれい！」

真っ白な生クリームの上に色とりどりのフルーツ。

とってもキレイでとってても美味しそうだ！

生クリームの白、キウイの緑、桃や栗の黄色、リンゴの赤やベリーの紫、オレンジ、柿、ブドウなどたっぷり載ったケーキは、芸術品のように美しい!!

ハリーさんすごい!!

きゃあきゃあと喜んで拍手をすると、ハリーさんがテレテレした。

なかなか褒められることがないのかな。照れ屋さん？

「栗の甘煮、甘くて美味しいですよ。お一つどうですか？」

「たべましゅ!!」

さっそくフォークで刺して一口でほおばる。

想像した通りの懐かしの味！

「おいちーい！」

まがうことなき、栗の甘露煮だ!!

美味しさにパタパタしていたら、ハリーさんがにこりと笑って木箱から新しい栗の甘煮の瓶を取り出して作業台に置いた。

「秋に栗拾いをしまして、たくさん栗の甘煮を作りました。まだまだありますから、どうぞ商会のお家《うち》にお持ちください」

「ありがとうごじゃいます!!」

大きな瓶に栗の甘煮がびっしり入っている。大体五十個くらいか。とっても嬉しい！

ケーキ作りに使った栗の甘煮の瓶の中にはまだ栗がたくさん残っている。もちろん甘い汁も。

「ひいおじいしゃま。あのくりでなんかちゅくってもいい？」

「ああ。もちろんいいぞ」

よし、ひいお祖父様にいいと言ってもらったので、あれを作ろう。

◇◇◇

ディークひいお祖父様にいいと言ってもらえたが、調理はハリーさんにやってもらうことにした。

厨房にストックされていた、昆布と小魚、干しシイタケで作った出し汁を貰って、ハリーさんに鶏肉を一口サイズに切ってもらい、エビとともに下ごしらえしてもらった。

鍋に出し汁、酒、砂糖、塩、醤油とどんどん入れていく。ここらへんは前世での長年の勘である。

その鍋に、薄切りにしたシイタケと、花の形の飾り切りにしたニンジンを入れて煮てもらった。

さすがは、ケーキの飾りが芸術品のハリーさんだ。ニンジンが可愛い梅の花のようになっている。

もちろん、花の形の残りのニンジンもささがきにして一緒に煮る。

出し汁で作ったおつゆの味見をして、あえて濃い目に味付けを調整した。

そして、別のボウルに卵を割り入れ、卵白のコシを切るようによくほぐす。

次に深めのココット皿を用意して、鶏肉とエビ、出し汁で煮たシイタケとニンジンを入れた。

「ちゅぎに、くりのあまにをいれる」

「は、はい」

何を作っているのか皆目見当がつかないハリーさんは、私の後ろにいるひいお祖父様におののきながら作業を進めていった。

「アーシェラ、何を作っているのだ？」

「んーと。ちゃわんむしちゅくってる」

「？　ちゃわんむし？」

「これ！」

醬油の瓶のラベルに絵と料理名が描いてある。

絵を指差すと、ひいお祖父様が何かに気づいたような顔をする。

「ん？　これに似た器があったはずだな。――レイド副料理長。これと同じ器をダリウスが購入してきたはずだな？」

すごい。器は諦めていたのに、しっかりあった。

どうやら本当にダリウス前子爵は大陸の食事にハマっていたんだな、と思う。

器まで揃うとテンションが上がる。

今日の晩餐は、デイン辺境伯家の皆さんがお祝いしに来てくれるのだ。

よし！　美味しい茶碗蒸しを作ろう！

茶碗蒸しは、日本で言うところのハレの日、お祝い事の時に作る料理。前世の我が家では正月料理として毎年作っていた。

今日はローディン叔父様の誕生日で、お祝いをする日。ハレの日だ。

ココット皿のものは料理人さんたちの賄いにしてもらうことにして、茶碗蒸し用の器——蒸碗に新たに具材を入れる。

あとは冷ましておいた出し汁に栗の甘煮の汁を入れて味見をする。

あえて濃い目に味付けした出し汁のしょっぱさと、栗の甘煮の汁の甘さがいいバランスになって美味しい。さらに、卵と一緒にするからちょうど良くなる。

甘い茶碗蒸しは前世の家の定番だった。もちろん栗の甘露煮が入っていない茶碗蒸しも大好きだが、栗の甘煮があったから思い出した料理である。

卵一個に対して、調味済みの出し汁はおたま三杯。前世の我が家ではこれが黄金比率だった。

卵と合わせた調味液を一度ザルで濾《こ》す。このひと手間で蒸し上がりが滑らかになるのだ。

具材の入った蒸碗に卵入りの調味液を七分目くらいまで入れて、ミツバを散らした。

「これを蒸すのですよね？」

途中から茶碗蒸し作りに参加したレイド副料理長がすでに蒸し器をスタンバイしていた。

「あい。おねがいちましゅ」

大きな蒸し器に並べて、大体十二～十三分くらい蒸した後。

一つ取り出してもらって、受け皿に載せる。

レイド副料理長が布を使いまだ熱い蒸碗の蓋を開けてみると、卵の薄い黄色にミツバの緑とエビの赤と白、シイタケの茶色が映えている。

いい感じで固まったので、完成だ。

「ほう。なんとも美しい料理だな」

ひいお祖父様が茶碗蒸しを見て感心して言った。

そう、茶碗蒸しはとても美しい料理だと思う。

日本料理で言う五色。赤・黄・青（緑）・白・黒（茶）が入ると、とても美味しそうに見えるという。

黄色と赤は食欲を増し、青は清涼感を、白は清潔感を、黒は料理を引き締める色と聞いたことがある。五色を備えた茶碗蒸しは視覚的にもとても美味しいのだ。

できれば紅白のかまぼこがあれば良かったけど、ないものは仕方ない。エビがいい役目を果たしてくれている。満足だ。

「これが茶碗蒸し……旦那様《ダリウス》にこのラベルと同じように作れと言われた時は皆目見当もつきませんでしたが、このような料理だったのですね」

ぼそりとレイド副料理長が呟いた。

ダリウス前子爵様、それは無理な要求じゃないだろうか。

この醤油のラベルの絵は簡略化されている。しかも料理の絵と料理名が記載されているだけで、レシピが一切書かれていない。

ラベルに描かれている茶碗蒸しは、蒸碗は忠実に再現されているが、料理の絵は雑だ。かろうじてエビとミツバが分かるくらいである。

結局バーティア子爵邸で初めて作られたのは、想像を働かせた結果、プリンもどきだったそうだ。

「ローズマリー様がとても残念がっていらっしゃったので、とても申し訳なくて……」

「ああ、そうだったな」

何度も挑戦した茶碗蒸しもどきはひいお祖父様も食べていたらしい。

ローズマリー夫人は茶碗蒸しには鶏肉もシイタケも入っていたと言っていたらしいから、具材はたぶん近いと思う。

さて。

今回大陸から購入してきた蒸碗で作ったのは十個。今日の晩餐は九人なので一個余る。

そしたら、やっぱり味見したいよね。

「ひいおじいしゃま、どうじょ」

調味液を味見したら美味しかったので、出来上がりは具材の旨味も加わってもっと美味しくなったはずだ！

「うむ。食べてみよう」

「本当に綺麗な料理ですね。大旦那様――どうぞ。この器についてきた陶器のスプーンです」

レイド副料理長が茶碗蒸しを見て、ほう、と息をつきながらスプーンを用意した。

ひいお祖父様がレイド副料理長からスプーンを受け取って茶碗蒸しを一口。

「!!」

ひいお祖父様が目を見開いた。

まず感じるのは、滑らかな食感。

そして、出汁の旨味とほんのりと感じる甘味。

エビや鶏肉、シイタケなど旨味が出る具材が入っているのだ。美味しくないわけがない。

「……美味いな……」

その一言からも想像できる、温かくて、優しい味。

スプーンを入れると、中に沈んでいた具材が顔を出す。

中に沈んでいた鶏肉もふっくらとして美味しい。花の形のニンジンは遊び心もあり頬が緩む。

時折ミツバの葉や茎が味を引き締める。

ひいお祖父様もそれを味わっているのだろう、ふわりと微笑んだ。

そろそろ私も食べたい!!

「ひいおじいしゃま！　あーちぇにも!!」

「ああ。そうだな。ほら、あーん」

ふうふうしてくれたので、安心して食べた。

「あーん。——おいちい!!」

思い出の味が口いっぱいに広がる。ああ。大好きな味だ。

少し離れたところでレイド副料理長とハリーさんが小声で囁く。

「大旦那様があーん……」

「あのようなお顔見たことがありません」

「「いつも無表情なのに……」」

二人とも聞こえてるよ。

「アーシェラは料理が上手だというのは知っていたが、あっという間に美味しいものが出来る。魔法のようだったな」

優しい瞳でひいお祖父様が微笑んでくれた。


ねえ、ひいお祖父様のどこが無表情なの？

いつもひいお祖父様はきちんと私と向き合ってくれて、ちゃんとお話ししてくれるよ。

◇◇◇

「うん、鶏肉も美味いな。この栗は甘いが、周りの茶碗蒸しとよく合っていて味を引き立てているな。本当に美味い」

ひいお祖父様は律儀に具材を半分にして、私の口に運んでくれる。

「お祖父様、アーシェ」

ローディン叔父様とローズ母様が炊き込みごはんの仕込みを終えて、こちらに寄ってきた。

ローズ母様は料理をするため、真っ直ぐな長い髪を後ろで束ねた姿だった。

「これは——茶碗蒸しですか？」

ローディン叔父様は蒸碗を見てすぐに分かったらしい。

「？　茶碗蒸し？」

ローズ母様は初めてらしい。

するとローズ母様の後ろからトマス料理長の「茶碗蒸し!?」という大きな声がしたかと思ったら、速攻でレイド副料理長の近くに来て、茶碗蒸しを覗き込んでいた。その表情が真剣でびっくりした。

「ローズが嫁いだ後にダリウスとローズマリーが大陸に旅行に行ったからな。知らないのも無理はない。これは大陸の調味料と一緒に買ってきた器で、大陸で食べた茶碗蒸しなるものをこっちでも食べたいと器を購入してきたのだ」

「まあ、そうだったのですね。——これはアーシェが？」

「ああ、アーシェラの指示でハリーが調理をしたが、味付けはアーシェラがしていた。味見をしたが、美味いぞ」

「なるほど。私たちも味見をしたいですね」

「そうね。食べてみたいわ」

「賄い用にココット皿に作ったものがあります。こちらをどうぞ」

レイド副料理長がもう一つの蒸し器で作っていた茶碗蒸しを皿に載せて、ローディン叔父様とローズ母様に渡した。

「ああ。綺麗な色合いだな」

「本当に綺麗ね。まあ。お出汁のいい香りがするわ」

二人でスプーンですくって口に運ぶ。

「「美味しい……」」

「本当にアーシェが作るものはハズレがないな。美味い」

「ふふ。そうね。滑らかでお出汁が利いていてとっても美味しいわ。アーシェ、母様にも作り方教えてね」

「あい!!」

母様はお料理上手なので、すぐにマスターすることだろう。

「大旦那様、すみません。賄い用に作ったものを今皆に味見をさせてもよろしいでしょうか？」

レイド副料理長がひいお祖父様に伺いを立てた。

見ると、厨房中の視線がこちらに向いている。

そういえば、ひいお祖父様たちだけが食べていたのだ。

料理人さんたちがとっても物欲しそうに出来上がった茶碗蒸しを見ている。

「いいだろう。味を覚えて今度から作ってくれ」

「「ありがとうございます!!」」


「「美味い……」」

トマス料理長とレイド副料理長が茶碗蒸しを堪能している。

「これが茶碗蒸し……ローズマリー様がどうしても食べたいと言った意味が分かりました。本当に美味しいです」

「ローズマリー様は『他の料理は諦めるけれど、茶碗蒸しだけは再現してほしい』と仰られていました。確かにこれは逸品です」

ローズマリー夫人にとって、大陸で食べた料理の第一位が茶碗蒸しだったようだ。

「滑らかで、口の中にすっと入っていきます！　美味しいです!!」

「この中にたくさん具材が入っているのも楽しいです！」

「鶏肉にエビにシイタケ、このニンジンもこうやって切ると見つけた時楽しいですね!!」

料理人さんたちも口々に美味しいと言ってくれる。良かった。

「このデザート用の栗もこうやって料理に使えるのですね。最後に甘いものを食べられてなんだか嬉しくなります！」

「甘煮のシロップは今までパンケーキに使ったりしていましたが、他にも色々使えそうです！　そのパンケーキは絶対に美味しいはずだ!!」

「ぱんけーき！　おいししょう!!」

「ではおやつにお作りしますね！」

ハリーさんが快く了承してくれた。やった！

「あい！　おねがいちましゅ!!」

「――これは、ストックしていた出し汁ですか？　コンブを入れていたものでいいんですよね？」

トマス料理長が茶碗蒸しを試食しながら、ぼそりと言う。

「そこに並べてある調味料を入れていたぞ。それにハリーも見ていたから聞けばいい」

ひいお祖父様がそう答えると、ハリーさんが青くなった。

「お、大旦那様！　私はどちらかと言えば、デザート職人です！　店がなくなって大旦那様に拾ってもらったのですよ！　他の料理は一度見ただけでは作れません!!」

ハリーさんは菓子職人《パティシエ》だったのか。

聞くと、ハリーさんは大きな菓子店の支店で働いていたが、経営不振で本店を残して支店を畳んだらしい。

ハリーさんはそのあおりを受けて失業。知り合いに頼まれたひいお祖父様がバーティア家の料理人として彼を引き取ったそうだ。ちなみに王都のバーティア子爵家別邸にも同様の人がいるらしい。

そうか！　もともと本職だったから、芸術品みたいなケーキが作れるんだ。すごい。

そういえば、たまにローディン叔父様が子爵邸に行った時、おみやげに持ってきてくれた焼き菓子は、ハリーさんが作ってくれていたんだ。すごく美味しくてお気に入りだったのだ。

気がついたら、トマス料理長とレイド副料理長が私をじーっと見ている。

ああ、これはもう一度作るしかないだろう。

いっぱい作ったら、料理人さんたちだけじゃなく、子爵邸で働く使用人さんたちにも食べさせることができるから、いいか。

「もういっかい、ちゅくる？」

返事は即行だった。それも一斉に。

「「「お願いします!!」」」

一度作ったので、大体のことはハリーさんが分かっている。

あとは味の決め手の調味液の作り方だ。

さっきは目分量で入れていたけど、今度はおたまを使って醤油やお酒の量を確認しながら出し汁に入れていく。この方法なら覚えやすいはずだ。メモも取っていたからたぶん大丈夫だろう。

「大きめの卵一個に対して、調味済みの出し汁をおたま三杯ですね」

「ザルを使って卵液を濾していたから、あんなに滑らかだったのですね」

私の両側にはトマス料理長とレイド副料理長が陣取っていた。

トマス料理長は、私に対する先ほどまでの疑いがすっかりなくなってしまったようだ。

レイド副料理長と二人で蒸し上がった茶碗蒸しを試食して「苦節四年半……」と感動の涙を流していた。

何度も試行錯誤して、その度にローズマリー夫人に『違う』と言われ続けてきたらしい。

人によっては甘い茶碗蒸しが苦手なこともあるから、栗の甘煮の汁を入れないで作る茶碗蒸しもあるよ、と言ったら、作る度にローズマリー夫人が『ほんのり甘かったのよ』と言っていたのだぞうだ。だからこの味でいいだろう。

その後、厨房の端のテーブルでハリーさんが作ってくれた、アイスクリームを載せたパンケーキを堪能した。焼きたてはやっぱり美味しい。

「お菓子は買ったものばかりだったけれど、パンケーキなら私も作れるかしら」

時間をかけずに出来たところを見ていたローズ母様が言う。

「先ほどのベーキングパウダーがあれば、比較的簡単に出来ますよ。ローズ様」

「材料は商会にもあるとは思いますが、使うものをひとまとめにして帰りにお渡しします。コツさえ摑めばお作りになれますとも」

「あとで作り方を書いたものもお渡しいたしますね」

トマス料理長とレイド副料理長、デザート担当のハリーさんがにこやかに話す。

自分たちの主人が料理に興味を持ったことを嬉しく思っているらしい。

「アーシェ。頭がこっくりこっくりしてるぞ」

パンケーキを食べてお腹いっぱいになったら、急に眠くなってきた。

「お昼寝の時間ですものね」

「どれ、私が連れて行こう。おいでアーシェラ」

「うにゅ……あい……」

ひいお祖父様に抱っこされて厨房を後にした。

小さく手を振ったら、料理人さんたちが笑顔で手を振り返してくれた。

――その後、ひいお祖父様が商会の家に来る時は、毎回手作りの美味しいお菓子がおみやげとして持ち込まれるようになったのだった。

7　おくりものはまほうどうぐ

冬は太陽が沈むのが早い。

夕方近くにデイン家一行が着いたという知らせを受けて、お昼寝から起きたばかりの私はローディン叔父様に抱っこされた状態で屋敷の玄関でお出迎えした。

「「誕生日おめでとう！　ローディン！　アーシェラ！」」

ローランド・デイン前辺境伯、ロザリオ・デイン辺境伯、マリアおば様、ホークさん、そしてリンクさんが声を揃えてお祝いの言葉をくれた。

「ありがとうございます」

「ありがとうごじゃいましゅ」

こんなにたくさんの人にお祝いしてもらったのは初めてだ。

嬉しい。けどちょっぴり照れる。

「さあ、アーシェラちゃん。パーティーですからね、お着替えしましょうね！」

あれ？　今日は気軽なパーティーのはずじゃなかったっけ？

マリアおば様が到着するなり、私はあれよあれよという間に着せ替え人形になった。

「ほら！　やっぱりこのドレス似合うわ!!」

「王宮に着て行きそこねたやつだな」

「うんうん。可愛いぞ」

皆さんが歓談している部屋で、キラキラした銀の装飾がついた薄い紫色のドレス姿をお披露目。

ん？　パーティー用にちょっと可愛いワンピースを着るのかと思ってたけど、何でドレス？

そういえばみんなも正装に着替えていた。

どうしてかと首を傾げていたら、カレン神官長が来訪したという知らせが。

「アーシェラが昼寝をしているうちに、カレン神官長も来ると先ぶれがあってな。王妃様からのアーシェラへの誕生日プレゼントを持ってくるという連絡が入ったのだ」

王族の使いが来るということで、みんなで正装に着替えたということか。

おかげで厨房がてんてこ舞いだった、とひいお祖父様がため息をついた。

なぜ厨房が慌てるかというと、原因はカレン神官長。

前回来た時は、夜食も朝食も三人前ぺろりと食べたのだそうだ。

んん？　夜食も三人前って、その前商会の家での夕食も何度もおかわりしてたよね。底なしなの？

この時間に来るということはお泊まり決定だ。もちろん食事の用意も必要である。

王妃様の名代として来訪するカレン神官長と、お付きの人と護衛の人の分ということで、トマス料理長たちはお祝いディナーの追加分を用意したそうだ。

普段は主人と屋敷の従業員は別メニューだが、お祝いの今日だけは特別にほとんど同じものが従業員にも振る舞われるとのことだった。もちろん、炊き込みごはんや茶碗蒸し、そしてケーキも。

なので多めに用意していたが、カレン神官長が来ると聞いて、トマス料理長たちは「大変だ!!」と叫んでてんてこ舞いだったらしい。

そういえばカレン神官長が前回バーティア子爵邸に宿泊した時に、お付きの人に『おかわりは二回までにしてください』と言われて不満そうにしていた、とひいお祖父様が呆れていた。

なんだか面白い。カレン神官長がどこまで食べられるか試してみたい気もする。

◇◇◇

王妃様からの届け物ということで、バーティア子爵であるローディン叔父様とローズ母様、ひいお祖父様、そして私の家族であるリンクさんも一緒に、応接室でカレン神官長と会うことになった。

カレン神官長の希望で人払いをし、ひいお祖父様が防音の結界を張った。

王族からの使いの時には、その対処は当たり前のことなのだそうだ。そうなんだ。

「急にお伺いして申し訳ございません」

「本当にな、先ぶれが遅すぎるぞ。いつものようにお前がうっかりしていたのか?」

「バーティア先生……『いつもうっかり』は否定できませんけど本日は違いますわ!」

カレン神官長、『うっかり』を否定しないんだ。

「もっと時間がかかると思われていたものが、今日に間に合うようギリギリで出来上がったので、せっかくなら、と急いでお持ちしました」

「？」

「アーシェラ様。こちら、王妃様とクリステーア公爵夫妻からのプレゼントです。どうぞ」

「ありがとうごじゃいましゅ！」

テーブルの上に置かれた、綺麗な装飾を施された箱の中には、ペンダントと小さなポシェットが入っていた。

「かわいいい!!」

ペンダントは金色の鎖に丸いペンダントトップが付いたもの。ペンダントトップの端っこには金剛石《ダイヤモンド》が一つ。まるで満月と星のようで可愛い。裏側には『アーシェラ』と名前が彫られていた。

小さなポシェットは光沢のある白とピンク。大きなピンクのリボンが上部に結ばれている。

大きなリボンには刺繍やチャームがついていて、リボンの中央には、ペンダントトップと色違いのプラチナのチャームがついていた。

「さあ、アーシェラちゃん。ペンダントトップを握って、ポシェットのチャームに触ってください」

「？　あい！」

カレン神官長に促されてペンダントを取り出した。

「え!?　これってもしかして……」

ローディン叔父様の驚いた声がする。

リンクさんも息を呑んだ。

左手でペンダントトップを握って、ポシェットのチャームに右手を置いたら――

ぽうっ、と右手と左手を通して、何か魔力のようなものが身体に入ってきて、全身を駆け巡った。

そのうち、身体の内側の何かと、『かちり』とハマったかのような感じを受けた。

目をぱちくりさせていたら、カレン神官長が顔を上げてひいお祖父様たちを見た。

「――無事、魔法道具の所有者登録が終わりました」

「「――やっぱりか!!」」

ローディン叔父様とリンクさんが同時に声を上げた。

「まほうどうぐ?」

「はい。このポシェットは魔法鞄《マジックバッグ》になっているのです」

「まじっくばっぐ?」

「説明しますね。この小さなポシェットは普通の鞄と違って、たくさんのものが入るようになっています。こんなに小さくても、商会の家の台所くらいのものが入るのです。どんなに入れても重くならないんですよ」

商会の家の台所は前世での感覚で大体八畳くらいある。

縦横それくらいの容量が入るということだ。それで重さも感じないとは!!

「しゅごい！」

魔法箱《マジックボックス》とか魔法鞄って、本で読んだこともあるけど、実際に見るのは初めてだ。

いわゆる魔法付与された入れ物。

作成できる人が少ないため、おのずと数が少なくなる。

その便利さゆえに高額であり、所有している人はものすごく限られている。

容量はそれぞれ違う。確か容量が大きければ大きいほど高額ではなかったか。

「こんな……こんなに高価なものをいただくわけには……」

ローズ母様の声が強張っている。

え？　そんなに高いの？

不安になってローディン叔父様とリンクさんを見ると、

「今では作れる者が極端に少ないし、既存のものは超がつくほど高額なんだよ」

「新たに作られるものは国で管理するため、今じゃ一個人では、たとえ貴族であっても手に入らないのが実情だ」

と教えてくれた。昔はそれなりに魔法道具を作れる人物がいて、高額でも手が出ないほどではなかったそうだ。現在貴族の家にある魔法箱はそんな時代に作られたものらしい。

代わりに一定期間の保存魔法が付与された袋や箱が普及しているが、その機能性は魔法箱や魔法鞄の足元にも及ばないため、これらの魔法道具はその機能性と希少性から、誰もが喉から手が出るほどに欲しがるものらしい。

「大丈夫ですよ。ローズ様、皆様方。こちらは手間と時間はかかっていますけど、お金はほとんどかかっていないのです」

「「?」」

超高額って聞いたけど違うの?

首を傾げたら、カレン神官長が防音の結界を張ったにもかかわらず、少し声を抑えて告げた。

「この魔法鞄は、アーシェラ様のためにクリステーア公爵家のレイチェル夫人が手ずからお作りになったのです」

「「「え!?　魔法鞄を作った!?」」」

ローディン叔父様とローズ母様、リンクさんの声が重なって、部屋中に響きわたる。

「防音の結界を張ってもらって正解でしたわ」――とカレン神官長が満足げに頷いた。

◇◇◇

「レイチェル殿だったら不可能ではないな。魔法学院時代でも作成できていたからな」

一人納得したディークひいお祖父様の言葉に、リンクさんがのけぞった。

「いや、それって相当レアな人材だぞ!」

ローディン叔父様も驚いている。

「魔法鞄自体、国宝級だ。作れる者が極端に少ない。それも相当技術や魔力を使うから数年に一つくらいしか作れないのだと——ですよね。お祖父様」

「ああ。——レイチェル殿は才女だ。それに魔法学院に在籍していた時は学院と王宮図書館の書籍を全部読み切ったほどの『本マニア』で、記憶力も半端じゃない。女官になったのも王宮の奥にある図書館の膨大な本を読みたいからだと言っていたな」

王宮の奥にある図書館は、王族しか入ることのできない場所で、王族図書館と言われている。重要書籍ばかりで、たとえ国の要職についていようと、国王陛下や王妃様直々の許可を得なければ入室さえままならない。

もちろん王族以外で利用の許可をいただいている人物は公表されておらず、おそらくは片手で数えるくらいしかいないはずだそうだ。

「公爵夫人……女官になった、まさかの理由……」

貴族の令嬢が女官になるのは、大抵が結婚相手を探すためだと言われている。

そして結婚と同時に女官職を辞し、家に入るのが通例だ。

それが、婚約者がいるにもかかわらず女官となったのだから、レイチェルお祖母様のことを不思議に思った人物は相当いたそうだ。

その理由がまさか、王族図書館の書籍の閲覧だったとは。

「いくら本マニアでも、普通なら諦めるだろうに。その行動力には感服だ」

とひいお祖父様が呟いていた。確かに。

クリステーア公爵と結婚し、公爵夫人となり女性としても高い地位にいながら女官を続け、女官長まで上り詰めた。

十数年前に、ある理由で女官を辞そうとした彼女を、国王陛下の母である王太后様が側から離したがらなかったというのは有名な話だそうだ。

それだけの信頼を得ているレイチェル女官長ならば、王族図書館の閲覧許可は貰っているのではないかと思う。

「まあ、レイチェル殿が望み通りに閲覧許可をいただいたかどうかは想像するしかないが。――ともかく、魔術陣を作るには精確な知識が必要だ。彼女にはそれが十分に備わっている。知識が豊富な者は魔術陣を駆使して魔法道具を作ることができるようになる。学生時代、彼女は素材に複雑な魔術陣を幾重にも組み込み、小さいものの、魔法箱を作り上げていた。――学生時代にそのようなことができる人材は稀だし貴重だ。本来なら魔法省管轄となり、国に帰属することが求められるが、魔法学院に在籍していた当時から彼女は公爵家に嫁ぐことが決まっていたし、魔法箱を作成できる人材、しかもそれが女性だと知られたら良からぬ者に狙われる可能性もある。そのこともあって他の者には知られたくないと、レイチェル殿本人からもクリステーア公爵からも懇願されたからな。だから私も黙っていた」

ひいお祖父様がなぜ知っていたかというと、レイチェルお祖母様が学生時代に挑戦した魔法箱作りに力を貸していたかららしい。

教師時代、自ら魔力を磨こうとする生徒たちのサポートをするのが好きだったひいお祖父様は、今では希少価値が高く、魔法道具の中でも最高難度と言われる魔法箱を作ろうとしていたレイチェルお祖母様の魔術陣の組み合わせの補助をしたそうだ。

実家である伯爵邸にあったという魔法箱を解析して、空間魔法に保存魔法、ありとあらゆる面から魔術陣を組み上げたというレイチェルお祖母様。

「バーティア子爵邸にも魔法箱はあるが、私に解析できるかといったら不可能だ。レイチェル殿は魔力自体はそう多くはないが、魔術陣に関しては他の追随を許さぬほど優れていたからな。魔法道具の成り立ちを解析できるのは後にも先にも彼女しか私は知らないな」

解析できたら魔術陣を組む、の繰り返し。

複雑な魔術陣の組み合わせに苦しむレイチェルお祖母様の疑問をひいお祖父様が一つ一つ紐解き、長い期間をかけてやっと満足する『核』が完成した。これが魔法道具の要となる魔術陣らしい。

けれど、精密で正確な魔術陣で核を作ったとしても、注ぐ魔力が不足すれば完成しない。

レイチェルお祖母様は核を作れても、魔力が潤沢ではなかったため、婚約者であるアーネストお祖父様と、ひいお祖父様が魔法箱の核に何か月も魔力を注ぎ続けたところ、国宝級とも言われる魔法箱が完成した。まさかの成功で、ひいお祖父様も驚いたそうだ。

「生徒の挑戦を手助けするのは教師として当然だが、あの時はどこかで『作れるわけがない』と思っていたな。レイチェル殿もアーネスト殿も完成して大喜びしたが、次の瞬間には、それがどんなに稀で大変なことか気づいて青くなっていた。『レイチェルを守るために、魔法箱が作れたことは秘密にしてほしい』とアーネスト殿が頭を下げてな。生徒を守るのは教師である私の仕事だ。『このことが知れ渡ればレイチェルに危険が襲い掛かると分かっている。口外は絶対にしない』と約束したのだ」

「だからお前たちも口外するな」とひいお祖父様は私たちを真剣に見つめて、念を押した。

自分の欲を満たすために、人は時に残酷になる。

人の苦しみを理解せず搾取するだけの人間もいる。

ひいお祖父様が教師だった頃、希少な能力を持つ生徒が攫われて、さんざん搾取された末に、無残な姿で見つかったことがあったのだそうだ。酷すぎる。

その時を思い出して、ひいお祖父様はぎゅっと目を瞑った後、強い瞳で私たちを見た。

「魔法箱なんぞなくとも人は生きていけるのだ。希少で金になるというだけで、人生を狂わされていいわけがない――それはアーシェラの加護と同じだ」

ん？　私？

「加護を持つ者の希少価値。それを利用して搾取しようとする者がいるのと同じだ。それがなくても生きていけるというのに、利用するためだけに捕らえて閉じ込めて搾取する。用がなくなったら――殺す」

「「「!!」」」

直接的な言葉に全員固まった。

それを現実に見たことがあるひいお祖父様の言葉は、とてつもなく重い。

ローズ母様が私をぎゅうっと抱きしめた。その身体が震えている。

遅れて『加護を持つ者』というのが自分のことだと理解した私は、母様の腕の中で震えた。

「……あーちぇ。ころしゃれるの？」

悪いことしてないのに。加護を持っているから搾取されて殺されるの？

「「そんなことは絶対にさせない!!」」

ローディン叔父様とリンクさんが同時に叫んで、私の手をぎゅうっと握った。

「形は違えど、アーシェラの加護と、レイチェル殿の能力はそれと同じなのだ。搾取されて殺されるなど絶対にあってはならない」

「もちろんです。絶対に他言はしません」

「レイチェル女官長の秘密は墓場まで持っていきます」

「私もですわ」

ローディン叔父様、リンクさん、ローズ母様の言葉にカレン神官長が頷いた。

「ありがとうございます。レイチェル女官長のことは、ここにいる方たちの胸にしまっておいてください。アーシェラ様の魔法範のこともご内密に。これは普通の可愛いポシェットということにしておいてください」

「「「承知いたしました」」」

「あい!!」

私も元気に返事をした。

「――それにしても、よくこの短期間で出来ましたね」

王宮で初めて会った後、私の誕生日に向けて作り始めたのだとカレン神官長が話していた。そこからまだ二か月も経っていない。

「相当魔力を使うと聞いていたが」

「ええ。魔法鞄の核に当たる魔術陣を女官長が組まれ、完成させるための必要な魔力は、王妃様とクリステーア公爵が一か月以上もの時間をかけて魔法鞄に込められていました」

「すっげぇ……」

リンクさんが思わずといった感じで呟く。

「まあ、フィーネ……王妃様も携わったのね」

「王妃様と……クリステーア公爵様の魔力が込められているのですね」

ローディン叔父様が複雑そうに呟いた。

王宮から帰った後にローズ母様から聞いた、『母様と共にいつか私もクリステーア公爵家に』という話をまだ受け止め切れていないと言っていたローディン叔父様。

それは私も同じだ。

今はまだローディン叔父様やリンクさんと離れることなど考えられない。

「この短期間で魔法鞄が完成したのは、力の強いお二人のおかげなのですね」

「その通りですわ」

ローディン叔父様の言葉にカレン神官長が答えた。

簡単に出来る代物ではない。規格外と言われるほどの魔力を持った方が二人がかりで長い時間をかけて完成させた――国宝級の魔法鞄。

クリステーア公爵夫人が核を作り、王妃様やクリステーア公爵が何日も魔力を注いで完成させた。レア物であることは間違いない。

「それにしても（孫への）初めての贈り物が魔法鞄とはな。レイチェルもアーネストも考えが斜め上すぎる」

はあ、とひいお祖父様がため息をついた。

確かに。まさか超レア物の魔法鞄を手ずから作ってくれるとは思わなかった。

私もこの贈り物はとっても嬉しいけど、その裏にあった話にも、半端じゃなく驚いた。

「うふふ。確かに私もコレにはびっくりしましたが、皆さんお作りになられている時はとっても楽しそうでしたよ」

笑いながら、カレン神官長が「では、使い方をお教えしますね」と続けた。

「ええと。これは私からのプレゼントで、アイスクリームです！」

そう言うと、音もなく、すうっとカレン神官長の手の上に少し大き目の箱が出てきた。

どっから出てきた!?　とびっくりしていると、

「ふふふ。実は、私の魔法鞄から取り出したんですよ！　どうぞ!!」

と差し出してくるカレン神官長。

なんと。カレン神官長も魔法鞄を持っているのか。

「ありがとうごじゃいましゅ！」

「いろんな味のアイスの詰め合わせです！　これをこの魔法鞄の口に持っていってください」

重い詰め合わせは持てないので、バッグの口をアイスの入った箱に近づけると、しゅん、と音もなしにバッグの中に消えていった。

「はい。中に入りましたね。では逆に取り出してみましょう。バッグの口元に手を持っていって念じてください」

アイスクリーム！　と念じたら、ふわりと私の手の上に浮くようにしてアイスクリームの入った箱が出てきたのにはびっくりした。

しかも、一度バッグに入れたものは取り出してどこかに置くまで重さを感じないとのこと。

「しゅごい!!」

本当に魔法の鞄だ！　こんな小さなバッグに、何倍もある大きな箱が出たり入ったりしている。

それに容量が八畳分もあるのだ。わくわくする！

「魔法鞄の中に入ったものは、入れた時そのままの状態です。アイスクリームは冷たいまま、熱いスープは熱いまま。劣化することもありませんし、物が中で混じることもありません。加えて先ほどの登録で魔法鞄はアーシェラ様にしか使えません。誰かに盗られてもその者は使うことはできませんし、そもそも魔法鞄だと認識することもできません。ですが、うっかり置き忘れしたとかの場合、このペンダントが活きてきます」

にこにこ笑いながら、ペンダントを取り出して私の手に載せた。

「そのうっかりはお前だろう」と、額に手を当ててディークひいお祖父様がため息をついている。

ねえ、カレン神官長。何をして、ひいお祖父様を呆れさせたのかな？

「ま、まあ。私のうっかりはこの際忘れましょう！　ええとですね。ペンダントトップと魔法鞄のチャームは連動しています。落とした場所まで案内してくれますし、普段は魔法鞄をこのペンダントトップに収納しておくこともできるのですよ！」

それは便利だ！　このバッグは可愛いから外に持って行きたいが、一目で高級品と分かる。普段の『ちょっとそこまで』使いはできない代物だ。

でも魔法鞄は常に持っていたいと思っていたから、ペンダントに収納できる機能があるのは大歓迎だ。

「使い方は触れて念じるだけです。ペンダントはできれば服の上ではなく身に付けてください。そうすることで常に触れている状態になります。さあ、どうぞ」

ペンダントを首にかけて服の下に入れる。肌に直接触れるようにかけた後、魔法鞄を収納するように念じたら、鞄は音もなく手の中から消えた。

同時に金色のペンダントトップが、魔法鞄のチャームと同じプラチナ色に変わったのが感覚で分かった。

ペンダントをひっぱって取り出してみたら、思った通りにプラチナ色になっていた。

「これは本当に国宝級だな」

色が変わったペンダントを見て、ひいお祖父様が感心して言う。

「ええ本当にレイチェル女官長はすごいですわ。――実はですね。私の魔法鞄も、元になる核はレイチェル様に貰いました。魔力は私のを入れて作ったんです。ず～っと欲しかったんです～～！」

魔法鞄は大きな魔力を使うため、王宮ではなく、神殿で作られたのだそうだ。

王宮内で大きな魔力を使い続けると、いつか誰かに気づかれるだろうとの懸念があった。

それならば、と神殿に毎日行くという王妃様と女官長、公爵様方の習慣を利用して、神殿の小部屋で魔力を日々込めていたのだそうだ。

神殿を使うとなれば、神官長へ話があるわけで。

「お前は……本当にちゃっかりしているな」

ひいお祖父様が呆れると、

「違います！　いくら欲しくても、さすがにそこは私だってわきまえました。ですが!!　『こちらは容量が小さいから』と、レイチェル女官長が私の目の前で核を破壊しようとしていたので!!『処分するくらいなら譲っていただきたい!!』と、土下座して頼み込んだんです」

だって、もったいないじゃないですか!!　目の前で国宝級のものが壊されるところだったんですよ!!　とカレン神官長は力説した。――まあ確かにそれはもったいないと思うが。

「容量が小さい？」

ディークひいお祖父様が問うと、

「こちらはですね。ええと、例えると、商会の家にあった冷蔵庫二つ分くらいの容量なのです。アーシェラちゃんの容量の大きいものを作る前の試作品だったそうなのですが、完璧に出来た核を廃棄するなんてもったいないですよね!!　女神様に誓って絶対に絶対にレイチェル女官長のことは他言しませんと、拝み倒したのです!!」

カレン神官長は女神様に認められて神官長になった方だ。女神様以上の後ろ盾はないだろう。

その結果、『カレン神官長ならばいいでしょう』ということで、廃棄しようとしていた核をめでたく貰うことができたのだそうだ。

カレン神官長がとっても愛おしそうに頬ずりしているバッグは、大人の女性が持つような上品な作りりで、白地に金の刺繍が入っている。

そして私が貰ったバッグと同じチャームがついている。たぶんだけど、あれが核なのかな。

「こちらは容量が小さいのですが、それでも私の魔力を昼夜一月以上入れ続けて、やっっっと！　完成したのです！　自分で手をかけた分、完成した時はもう、本当に嬉しくって!!　でもこの感動を誰にも言えなくてぱたぱたしていたのです！　アーシェラちゃん！　これはとってても素晴らしいものですわよ!!　大事にしましょうね!!」

本当に嬉しかったのだろう。瞳をキラキラさせてバッグを抱きしめている。

なんとなくカレン神官長が全力でしっぽを振る子犬のように見えてきた。

「あい!!」

「ペンダントとバッグが一つになっていたら、念じるだけで目の前に中のものが出てきますよ！」

「やってみりゅ！」

さっそくやってみたら、一度入ったアイスクリームは念じるだけでまた現れた。

ふああ！　便利だ!!

その後、魔法鞄を使うところを人に見られないように注意を払うことを約束させられた。

たぶん普段はペンダントトップに収納した状態であることが多くなるだろう。

「いいものを貰ったな。アーシェラ。大事にするのだぞ」

「あい!!」

もちろんだ!!

「れいちぇるおばあしゃま。いろんなまほうどうぐちゅくれる？」

「そうだな。最たるものはコレだが、核さえ正確に作れればいろんなものができるからな。レイチェル殿はコレを作れるくらいだから、その他のものも作れるだろう」

「あーちぇもなんかちゅくりたい！」

なんだかとっても面白そうだ！

どんな魔法道具があるか分からないけれど、こんな便利なものがあるのだ。魔法道具作り、やってみたい。

「それならそちらの教師は、レイチェル女官長ではいかがでしょう？　いい先生になると思いますわ」

「まあそうだな。へたに外から教師を呼ぶよりもレイチェル殿の方がアーシェラの安全も確保されるだろうしな」

「では、王妃様と女官長にご提案しておきますわ」

「アーシェラ。魔法道具作りは基本の魔力操作をできるようになってからになる。先に魔力操作を覚えような」

「あい！　ひいおじいしゃま！」

先日、王妃様の承認が出たので、私の魔力操作の先生はひいお祖父様になった。

今後、ローディン叔父様やリンクさんが戦争に行っている間は、ひいお祖父様が商会の家に泊まることもあるとのことだ。楽しみだ！

「魔力操作をお祖父様に。魔術陣や魔法道具作りはクリステーア公爵夫人か」

「いい先生ばかりだからずいぶん伸びるはずだ。アーシェはどこまで強くなれるんだろうな。楽しみだな」

ローディン叔父様とリンクさんがくすりと微笑んだ。

教える教師の能力次第で伸びしろはずいぶん変わるという。

魔法学院の在学期間は大抵二年間だが、卒業までにクリアするべき課題をこなせなければそれ以上の在学となる。

座学は学年別に皆一緒に行われるが、実践に関しては、生徒のレベルに合わせて個別に教師がつく。

ひいお祖父様に幼い頃から指導を受けていたローディン叔父様とリンクさんは、魔法操作に関しては魔法学院入学時点ですでに上位クラスだったそうだ。

二人の可能性をもっと引き上げるためにクリスフィア公爵が指導教師となり、その結果、専門的な能力が開花し、基礎的な力も飛躍的に向上したそうだ。

だからこそ教師選びは大切なのだと言っていた。

幼少期はディークひいお祖父様に、そして魔法学院時代はクリスフィア公爵にと、魔法操作の英才教育を受けたローディン叔父様とリンクさんは、卒業前に魔法省に入ってくれと誘われるほどの実力の持ち主となった。

先日来たクリスフィア公爵が、これまで私やローズ母様が無事だったのはローディン叔父様とリンクさんが優れた能力を持っていたからだと教えてくれた。

私もひいお祖父様から学ぶ。ローディン叔父様とリンクさんに教えてもらうこともできそうだ。

ふと、ひいお祖父様がローズ母様を見た。

さっきからローズ母様は不安そうな表情をしている。

本来なら七歳から始めるはずの魔法教育。

今日四歳になったばかりの私には、魔力を使うことで身体に負担がかかると、ずっと心配しているのだ。

「ローズ、心配なのは分かるが、アーシェラは王妃様と同じで加護を貰っている。魔法をなるべく早くきっちりと身に付けなければ、自分で自分の身を守れないのだぞ」

「姉さん。アーシェは興味があるものに突っ走っていく子だよ。狙う者がいるということで行動制限するのではなく、やりたいことを思い切りやらせたい。そのためには自分でも身を守れなきゃいけない」

「ああそうだな。護衛はつくがそれに慢心しては駄目だ。自分自身を守る術は早く身に付けた方がいい」

私もその言葉に頷いた。先ほど聞いた犠牲になった生徒のことを考えれば、周りの人に常に守られるだけじゃなく、自分自身を守れなきゃいけないと思っていたのだ。

「かあしゃま。あーちぇ、だいじょうぶ」

母様に抱き着いて『大丈夫だ』と伝えると、

「絶対に無茶をしないと約束してちょうだい。アーシェ」

と、母様はぎゅうっと抱きしめ返してくれた。

「それに魔法教育だけじゃなく、令嬢教育もきちんと受けさせよう。マリアにいい教師を紹介してもらおうな」

私の頭をひいお祖父様が撫でた。

食事のマナーとか挨拶はローズ母様に教えてもらっていたけど、これからはたくさん覚えることがありそうだ。

「あい！　やりましゅ！」

魔法も令嬢教育も前世ではやったことがない。どれも楽しそうだ！

「うちの母上なら、他の者に任せずに、絶対自分でやると言いますよ」

嬉々として手を挙げる姿が目に浮かぶ、とリンクさんが笑っていた。

8　誕生日にはこれがなくちゃ！

本日の一品目は、トマス料理長とレイド副料理長が長年挑戦し続けていた茶碗蒸しとなった。

「まあ！　この茶碗蒸しという料理、滑らかで美味しいわね！」

マリアおば様が一口食べると感嘆の声を上げた。

「それにとっても綺麗なお料理ですわ！」

カレン神官長が茶碗蒸しの赤・青（緑）・黄・白・黒（茶）の五色にほうっとため息をつく。

卵の薄い黄色に、エビの赤と白が映えている。ミツバの緑が鮮やかさを添え、そしてシイタケの茶色が全体の色彩を引き締めている。

「出汁が効いてて美味い！　あ！　私にもおかわりくれ!!　ココット皿のしかない？　そんなの気にしない！」

ホークさんが、おかわりを所望していたリンクさんに便乗して言う。

ローランドおじい様が手に取った蒸碗をまじまじと見た。

「ああ。ローズマリーが大陸のみやげにくれた器はこうやって使うのだな」

デイン家にも蒸碗はおみやげとして届けられたそうだが、食卓に登場することはなかったそうだ。

私も蒸碗を使う料理は茶碗蒸ししか知らない。

まあ、プリンにも使えるだろうけど、蒸碗入りのプリンはスイーツという感じがしないから作ったことはない。

そんなわけで、茶碗蒸しを知らなかったデイン辺境伯家のクラン料理長は、渡された蒸碗を一度も使うことはなかったらしい。

「うむ。これは本当に美味いな。レシピを貰って、我が家でも作らせよう」

ロザリオ・デイン辺境伯が言うと、トマス料理長が「ご用意しておきます」と応えていた。

厨房でクラン料理長からのレシピを見せてもらった時、調味料の量のところは『適量』と書かれていた。

『適量、とはその料理の味を知った者が使う表現です。クラン料理長《あいつ》はそこが分かっていない』と、貰っていたレシピを手にトマス料理長が腹を立てていた。どうやらクラン料理長とは深い親交があるらしい。

そういえばトマス料理長は先ほどローズ母様とローディン叔父様と一緒に茶碗蒸しを作った際に、レシピに分量を記入していた。さらには手順の詳細も書き加え、ハリーさんに至ってはイラストを書き添えていた。

お菓子職人は絵も上手らしい。分かりやすくて可愛いレシピになっていた。

これなら誰でも作れるようになるだろう。

「しょうかいのいえにも、おにゃじうちゅわほちい」

やっぱり茶碗蒸しはこの蒸碗で食べると美味しく感じるから、似たようなものを探したい。

そう思って口に出したら、ローランドおじい様が、ぽん、と手を叩いた。

「アーシェラ！　それなら、私が貿易の仕事で今度大陸に行った時に買ってきてあげよう！」

ん？　直接現地に行くのはホークさんがしてたんじゃなかったっけ？

「おじいしゃま、たいりくいくの？」

「ああ。ホークもロザリオもしばらくは国から離れられないからな。陛下からご下命があった。大陸との貿易の現場にはおじい様が行くことになったよ。次に行った時にこの器をおみやげに買ってきてあげよう」

なるほど！　それなら。

「あい！　おねがいちましゅ!!」

「よしよし。楽しみにしておいで」

ローランドおじい様は目を細め、優しい笑顔で頷いた。

デイン辺境伯軍は来月からの遠征のサポートを担う。

海側の辺境伯であるデイン家だけではなく、内陸部のウルド国国境に面した他の辺境伯家も全力でウルド国侵攻をサポートする。

ホークさんとロザリオ・デイン辺境伯は辺境伯軍の統率と遠征の補給のサポートをするために、しばらくはアースクリス国を離れることはできないのだそうだ。

「父上、引退したのに申し訳ありません」

「気にするな。同年代の者たちよりも中身は若いのだからな」

ローランドおじい様が胸を張る。

それは虚勢でもなんでもないことを私は知っている。

デイン辺境伯家もバーティア子爵家も元々魔力が強い家系だが、その中でもディークひいお祖父様やローランドおじい様のように魔力が強い者は、老化が遅い。

強い魔力を持つ王家の男子が成人すると老化が遅くなるというのはよく知られていることだ。

そして公爵家の者も、王家の者と同じまでとはいかなくても比較的老化が遅い。

魔力の強い他の貴族や、平民出身の魔力の強い魔法師たちも同様で、『老化』の速度で身の内の魔力の強弱が分かるのがこの世界の特徴でもある。

とはいえ、そのような人間はそうそういない。

だから魔力を使って、外見年齢を年相応に変えている者もいる。そのいい例が、レント前神官長だ。

実年齢六十歳を超えているレント前神官が、教会の司祭として赴任する際、周りに混乱をきたさないように魔法で実年齢の外見を作っていたそうだ。

カレン神官長が「レント前神官長に王宮か神殿で会ったら別人のようですよ！」と言っていたから、本来の姿はたぶん魔法で外見を作っていた時とずいぶん違うのだと思う。

いつか本当の姿のレント前神官長に会ってみたいものだ。

同様に、ローランドおじい様もディークひいお祖父様も齢は六十代だけれど、全然そうは見えない。外見は五十歳になったくらいだろうか。しかも内面はもっと若いらしい。

デイン領が襲撃された時、ディークひいお祖父様もローランドおじい様も、兵と共に戦地を駆け回っていたということは、内面がそれだけ若いと証明しているみたいで、すごい。

魔力の強い者が魔力を使い続けていれば老化の速度が遅れる傾向があるというが、それを体現し続けているような人たちだ。

ひいお祖父様は若い頃から魔法漬けの生活を長年続け、実は今でも魔法関係の仕事を続けている。

その一つがバーティア商会の魔法道具部門の顧問のお仕事だ。

この世界に電気は存在していない。だから魔法で作られた魔道具が普及している。

冷蔵庫も冷凍庫も、そして照明も魔力を込めて作られているのだ。

ディークひいお祖父様はそれらを作る部門を指導していて、その他にも魔法省からの様々な要請を受け、今でも精力的に活動している。

一方ローランドおじい様は、息子であるロザリオ・デイン辺境伯に爵位と辺境伯軍総帥の座を譲ってからは、日常的に海に出て漁船などを魔力で操縦している。

デイン前辺境伯が乗った船は海難事故に逢わないため、漁をする領民たちに歓迎されているそうだ。

また日々兵たちの演習の相手もしているという。

だからディークひいお祖父様もローランドおじい様もまだまだ現役世代に引けを取らないとのことだ。

「そうだ。今日も大陸のおみやげをいろいろ持ってきたよ。気に入ったものがあったら、お祖父様に追加で頼めばいい。この蒸碗と一緒に買ってきてもらえばいいよ」

「あい！　たのちみでしゅ！」

先日大陸から帰ってきたホークさんは、今日到着した時にたくさんの箱をバーティア子爵邸に運び込んでいた。あまりに大量なので明日みんなで確認することにしていたのだ。

「なあ、兄さん。あんなに大量なのはなんでだ？」

「主にこっちじゃ見ない菓子とか、食材だな。アーシェラのお眼鏡に叶えば輸入とか考えるし」

「おかち！」

お米と味噌と醬油がある国。お菓子だって絶対に美味しいものがあるはずだ！

「食材の他にも面白そうなのをいろいろとな。まあ、見てのお楽しみだ」

なんだかずっしりと重い箱もあって、使用人たちが数人がかりで運んだものもあったらしい。

おみやげの箱を開けるのが楽しみだ！

◇◇◇

「それにしてもアーシェが作るものは本当に美味いな」

リンクさんは茶碗蒸しが相当気に入ったようだ。ココット皿に作ったおかわり用の茶碗蒸しを二皿も食べていた。

ホークさんもカレン神官長も三皿目を所望していたが、「おかわりは二皿までです」とトマス料理長に言われて二人ともしょげていた。

トマス料理長は本邸に一番長く仕えているらしい。ホークさんも小さい頃からバーティア子爵邸に来ていて、食事以外の時間帯でも従業員用の食堂に来ては食べ物をねだっていたとのことだ。

小さい頃、何度も食べすぎでお腹を壊したホークさんは、「よくお食べになるのは見ていて気持ちがいいものですが、限度を超えると身体に良くありません。ホーク様、おかわりは二皿までですよ」と、トマス料理長に注意された時から頭が上がらないらしい。

その言葉を聞いたカレン神官長も、お付きの人からの『おかわりは二回まで』を思い出したらしい。レシピを貰うことを約束して諦めていた。

その時のカレン神官長のしょげた姿が可愛かった。お腹を壊さないならいつかお腹いっぱい食べる機会を設けたいものだ。

その後、和やかにディナーを食べ終えてから。

食後にデザートのホールケーキが出てきた。

ハリーさんが作っていたフルーツたっぷりの芸術品のようなデコレーションケーキだ。

「ん？　ケーキは二つか？」

「はい。本日はローディン様とアーシェラ様お二人の誕生日ですので、ケーキを二つご用意しました」

そう言ってすぐに切り分けようとしていたハリーさんを止めて、母様とローディン叔父様が二つのホールケーキにロウソクを立てた。

そして、そのホールケーキが私とローディン叔父様の前に一つずつ置かれた。

ローディン叔父様の前には、昼間ハリーさんが作っていたフルーツたっぷりのデコレーションケーキ。

私の前には同じフルーツにイチゴがたっぷり追加されたデコレーションケーキが置かれた。

「しゅごい！　きれい！　かわいい!!」

真っ白なクリームにイチゴが映えて、とっても綺麗で可愛い!!

そのケーキに長めのピンク色のロウソク。

こっちの世界では、誕生日にケーキにロウソクを立てて吹き消す習慣はなかったみたいだけど、去年の誕生日は商会の家で自分でケーキにロウソクを立てた。

外側にローディン叔父様の年齢分の水色ロウソク十九本と、内側に私の年齢分のピンクロウソク三本。

うまくケーキに刺さるよう、事前にロウソクに爪楊枝のような細いものを綺麗にして刺しておいた。

それを次々にケーキに立てていく私を不思議そうに見ながら、ローズ母様とローディン叔父様、リンクさんが手伝ってくれたのだ。

だってやりたかったんだもの。

そしたら、今年はそれをローディン叔父様やローズ母様が覚えていて、二つのケーキの片方にローディン叔父様の年齢分二十本、そしてもう一つには私の年齢分四本を等間隔に立ててくれた。

灯りを落とすと、真っ白なケーキとロウソクが引き立つ。

——幻想的だ。

そして、ローディン叔父様と私がケーキに灯されたロウソクの火を吹き消すと、部屋に灯りが戻った。

ローズ母様とリンクさんが「誕生日おめでとう！」と言って拍手をしたので、みんなも続いてお祝いの言葉と拍手をくれた。

うん。これぞ誕生日だ。

私は一人満足した。

「これ、いいわね！　なんだか幻想的だわ！」

「その日の主役がロウソクを吹き消すのも特別な感じでいいな」

マリアおば様が感嘆の声を上げると、デイン辺境伯が同意した。

何をしているのかと最初は不思議がられたが、どうやら楽しいこととして受け入れられたようだ。

「去年アーシェが、商会の家でやったんだよな。ケーキの内側にアーシェの年齢分三本と、外側にローディンの年齢分十九本立てて」

「誕生会は普通のパーティと同じような感じだが、これがあると『誕生日』という特別な感じになるな」

「確かにな。これは面白い」

ローランドおじい様もディークひいお祖父様にも好評のようだ。ホークさんやカレン神官長もうんうんと頷いていた。

真っ白な生クリームのケーキにたっぷりのフルーツ。

そこにピンク色の長めのロウソクが立っている。

吹き消す時は気が付かなかったけど、白い羽の形が浮き上がった感じの可愛いロウソクだ。

「かわいい！　はねがちゅいてる!!」

はしゃいで言うと、ローディン叔父様がにっこりと笑った。

「アーシェは私の天使《アンジュ》だからね。ロウソクは天使の羽がついたものにした。可愛いだろう?」

「まあ！　可愛いですわね！」

カレン神官長が言うと、マリアおば様も同意する。

「年齢分のロウソクを立てると、ケーキが特別なものに感じるわね」

「これからは誕生日にうちでもやるか」

「ケーキが穴だらけになりますよ」

ローランドおじい様の言葉にホークさんが苦笑する。

デイン辺境伯家は成人した人たちばかりだ。確かに大きなケーキでも、二十本以上はきついだろう。

——そういえば、ロウソクって型に入れて作ってるんだよね。

そしたら、あれならいけるだろう。

「すうじのろうしょくちゅくる。そしたらふたちゅたてるだけ」

これなら、いくつになっても大丈夫だ。

「それはいいな！　蜂蜜を絞った時に出来た蜜蠟《みつろう》がたくさんあるからそれで作ってみよう！」

リンクさんが私の言葉に激しく賛成すると、ローディン叔父様も同意した。

「確かに。数字なら二つ。小さな子でも数字のロウソクは楽しいだろう」

「在庫があるうちは安価の蜜蠟のロウソクを作ろうと思ったんだが、既存のロウソク店との兼ね合いを考えてやめたんだ」

そう言ったリンクさんに、ディン辺境伯が静かに頷いた。

「確かにな。それは賢明な判断だ。蜜蠟自体価値のあるものだ。普段使いは既存の店に任せて、こっちは特別な時用に付加価値をつけて売り出せばいい」

「みつろう、まちがってたべてもだいじょぶ」

こっちの世界の蜜蠟も食べられると、養蜂の担当になったハロルドさんにも聞いていた。

「そうだな。蜜蠟は食べても害はない。美味しくはないがな」

ディークひいお祖父様も食べたことがあるらしい。顔をしかめた。

「それなら、ケーキにピッタリですわね!!」

二切れ目のケーキをサーブしてもらいながら、カレン神官長が明るく言った。

みんなまだ一切れ目を少ししか食べていないのに。素早い。

「食べても害のない色を入れてカラフルなものも作ろう」

「そうだな。ロウソク作りはリンクに任せる」

「ああ。分かった」

いつものことだが、ローディン叔父様もリンクさんも行動が素早い。すでに商品化に向けて頭が働いているようだ。

そんな二人を見て、ひいお祖父様が声をかけた。

「商品化するなら、私もそれに関わろう。工房のルーンやハロルドに話が通しやすいだろう？」

「「助かります」」

工房のルーンさんや、蜂蜜担当のハロルドさんはひいお祖父様の知己だ。

ローディン叔父様が不在になる穴をひいお祖父様が埋めようとしてくれているのが分かって、ローディン叔父様とリンクさんがお礼を言った。

「ああ。それなら、デイン商会が先年王都で買い取った菓子店でそのロウソクを取り扱いするよ」

「こういった楽しいものはすぐに受け入れられるだろう。誕生日のケーキと一緒にロウソクを紹介すれば需要は十分見込めるな。何しろ祝われる方も、祝う方も楽しいのだから」

ホークさんの提案にデイン辺境伯も了承した。

「旦那様！　私、ロウソクのデザインしたいですわ！」

「「デザインも何も、数字だぞ？　母上」」

マリアおば様のはしゃいだ声に、ホークさんとリンクさんの言葉が重なった。

「まあ、これだから男の子は！　そりゃあ、シンプルなものもいいでしょうけれど、女の子は可愛いものが好きなの！　ピンクや青色のを用意して、花のモチーフを数字につけるの！　ほら、さっきアーシェラちゃんが喜んでた羽だって可愛いのよ！　男の子なら剣とか弓矢とか馬とかあるじゃない!!」

「馬って……どんどん複雑な形になっていくな」

リンクさんは呆れているが、マリアおば様は瞳をキラキラさせている。とっても楽しそうだ。

私も可愛いのは大好きなのだ。

「しょれいい!!　かわいいのしゅき!!」

「確かにアーシェの言った数字のロウソクの発想は面白いから、シンプルなものと、マリアおば様が仰った数字に花や羽などの飾りをつけたものを数種類作りましょう」

ローディン叔父様が方向性をまとめた。

その後、マリアおば様と一緒にローズ母様もロウソクのデザインをすることになって、なんだか面白くなってきた。

この世界には電気がないため、日が暮れると魔法で街灯が灯るようになっている。

けれどすべてのところに街灯があるわけではないため、主要な場所を離れると、真っ暗闇になる。

ディークひいお祖父様はバーティア子爵領の街道や路地に魔法の街灯を設置しているが、他の領地では路地までカバーされているところはそうそうないそうだ。

街灯がないなら個別に魔法道具の灯りを灯せば良いが、魔法道具を手に入れることのできない人たちは灯り用の油や、木の皮や実から作られたロウソクを買う。そちらの方が魔法道具よりずっと安価だからだ。

蜂の巣から採れる蜜蠟からもロウソクを作ることはできるが、蜜蠟自体が希少だということで他の素材のロウソクよりやはりお高めだった。

今年養蜂でたくさん蜂蜜が採れて、副産物の蜜蠟もたくさんあったので、安価に設定してロウソクを作ろうとしたが、木の皮や実から作られるロウソクに比べると生産量が少ない。それに、もともとロウソクを作っている商店に影響を与えるかもしれないということでやめていた。

でも、特別な時に使うロウソクとして売り出すなら、用途も価格帯も既存のものと住み分けができるだろうし、蜜蠟で作ったロウソクは間違って食べたとしても害はない（美味しくはないが）から、ケーキキャンドルとしてならいいだろう。

今まで提案してきたのは食べるものだけだったから、果たしてケーキキャンドルにどれだけ需要があるかは分からない。

蜜蠟は木製品のつや出しにも使われるし、今は在庫に余裕があるので、駄目でもともと、試しにやってみることになった。

——そして蜜蠟キャンドルが出来たしばらく後のこと。

誕生日の際にはケーキにロウソクを立てて主役が吹き消すというイベント性が受けて、貴族のみならず平民までもと、王都のあたりから国中に広まっていったのであった。

やっぱり楽しいことはみんなやりたいよね。

9　大陸の名は『久遠《くおん》』

王妃様とクリステーア公爵夫妻のプレゼントが強烈だったけれど、家族やデイン辺境伯家の方々からのプレゼントも素敵だった。

デイン辺境伯家の皆さんからは、普段着やお出かけ用の可愛い服、靴、防寒着。みんなおしゃれでセンスがいい。

一生懸命選んでくれたのだろう。マリアおば様とロザリオ・デイン辺境伯、ローランドおじい様とホークさんが、あの色と迷ったとか、生地選びはどうしたとかずっと話していた。

ローディン叔父様とリンクさんは、ひいお祖父様と一緒に、私専用の調理器具を作ってくれた。

ものすごく軽い小さなフライパンと小鍋。

そして絶対に私を傷つけない包丁。

そう。これはすべて魔法付与されたものだ。この調理器具で作る時は火傷もしないという優れものである。

私のために三人で魔力をこめて魔法道具にしてくれたのだ。本当に嬉しい。

早速魔法鞄と同じく、所有者登録した。

ローズ母様は普段使いできる可愛いポシェットをくれた。

丈夫な革素材で作られたシンプルなポシェットは、ローズピンクで、甘めだけど、落ち着いた綺麗な色だ。真ん中には大きな白い花のモチーフがついていて、とっても可愛い。

ポシェットの内側を見ると、母様が名前を刺しゅうしてくれていた。

大人っぽい色合いはちょっぴりお姉さんになった気分だ。……外見はまだ二歳児から三歳児だけど。

みんなステキなプレゼントで、一人一人に抱きついてありがとうを伝えた。

プレゼントも嬉しいけど、みんなぎゅうっと抱きしめてくれたのがとても嬉しかった。

◇◇◇

さて。誕生日の翌日。

朝食後すぐにカレン神官長は王都へ帰って行った。

カレン神官長をお見送りした後、ホークさんの大陸からのおみやげを、みんなで開けることにした。

ホークさんは数日前に帰って来たばかりで、今回パーティア家に持ってきたものと同じものをデイン家に買ってきたらしいけど、まだ開けていないらしい。

パーティア家へ買ってきたものを開けることで、一緒に中身を確認するとのことだった。

まずは、大きい箱。お味噌と醬油、お酒が一箱ずつ。

これだけあれば一年間は余裕で持つだろうという量だ。嬉しい。

「味噌も醬油もこんなに美味しいのだから、作れる人を雇用してこちらで作りたいですね」

ローディン叔父様の言葉に、ロザリオ・デイン辺境伯も同意した。

「そうだな。大陸からこちらに来たい人材を確保できればいいのだがな」

「遠いですからね」

「しかも今は、アースクリス大陸は戦争中だからな。平和になるまでこの件はおあずけだな」

大陸へは往復の海路で一月ほどかかる。

それほど遠い別の国に来て仕事をしたいという人を確保するのは容易ではないとのことだ。うーん。残念だ。

「こっちは酒の一種で、料理にも使えるというミリンだね」

ホークさんが説明すると、一口ずつショットグラスに入ったものがみんなに渡された。

グラスを手渡しているのは、トマス料理長。今日はバーティア家執事・ビトーさんの代役だ。

本来執事は主人の近くに控えているものだけれど、今執事の一人はダリウス前子爵についてマリウス領の別邸に行っている。

そして本来ここにいるはずの、温厚な雰囲気を持つ四十代の執事・ビトーさんは、昨日ホークさんが持ってきたおみやげの箱の運び込みの手伝いをしていた時に腰をやられてしまったのだ。

バーティア子爵家は屋敷の規模に比べて使用人が少ないので、必然的に執事もいろいろな仕事をこなす。

『あ、それ重い』と言ったホークさんの言葉は一瞬遅かったようで、ビトーさんがこげ茶色の髪を震わせ茶色の目を見開いてフリーズしたのを見て、みんなが慌てた。

ローディン叔父様がすぐに治癒魔法を施したけど、腰痛はビトーさんの持病でもあったためか痛みは完全に取れなかったようで、大事をとって今日まで安静にしているのだ。

今朝、ローディン叔父様と一緒に様子を見に行ったらとっても喜んでくれた。

昨日初めて会った時も今朝も、私を見て涙ぐんでいたのはなぜだろうか。

それはさておき、その執事のビトーさんの代役をしているトマス料理長が私にもミリンをくれた。

私にはティースプーンにほんのちょっとだけ。

口に含むと、味醂独特の甘みがきて、強い酒精がガツンときた。うん。これは、まぎれもなく味醂だ。

「あまい！　おいちい！」

「まあ！　甘くて美味しいわね」

味醂はマリアおば様の口に合ったようだ。

「ええ。女性に人気だそうです」

ホークさんの説明にローズ母様もそうよね、と頷いた。

「そうね。これは私も好きな味だわ」

「甘すぎて、我々には少し厳しいな」

「うむ」

男性たちは思った通りの反応だ。味醂は米や麹、アルコールを糖化させて作るものなのでかなり甘味があるのだ。

酒としての味醂が苦手な男性は多いが、ホークさんは好きな味のようだ。昨日と同じようにトマス料理長に何度目かのおかわりをねだって止められていた。

私は酒の好みではなく、調味料として味醂を見つけられたことに感謝した。

本来味醂は美味しい滋養強壮のお酒で、甘くて女性に好まれるものだが、これも料理を美味しくするものだ。複雑な旨味があり、少し入れるだけでも料理が美味しくなるので、前世でも切らさずにストックしていた調味料なのだ。もっとも、飲む用に作られていない味醂もあるので注意が必要だけどね。

「これ、おりょうりにちゅかうとおいちい!!」

自分でも瞳がキラキラしたのが分かった。これがあると料理の幅が広がるのだ。

「分かった。これ採用な」

ホークさんが輸入リストに入れたようだ。

マリアおば様は甘くて美味しいお酒を確保できたと喜んでいた。

おみやげの箱は十箱。

お味噌、醤油、酒、味醂で四箱。

「んで、これ。これも米なんだけどちょっと違うんだよな」

ホークさんが箱の中の袋を開けて手のひらに取り出したのは、不透明で少し丸い米の粒。

「おこめ……」

見た瞬間それが何か分かったけど、詳しく口にするのをぐっと堪《こら》えた。

アースクリス国生まれの四歳児が知るはずがないことだからだ。

「米？　確かにこの形状は米だな」

デイン辺境伯が白い米粒を手に取った。

「そう。大陸ではこれも作付けされているらしい」

「白いな。バーティア領で作った米は半透明だったな」

「ああ、そうなんだよ。時間がなくてこの米の料理を食べて来られなかったのが残念だ。それに言葉もあまり通じないし」

遠い大陸は言語が違うということだ。醤油のラベルには『醤油』と漢字で書かれている。

――そう、『漢字』なのだ。びっくりした。

前回の醤油の瓶は外国人向けのおみやげ用で、ラベルは共通語だった。

今回は現地の人が使うものをそのまま購入してきたらしい。

ラベルには商品名と製造元が記入されているだけだ。しかも漢字で。

まさかの漢字。ずっと『大陸』や『東大陸』としか聞いていなかったから、なんて国名か聞いてみたら、発音が難しいので誰もが『ずっと東にある大陸』としか言わないのだそうだ。大陸名と国名が同じなので間違うと失礼、ということでそのまま『大陸』と呼んでいるというのもあるらしい。

木箱を見れば竜のような焼き印がされていて、それは大陸の形だと教えてもらった。

その大陸の形の焼き印の下には、漢字で『久遠国』と焼き付けられている。


『久遠《くおん》国』


私は読めるし、発音もできる。久遠は永遠という意味だ。

『くおん』はアースクリス国の人たちにしてみれば発音が難しいそうなのだ。

『クゥウォン』とか『ク・ワァン』とか皆で言ってる。なるほど。

とりあえず、私が問題なく発音できることは内緒にしておこう。

久遠大陸の形は確かに竜に似ている。実際、前世の日本の地形も竜の形に見えるのだ。

久遠大陸は、この世界の中の日本のような国なのだと納得した。

前世の日本は小さい島国だったが、こちらの世界ではアースクリス大陸と同じくらいの面積で、かつてのアースクリス国と同じく一つの大陸が一つの国なのだそうだ。

となれば、久遠国は相当大きい国だ。

「確かにな。大陸の言語は難しい」

「ああ。うちの国の外交官を改めて尊敬したよ。――で、通訳してもらったら、この米を食べるならこの道具も必要だと言ってたからこれも買ってきた」

重くて大きい箱を開けたら、中身はなんと木で出来た餅つき用の杵と臼だった。ビトーさんの腰を痛めつけたのはこれだったらしい。確かに、これは一人で持てる重さじゃない。

何しろ大きいサイズの臼だ。五十キログラム以上はあるはずなのだ。

「説明書にはもち米を蒸して、ウスに入れてキネでついてモチにして食べる、と書いてある」

ホークさんが共通語で書かれた図解入りの説明書をテーブルに広げたので、私はそれを見て目を輝かせた。

――やっぱりだ！

不透明な白い米はもち米。しかも精米したものと種もみが一箱ずつある。

今年パーティアで作ったのはうるち米。前世の世界で主食にしていた米だ。

そのうるち米があっただけでも嬉しいのに、もち米もあったとは!!　嬉しすぎる！

実は前世の家にも杵と臼があった。後年餅つき機に取って代わられたけど、杵と臼での餅つきは、幼い頃の懐かしい思い出だ。

「へええ。なんだか食べ方が違うんだな」

説明書を見てリンクさんが呟き、隣で覗き込んでいたローディン叔父様が首を傾げている。

説明書があって、もち米と杵と臼があるなら。

「やってみりゅ!!」

「そうだな。じゃあやるか」

ローディン叔父様とリンクさんが当然のように頷いた。

いつものパターンである。

何事もやってみるのが一番だ！

◇◇◇

餅つきは従業員用の食堂ですることにしたので、厨房に移動した。

前世の家はもち米も作付けしていたので、ある程度特徴も知っている。

まずはもち米を洗米して浸水する。

前世では洗ったもち米を何時間も浸水させなければならなかったけれど、こちらの説明書には一時間と書いてあるので、その通りにする。

植生が似ていても違うところもあるのだ。こちらの世界のやり方で行く。

それに時間がかからず調理にかかれるならむしろ好都合だ。

その間に料理人さんたちに炊き込みごはんの用意をしてもらう。

米の炊き込みごはんと、もち米のおこわを作って食べ比べをしてもらおうと思う。

それと前世でよくやっていた、米にもち米をブレンドするやり方。

大体米九に対してもち米を一から二加える。これが我が家の美味しい炊き込みごはんの比率だった。もち米を入れるとお米がモチモチッとして美味しくなるのだ。

もち米は吸水性がいいので、古米と一緒に炊くと美味しくなる。なので米農家だった昔はよくもち米を古い米に入れて食べていたのだ。

米ともち米、二つの米のブレンド。この三種類で炊き込みごはんとおこわを用意して、同じ味付けで食感を試してもらおう。

『食べ比べをしたい』とお願いすると、料理人さんたちは「面白そうですね！」と、昨日完成したレシピを見ながら材料と調味料を用意し始めた。

その後、餅つきの用意に戻る。

浸水したもち米をザルに上げて水を切った後、蒸し上げる。

その間に臼を食堂にセットして杵とともに熱湯消毒。

魔法でサクッとやっていたのはスゴイ。

「もち米、ウスに入れますね！」

レイド副料理長が蒸したもち米を臼に空けると、トマス料理長がそこから小皿に蒸したもち米を取り分けて一人一人に渡した。

「こちら蒸したもち米です。一口ずつどうぞお召し上がりください」

「ん。もち米は米に比べると硬いような」

「確かに嚙みごたえがある」

「本当だ」

うん。もち米の食感がする。みんなも違いが分かったようだ。

もちろん、違いを覚えてもらうために料理人さんたちにも試食をしてもらった。

「で、このもち米をこの木で出来たキネでつく、か」

ホークさんが説明書通りに丹念に米を潰すようにしたあと、もち米をつき始めた。

うむ。なかなか筋がいい。

合いの手はリンクさんが。さすが双子のようにそっくりな二人だ。息がピッタリである。

「疲れた！　どこまでやればいいんだ！」

杵自体が重いのだ。三キログラムから四キログラムある。それに初めてでもあるし、使い慣れない重い杵を振り上げて下ろすという動作はコントロールも難しい。

慣れない作業にすぐにホークさんがヘタると、デイン辺境伯が、

「どれ。交替しよう」

と言い、その後みんなで交替しながらわいわいと餅つきをした。楽しい。

デイン家のみんなも、ローズ母様、ローディン叔父様、ひいお祖父様も笑顔だ。

こんなに楽しいなら、またやりたいよね。

「む。これはなかなか体力を使うな」

「私の手をキネで叩かないようにお願いします！　大旦那様!!」

料理人さんたちも参加して和やかに餅つき。しばらくするといい感じに餅がつき上がった。

「うわっ！　まだ熱いし！　ぐにゃぐにゃして持てないぞ!!」

リンクさんがなんとか餅をまとめて、あらかじめ片栗粉をふるっておいた台にまだまだ熱いそれ

を置いた。

「で。これからどうするんだ？」

リンクさんの問いに、ホークさんが説明書を読み上げる。

「つきたてを一口サイズに取って、お好みの味で食べる——って、『お好みの味』ってなんだ!?」

またしても、説明書には穴がある。外国向けの説明書には食べ方も載せておくべきだよね。

とりあえず、美味しい食べ方は一つ確保してある。

「あい。おしょうゆとおしゃとう、どうじょ」

料理人のハリーさんが手を水で濡らして、個別に皿に一口サイズに取り分けていったものに、あらかじめ作っておいた砂糖醤油をスプーンでかけて渡した。

ホークさんが一番乗りで、フォークを使い伸びる餅を恐る恐る食べる。

「——美味い!!」

ホークさんが叫んだ。

「食べたことのない食感だけど、これイイな！　それに、砂糖と醤油の相性抜群だな！」

「お餅ってどこまでも伸びるわね。面白いわ！」

つきたてのお餅は伸びるのだ。マリアおば様がどこまで伸びるか楽しんでいる。

「これ、砂糖と醤油よね。お米にはやっぱり醤油が合うのね」

母様が的を射たセリフを言った。

そうなのだ。醤油はお米に合う。

お餅に砂糖醤油は前世の我が家の定番だ。

甘い胡麻だれやきな粉、それにあんこも好きだけど、どれもここにはないので砂糖醤油味にしたけど、大正解だ。

「米がこんなに柔らかくなるとはな。これが餅という料理で、もち米で作るのだな。もち米も美味いものだ」

デイン辺境伯の言葉に、みんなで頷いている。

説明書には『もち米を使わなければ餅にはならない』と注意書きしてある。

それは必要な標記だけど、食べ方はなぜ載せなかった、と突っ込みたい。

「まあ！　本当に食べたことのない食感ね。それに甘じょっぱくて美味しいわ！」

どこまでも伸びるのを堪能した後、餅を口にしたマリアおば様が、続けてパクパク食べ始めた。

みんなに高評価なので、次は。

「ほーくおじしゃま。これちゅかっていい？」

さっきもち米の蒸し上がりを待っている間に残りのおみやげの箱を確認したら、木箱一箱に海苔がぎっしりと入っていた。

おみやげはどうやら全部箱買いしてきているようだ。豪快だ。

「海苔だな！　いいぞ。ただこれは食べ方が分からないんだ。磯の香りがするからとりあえず買ってみたんだが」

四角い海苔を半分に折りたたんで折り目をつけると簡単に切れるので、餅を包むサイズに切って渡した。

さっき欠片《かけら》をかじったら、ちゃんと美味しい海苔だったのだ。

「あい。のりにおもちをはちゃんでどうじょ」

「これも海のもので作られたものなんだよな。どれ食べてみよう」

まずは買ってきてくれたホークさんに海苔を渡す。

そして私も、砂糖醬油をつけた餅を海苔でくるんで一口。

パリッと海苔を嚙み切る音がいい。

海苔のいい香りがふわりと広がった。

「おいちい」

転生して初めての海苔だ。懐かしくて、美味しい。

「うん！　海苔つけたやつも美味いな！　香りも食感もいい！」

ホークさんの感想を受けて、リンクさんも海苔をつけて頰張った。

「へえ。海苔って旨味があるんだな。それに海苔をつけるとさらに餅が美味くなる！」

「ほのかな磯の香りがいいな。餅に合って美味しいな」

ローランドおじい様の言葉に、ひいお祖父様もローディン叔父様も同意していた。

そうなのだ。海苔と米は最強タッグなのだ。当然餅にもお煎餅にも合う。

「嚙んだ時はぱりっと裂けて、口の中で溶けていくのね。食感もいいし。海苔自体に旨味があって美味しいわね」

「本当だな。海苔とは風味と旨味があるのだな」

マリアおば様とデイン辺境伯は、四角い海苔を手に頷き合っていた。

もち米に合うのだから、もちろん炊いたお米にも合う。

「のりおいちい。しおおにぎりにまくとしゅごくおいちい」

聞くなり、ホークさんがトマス料理長を呼んだ。

「トマス料理長！　おにぎりを用意してくれ！」

「はい。先ほどアーシェラ様より承りましてご用意しております」

タイミング良くトマス料理長が塩にぎりを持ってきてくれたので、みんなで海苔を巻いて食べ始めた。

「うわ！　本当だ！　海苔を巻いたら塩にぎりがランクアップした！　すっごく美味い!!」

「口にいい香りが広がる。ほんとに美味い!!」

「「本当だな！」」

「海苔を巻いたおにぎり、本当に美味しいわね」

いつか海苔を作れるよう職人を入れようと、デイン家の皆さんは一気に盛り上がっていた。

料理人さんたちも海苔のついた塩にぎりを堪能して、ディークひいお祖父様に海苔の在庫がなくならないようにしたい！　と懇願していた。

うん。アースクリス国で海苔が出来たらいいよね。

お餅は結構な量出来た。

厨房の料理人にも同じくらいの量を食べさせたが、まだ目の前にかなり残っている。

何しろ海苔を巻いたおにぎりもみんなに好評だったので、お餅だけ残ってしまったのだ。

だけどお餅はすぐに固くなってしまう。

苦労して作ったのに、ここで食べ切ってしまうのは無理なようだ。

固くしてしまうのはなんとなくもったいない。

切り餅にすればいいけど、せっかくみんなで作ったのだから、固まってしまう前に食べてもらいたい。


お餅を柔らかいままにするには。

——そうだ！　あれを作ろう。

10　バター餅とおじさまのやきもち

「のこったおもち、ちゅかっていい？」

ローディン叔父様に聞いてみる。

「もちろん。——だいぶ余ってしまったな」

おみやげで貰った臼は大きいサイズだ。

その上説明書に合わせて使ったもち米は二升以上のようだった。

大人一人で一合食べるとして、二十人分以上。

お餅だけお腹いっぱい食べるなら消費できたかもしれないけど、半分近く残ってしまった。

「どうするの？」

ローズ母様は私が何かしようとしていると察している。

「おもちしゅぐかたくなりゅから。しゅこしのあいだ、やわらかいのながもちさせりゅ」

「ほんとね。もう表面が乾いてきてるみたいね」

そうなのだ。空気に触れているところから殻を被るように固くなってきている。

「アーシェラ様！　お手伝いします!!」

私たちの会話を聞いて、ハリーさんをはじめ、料理人さんたちが手を挙げてくれた。

もちろんお願いしたい。あれは力仕事なので四歳児にはハードルが高いのだ。

「あい。おねがいちましゅ」


——では、半量近くまで減ったお餅をすべて使うことにする。

料理人さんたちに材料を持ってきてもらって、お菓子職人のハリーさんに作業をしてもらおう。

なぜハリーさんかというと、これから作るものはどちらかというと、お菓子の部類に入るからだ。

まだまだ温かいお餅をボウルに入れ、表面を少しの水で濡らした後、ローディン叔父様に魔法を使ってさらに少し温めてもらう。熱いうちに材料を混ぜ合わせるのがコツなのだ。

つきたてのように温まると、表面が柔らかくなった。

そこからはハリーさんにやってもらう。

温めた餅にバターを入れてお餅の温かさで溶かして混ぜ、そこに砂糖、塩、卵黄、そして小麦粉を入れてよく混ぜ合わせる。

最初はヘラでやっていたけど、一升餅くらいの量があるのでヘラではうまく混ざらない。

まずい。

これは熱いうちのスピード勝負なのだ。

ハリーさんがこれでは駄目だとすぐに気がついたらしい。腕まくりをして手を洗い、浄化魔法をかけた。

パン屋のディークさん（ディークひいお祖父様とファーストネームが同じ！）がやっていたのを見たことがあるから、次に何をするか分かる。

これから素手でやるつもりなのだ。

「あちゅいからきをちゅけて」

「大丈夫です！　手の周りに魔術で手袋みたいなものをまとわせてます！」

そうなのか。ビニール手袋がなくてもその手があったんだ。便利。

聞いたら、仕事上温冷を遮断する魔術は便利なので、小さい結晶石に、必要に応じて手袋もどきが出来る魔術を入れたものが普通に売っているという（高いけど）。それを身に付けているとのことだ。

料理の他、掃除や洗濯など水を使う仕事の時に重宝するそうだ。確かに、今の時期は水が冷たいから大活躍するだろう。

魔術って面白い。

そして、しっかりとすべての材料が満遍なく混ざったところで台に移し、片栗粉で打ち粉をし平らにした後、今度はリンクさんに魔法で少し冷やしてもらった。

できたては柔らかくて切りにくいのだ。

適度に冷えた後、少し大きい目の長方形のキャラメルのように切り分ける。

――バター餅の完成だ！

真っ白だったお餅がバターと卵黄で鮮やかな色になり、いかにも美味しそうだ。

切り口から覗くオレンジに近い黄色が、なんとも食欲を誘う。

生の卵黄を入れているので数日しか日持ちはしないが、餅をカチコチにせずに美味しく食べられる。大好きな食べ方だ。

目の前でバター餅が出来ていくのをみんながびっくりした目で見ていた。

ハリーさんも作業中は、自分はいったい何をさせられているんだろう？　みたいな表情をしていた。

出来たバター餅の端っこを食べてみたら、ちゃんと出来ていた。

まさかこっちの世界でバター餅を作ることになるとは私も思っていなかったけど、思いついたら無性に食べたくなったのだ。

バターのコクと塩気、卵の濃厚さ、砂糖の甘さ、つきたての餅とは違う歯ごたえ。

すべてが絶妙にからみ合っていて美味しい。

――よし。上出来だ。

「はりーしゃん。あじみ、ちて」

「は、はい」

ハリーさんは切り分け作業中で手が離せないので、座っていた椅子に立ち上がって、出来たバター餅の端っこを食べさせた。

「――!!」

ハリーさんが目を見開いて、一瞬フリーズした後、瞳を輝かせてうんうんと頷いていた。

うん。美味しいよね。

バター餅は、さっきのお餅とは見た目から全然違う。

オレンジ色に近い黄色のバター餅は、洋菓子のようだ。

食べやすいサイズに切り分け、綺麗な皿に数個ずつ、見た目も良く盛り付けられたバター餅の皿を一人一人に渡して歩いた。

「あい、おじしゃま。ばたーもち、どうじょ」

一番最初にローディン叔父様にバター餅を渡した。

だって、さっきハリーさんに味見用のバター餅を食べさせた時に、叔父様の視線を感じたからだ。

どうやらハリーさんに『あーん』したのがショックだったらしい。

「あじみだよ？」と言ったけど納得していないようだ。

「――アーシェが作ったものは美味しいからね。――楽しみだ」

いつもは冷静なのに、ちょっと拗ねたところがなんだか可愛い。

後で叔父様にも『あーん』してあげよう。

そんなローディン叔父様に、リンクさんも苦笑しつつ手に取る。

「確かにな。それに見た目もすごく綺麗だな」

皿を持ち上げてじっくりとバター餅を観察している。

「ふふ。そうね――あら、さっきのお餅とは違って弾力があるみたい」

ローズ母様がフォークの背で、バター餅を押していた。

バター餅が行き渡ると、みんなで同時にバター餅をぱくり。

「「――美味い！」」

「「まあ、美味しいわ！」」

ほとんど同時に声を上げた。

「さっきの餅と味も食感も全然違う！」

ホークさんの皿に載っていたバター餅がみるみるうちになくなっていく。

「美味いな！　バターと卵、いや卵黄と砂糖と塩。あと何の粉入れたんだ？」

「小麦粉です。デイン辺境伯様」

「それを混ぜただけでこれが出来たとは。まるで魔法だな」

そう。熱いうちに混ぜるだけで美味しいバター餅が出来る。

「もっと欲しい。いや自分で取る！」

ホークさんが即行で、切り分け作業中のハリーさんの側に行って勝手におかわりしていく。

その隣にマリアおば様が行って、ハリーさんにもう一皿盛り付けてもらっていた。

「お腹いっぱいなのに、これならもっともっと食べられるわ!!」

「食べたことのない食感と味だが、バターと卵の濃厚さがいいな！　これは絶品だ！」

ローランドおじい様の言葉に、ディークひいお祖父様が「本当に美味い」と頷いている。

「さっきの餅と同じものとは思えないな。驚くほど美味い」

ロザリオ・デイン辺境伯が、ハリーさんが大量のバター餅を切り分けているのを、じっくりと見ている。

「あっちも美味かった！　こっちはさっきのとは全く別物だが、すっごく美味い!!」

「これって、甘くてスイーツみたいよね！　バターのコクと旨味が加わってとっても美味しいわ！」

ホークさんとマリアおば様は、ずっと食べ続けている。

相当気に入ったようだけど、食べすぎると後でお腹が苦しくなるよ。

「色が綺麗ね！　それにさっきのお餅と違う食感よね。柔らかいのに歯ごたえがある」

ローズ母様もバター餅のおかわりを貰ったようだ。気に入ってもらえて良かった。

みんなが自然とハリーさんが切り分け作業をしているところに集まった。

大きい臼でついた餅なので、残った餅で作ったバター餅も量が多い。

時間をかけて、やっとバター餅を切り終えたハリーさんは、ひいお祖父様の了承を得てバター餅を口にした。

ゆっくりと噛みしめると、満足そうにバター餅を見つめて言う。

「――私も出来上がるまで、どんなものになるのかと見当もつきませんでしたが。これは、逸品ですね。どこに出してもおかしくない美味しさです」

ハリーさんは有名な菓子店で働いていた菓子職人《パティシエ》さんだ。バター餅は、そのハリーさんにお墨付きを貰ったようだ。

ハリーさんの言葉を聞いたディン辺境伯が深く頷いて言う。

「確かに、バター餅は美味い。それに今までアースクリス国になかったものだ。――なあ、アーシエラ」

「あい？」

椅子によじ登ってハリーさんの作業を見ていた私の頭をロザリオ・デイン辺境伯が優しく撫でた。見上げると、思わぬことを言われた。

「バター餅をうちの王都の菓子店で販売させてくれ」

「まあ！　いいわね！　そしたらいつでも美味しいバター餅をいただけるわ!!」

「賛成！　私も賛成だ!!」

デイン辺境伯の言葉にマリアおば様もホークさんも、おかわりの皿を持ったまま声を上げた。

もちろん、自由にバター餅を作ってほしい。すぐに了承した。

「これは、材料自体がまだこの国にないから浸透するまで時間がかかるだろうけど、絶対に皆に受け入れられる。そのくらい美味しい」

ホークさんがバター餅に太鼓判を押した。

ディークひいお祖父様とローディン叔父様の勧めもあったので、とりあえずバター餅の商品化のことはデイン辺境伯とホークさんにお任せすることにした。

そんな会話を聞いていた料理人さんたちが、「バター餅を食べたい」と懇願してきたので彼らにも振る舞った。

たくさんあるから皆で食べよう。

「アーシェラ様。このバター餅、完璧です！」

トマス料理長が言うと、レイド副料理長も料理人さんたちもうんうんと首肯する。

——あれ？　なんだか、私を見る料理人さんたちの視線が、四歳児を見る感じではなくなっているのは、気のせい？

「ローディン様が昨日、アーシェラ様が『料理長』だと言っていた意味が分かりました！」

トマス料理長が声も瞳もキラキラさせて満面の笑みを向けてきた。

……そう言えば、昨日ローディン叔父様がそう言っていたような気がする。

レイド副料理長も料理人さんたちの瞳もキラキラ。キラキラ。……ええ～？

——なんとなく、先月デイン辺境伯家の王都別邸にいたクラン料理長たちからも、同じような視線を受けた気がする。

えーと。なんか？　言うことには絶対に従います、みたいな？

——いやいやいや。

前世の記憶通りに作っただけだから。

そんなキラキラした目で見ないでほしい……。

◇◇◇

バター餅の商品化をするにあたって、材料の確保やら何やらが目の前で決まっていく。

何しろ、もち米はこの国にないのだ。

ひとまずローランドおじい様が貿易の仕事で久遠大陸に行くため、材料を確保してくるそうだ。

それまでしばらくは、様子見で少量ずつ販売することになった。

「少量ずつ販売となると、このキネとウスは少し大きすぎるな。一回り小さいものをバーティアの工房に発注することにする。いいか？」

「分かった。これはバーティアの工房でも作れそうだからな。職人のルーンさんに見てもらおう」

デイン辺境伯の言葉にリンクさんが答えた。

ホークさんもデイン辺境伯も来月から終戦するまでの間、軍の仕事で忙しくなるのだ。

ローディン叔父様も来月から半年間兵役で不在となるので、バター餅やキャンドル作りはリンクさん主導で動くことになった。

日々の商会の仕事もローディン叔父様の不在でこれから大変になるのに、昨日と今日でリンクさんの仕事を増やしてしまったようだ。

あう。なんだか申し訳ない。

キャンドルもバター餅も、戦争が終わってからの発売の方がいいのではないかと思ったけど、戦争の余波を受けて低迷している菓子店を立て直すために、『貴族』向けに販売するとのことだ。

生活の困窮は平民の間で目立つが、貴族はまだまだ余裕がある。

なるほど。菓子店の立て直し。

それに富裕層の貴族をターゲットにするなら、さっきの二つは戦時中も行けるかもしれない。

「デイン家の仕事もなるべく手伝うよ。父上も兄貴も大変だろう？」

え？　まだリンクさんの仕事が増えるの？

その言葉にロザリオ・デイン辺境伯が微笑んで首を横に振った。

「気持ちはありがたいが、お前はバーティア商会の責任者でもあるのだ。無理はするな」

「リンク。デイン辺境伯家には、私も、優秀な部下たちもいる。うちの方は大丈夫だ」

ローランドおじい様がそう言うと、

「ねえ、リンク。うちには私もいるのよ。実家の領地経営もしていたから大丈夫」

とマリアおば様もリンクさんを安心させるように話しかけた。

マリアおば様はデイン家の縁戚であるフラウリン子爵家の後継者だったが、ロザリオ・デイン辺境伯と結婚したため、マリアおば様の実家の子爵家は将来リンクさんが継ぐことになっている。

今のフラウリン子爵邸は、古くからの執事たちが守り、デイン辺境伯家から派遣された者が管理をしているとのことだ。

「……ありがとう、助かる。米の普及の件もあるから、バーティア商会の方に力を入れさせてもらうよ」

そうだった！　水田作りをいくつかの領地で一から始めるのだ。

いくつ身体があっても足りないくらいリンクさんは忙しいはず。

「バーティアの領地に関わることや商会に関しては、私が主体で動くことにしよう。我が領地のことだからな」

そう言ってディークひいお祖父様が大きく頷く。

もともとバーティアの商会は、ひいお祖父様が立ち上げを全面的にバックアップし人選を行った。その後すべてをローディン叔父様とリンクさんが執り行っていたが、ひいお祖父様は相談役として商会に関わってきていたのだ。なんら不思議はない。

「職人への手回しや、領民たちへの対処は私が行う。ローディンが子爵になったのだ。今までダリウスの目があって陰からしか携わることができなかった者たちが、大きく動くことができる。任せておけ」

ひいお祖父様は領地の人たちから尊敬されている。

バーティア領はディークひいお祖父様が教育者であったために、すべての領民が基礎教育を受けられるようになっていた。

それだけではなく、さらに上の教育を受けたい者には積極的に援助もしてきた。

小さい地方の領地ながら領民の識字率が一〇〇%というのは、レアなのだそうだ。素晴らしい。

「ディークはぶっきらぼうだが、顔が広いからな。商会の仕事を全部回してもやっていけるぞ。それにバーティアの商会の人間は優秀だしな」

ローランドおじい様の言葉を受けて、ひいお祖父様も大きく頷いた。

全面的にバックアップすると宣言してもらい、改めてローディン叔父様もリンクさんもほっとしたようだ。

「ではリンク、キネとウスの件は頼んだぞ」

ロザリオ・デイン辺境伯がそう言うと、

「旦那様、それは私もリンクと一緒に動きますわ！」

マリアおば様が楽しそうに声を上げる。

確かに、バースデーキャンドル作りに携わり、バター餅のとりこになったマリアおば様は力強い味方になりそうだ。それに実家の領地経営もしてきているというから、十分リンクさんの力になる。

「そうだな。その方がいいな。だが、気をつけなさい。もちろん護衛はつけるが」

王都の菓子店はもともとマリアおば様の知人のものだったそうだ。

戦争の余波を受けて売れゆきが低迷し借金を抱えそうになり、店をたたもうとしたのを、その店が大好きだったマリアおば様が店舗を買い取り、オーナーとなったのだそうだ。

それなら、なおさらバター餅に関わる件はマリアおば様が適任だ。

「キャンドルのデザインに、バター餅の販売！　楽しみだわ！」

そうだわ！　とマリアおば様がリンクさんに声をかけた。

「私の実家《フラウリン子爵領》にも、来年ジェンド国に行く前に一度来てちょうだい。執事たちも待っているのよ」

「分かった。忙しくてずっと行っていなかったもんな」

「アーシェラちゃんも来てね。うちの実家のフラウリン子爵領はいつも花が咲いていて綺麗よ」

「おはな！　みたいでしゅ！」

「うふふ。待っているわね」

来年、花盛りのフラウリン子爵領に行く約束をした。

――色とりどりの花を見るのが楽しみだ！

◇◇◇

杵と臼を片付け終わる頃には、すでにお昼を過ぎていた。

交代でお昼ごはんを食べに来た従業員さんにも、バター餅をデザートとして出すことにしていた。

生の卵黄を入れているので日持ちはしない。生クリームのケーキと同じくらいだろう。

冷蔵庫に入れると固くなってしまうので基本常温保存がいい、と言うと、「それなら、食品保存庫に入れておきます」と言ってハリーさんが持っていった。

冷蔵庫、冷凍庫の隣に、一畳ほどの大きさの扉付き食品保存庫があって、それには保存魔法が付与されているため、入れてから数日間は劣化を抑えることができるとのことだ。そうなんだ。

ちなみに私が貰った魔法鞄は、中に入れている間は時間が止まる。

つまりいつまでも――魔法鞄が壊れない限り――永久的に入れた時そのままの状態となるのだ。

ちなみに魔法鞄と食品庫の保存魔法には、性能はもちろんのこと、魔術陣の構成の複雑さ、込めた魔力の量と質、どれをとっても天と地の差があるのだそうだ。当然魔法鞄の方が上である。

だから、魔法鞄、魔法箱は所有者登録がされ、盗難防止策を施される。

今では希少性が高く、新しく手に入れることができない魔法箱。それを所有している家は歴史ある家であると証明するものでもあるのだ。

以前デイン辺境伯家で醤油が入っていたあの保存箱は、魔法箱を再現しようとして作られたらしい。中に入れたものの時間を完全に止めることはできないが、定期的に魔術が組まれた結晶石を入れ替えることによって、長期間の保存を可能にしたものなのだそうだ。

今ではその応用版の保存箱が貴族たちの家で普及しているとのこと。

食品用の保存箱は大きくなればなるほど魔術のこもった結晶石がたくさん必要になるので、傷まずにその家の住人が食べ切れる量と期間に合わせて作られているとのことだ。

余談だが冷蔵庫や冷凍庫の方が、高度な保存魔法が入らない分、保存箱より単純なつくりになっているらしい。そうなんだ。

この前カレン神官長とクリスフィア公爵に炊き込みごはんのおみやげを渡した時の袋は、魔術に長けたローディン叔父様とリンクさんがただの袋に保存魔法を付与して作成したものだ。

『数日しか保たないけどな』と言っていたけど、十分にすごい。


まあともかく、バター餅の件は一段落ついた。

ひと休憩していたら、炊き込みごはんのいい香りが漂ってきた。

「さっきから炊き込みごはんの匂いがするな」

デイン辺境伯が言うと、

「はい。アーシェラ様のご指示で、炊き込みごはんをお作りしました」

と厨房の中からトマス料理長が答えた。

少しすると、大きな皿が三つ運ばれてきた。

白い皿にはいつもの炊き込みごはん。

白地に赤い縁取りの皿には、もち米で作ったおこわ。

白地に青い縁取りの皿には、うるち米九にもち米一の割合で作った炊き込みごはんをおにぎりにして盛り付けてある。

トマス料理長がそれぞれの皿に盛られたおにぎりの説明をする。

「なるほど。食べ比べというわけだな」

デイン辺境伯が熱心にそれを聞いたのち、さっそく炊き込みごはんを手にした。

「どれどれ。うん。いつも通りだな。炊き込みごはんはいつ食べても美味い。――で、もち米で作ったのは、確かおこわというのだったな。――うん。歯ごたえが違うのだな」

率先して食べるデイン辺境伯に驚いた。実はかなり炊き込みごはんが好きらしい。

王都の別邸から本邸にクラン料理長を呼び、炊き込みごはんのレシピを本邸の料理人たちに仕込んだそうだ。

その際本邸の料理人たちからも、「レシピに穴がある！」とクラン料理長は責められたらしい。

やっぱり『適量』では伝わらないよね。

「お米の種類によって違うのね。これも美味しいわ」

「噛みしめるとどことなくお餅みたいになるわね」

「確かに、噛みごたえがある」

みんなそれぞれ、米の違いが分かったらしい。やっぱり食べ比べすると分かるよね。

「で、これがもち米を少し入れたものなのだな」

一口食べると、その違いもすぐに分かったらしい。デイン辺境伯が目を見開いた。

「――驚いたな。もち米を入れた方がもちもち感があって美味い」

「本当だ」とホークさんもローディン叔父様たちも頷いている。

そうなのだ。うるち米にもち米を少量ブレンドして炊くとごはんが美味しくなる。

新米はうるち米だけでも美味しいが、古米になるとツヤがなくなる。そこに少量もち米を入れるとツヤモチになって美味しくなるので、前世ではよくやっていたものだ。

炊き込みごはんには一割から二割もち米をブレンドする。そして美味しい炊き込みごはんがさらに美味しくなる。おすすめの作り方だ。

「本当ね。炊き込みごはんがさらに美味しくなったわ」

マリアおば様にしても好みの食感と味のようだ。ふわりと綺麗な笑顔になった。

「これからはもち米も入れて炊き込みごはんを作ることにするわ」

ローズ母様の言葉に「デイン家でもそうする」とデイン辺境伯が頷いている。

「来年は、バーティア領でもち米も作付けしてみよう」

ディークひいお祖父様が言うと、ローランドおじい様も頷いた。

「ああ。それはいいな。バーティア領で成功したら翌年デイン領でもやろう。何しろデイン領は米の作付けも初めてだからな。まずは米を成功させないとな。先にやって教えてくれ」

「了解した」

――どうやら来年、もち米も育てることになりそうだ。

炊き込みごはんを堪能した後、他のおみやげの箱に入っていたお菓子を広げてみた。

お米で作ったおせんべい。金平糖。他にもいろいろ。

次にローランドおじい様が大陸に行った時もいろんなものを買ってくるそうだ。

久遠大陸には前世の日本にあった、懐かしいものがまだまだあるだろう。どんなものに出会えるか楽しみだ！

「おみやげはバーティア子爵家に置いておく。必要な分だけ商会の家に持っていくから少しずつ分けておいてくれ」

というわけで、箱単位で貰った大量のおみやげは子爵家や商会のみんなでありがたくいただくことにした。

「ええ。そうしましょう」

「あい!!」

「今後ご入用のものがあれば、ご連絡くだされればいつでもお持ちします!!」

トマス料理長が大きな声で言って、ディークひいお祖父様に視線で懇願した。

何しろ、これまで商会の家にはひいお祖父様もあまり訪れなかったのだ。

それは不審者対策のためでもあったが、今後ローディン叔父様やリンクさんが不在の時は、ひいお祖父様も泊まるとのことだし、お付きのビトーさんも出入りすることになる。

「――まあ。トマスならいいだろう」

ひいお祖父様の許可が出ると、トマス料理長が満面の笑みを浮かべた。

「ふふ。じゃあ、お願いするわね」

母様もトマス料理長が訪れるのを了承した。

レイド副料理長が「私も行きたいのに」と呟く。ちょっと悔しそうだ。

「アーシェラ様。またおいでくださいね。お待ちしております」

「あい！　きましゅ!!」

手を挙げて言うと、料理人さんたちがみんなで笑ってくれた。

――それから商会の家には、ディークひいお祖父様について、たまにトマス料理長やビトー執事が来るようになった。

そして一月ほど経った新年の頃には『天使《アンジュ》のバター餅』が、デイン家がオーナーを務める王都の菓子店で発売されることになる。

挿話　ひぃお祖父様は教育者

――今朝、ローディン叔父様と一緒に、ぎっくり腰になってしまった執事のビトーさんのお見舞いに行った時のことである。

「アーシェラ様、大旦那様は言葉も少なくて基本無表情なのですが、とっても優しい方なのですよ。アーシェラ様のこともとっても大事にしていらっしゃいます。だから誤解なさらないでくださいね」

と物凄く真剣な表情で言った。

うん？　ビトーさん、いきなり何？　と思ったが、ローディン叔父様がくすくすと笑いながら返す。

「――ああ、心配しなくていい。お祖父様は、アーシェに対しては別人だから」

その言葉に驚いたビトーさんである。『まさか』という表情だ。

クリスフィア公爵も以前話していたように、ディークひぃお祖父様は普段口数が少なく、無表情がスタンダードらしい。

でも、ひぃお祖父様は初めて会った時から優しかったし、ビトーさんの心配するような誤解はしたことなかったよ？

ビトーさんの家は代々バーティア家の執事を務めているそうで、ダリウス前子爵についている執事はビトーさんの弟さんなのだそうだ。

二人とも若い頃は、父親の方針で経験を積むために他の屋敷に勤めていたのだという。

「私たちはバーティアで生まれ育ちました。そして見習いとして他のお屋敷に勤め始めた時——いかに私たちが恵まれていたか、気が付いたのです。——おそらく父はそれに気づいてほしくて私たちを外に出したのでしょう」

「？」

「アーシェラ様、このバーティア領の民は皆読み書き計算ができます。実はこれは当たり前のことではないのですよ」

「しょうなの？」

「ああ、うちでは領民全員に教育を受けさせるが、違う所もあるんだよ」

そうローディン叔父様が答えた。

「ええ、そうです。教育にはお金がかかります。それゆえに『領民全員』に教育を施すことは小さい領地ではなかなかに難しいのです」

アースクリス国では基礎教育を無償で受けられることになっている。しかし国からの補助金はあるものの、教育にかかる経費のほとんどは領主が負担するのだという。

そうなると、おのずと金銭的に余裕があるところとないところ、領主がどれだけ教育に価値を見出しているか否かで、教育を受ける範囲が変わってくるのが実情らしい。実際にビトーさんたちが修業したところの高位貴族は教育に重きを置いていなかったという。

その地では、教育は一定以上の生活基準の家の者しか受けることができず、結果的に読み書きができない者たちほど過酷な労働を強いられ続ける。そんな現実を見てきたそうだ。

だから、誰もが平等に教育を受けることのできる、自分たちの生まれ育った小さなバーティア領の領主が、どんなに領民のために心を砕いているかを、ビトーさんと弟は身に沁みて感じたのだという。

魔法学院で長年教鞭をとっていたひいお祖父様は、誰にとっても教育が必要だということを知っている。

それゆえ、父親や息子のダリウスが作った借金のせいで経済的に余裕がなくとも、すべての領民に教育を受けさせることに尽力してきたそうだ。

——それは容易なことではない。相当な信念がなくては継続できなかったことなのだ。

ひいお祖父様、その信念を貫き通したんだね。すごい。

そんな長年の政策のおかげで、バーティア領民は読み書きができる。農民のトーイさんやそのお祖父さんが文字を書けること自体珍しいことで素晴らしいことなのだとビトーさんが言う。

「ひいおじいしゃま、しゅごい！」

「はい。それだけでなく、大旦那様は使用人に声を荒らげることもなく、間違ったことをすればアドバイスもしてくださるのです」

それは貴族としては珍しいことだろう。大抵の貴族は使用人を罰することに躊躇いがなく、アドバイスなどはしないのが普通だ。

過ちを許し、正しい道を示す。――本当にひいお祖父様は教育者なのだな、と思う。

バーティア家の使用人は、貴族でありながら自分たちに心を砕いてくれるひいお祖父様に心酔している者たちが多いとのこと。だからひいお祖父様の言葉は絶対のものと受け止められているそうだ。

ゆえにダリウス前子爵が何かしでかそうとしても、自然とダリウス前子爵付きの執事であるビトーさんの弟や周りの使用人からひいお祖父様に事前に情報が入るようになっていて、それでダリウス前子爵の暴走をある程度阻止していたのだと、ローディン叔父様が言う。

ローディン叔父様が爵位を継いだと聞いた時に、使用人さんたちみんなが歓喜の声を上げた、と聞いて、ダリウス前子爵は子爵家の主人というより要注意人物扱いだったのだな、と思った。

私にひいお祖父様の素晴らしさをこんこんと説いたビトーさんが、ローディン叔父様を見て、微笑んで首肯し、

「もちろん、大旦那様だけではなく、ローディン様、ローズ様、そしてローズマリー様も私たちの大切な主人です」

と言った。

おや、ビトーさん、大切な主人の中にダリウス前子爵の名が入っていないよ？

「ふっ、そこに馬鹿親父の名が絶対入ってこないのは笑えるな」

「はい。嘘はつけませんので」

ローディン叔父様の言葉に、ビトーさんが柔らかく微笑んだ。

ああ。バーティア邸のみんなは、まるで一つの大きな家族のようだ。

そんな家を作った、ひいお祖父様のことが、もっともっと大好きになった。

11　トマス料理長の呟き（トマス視点）

私はトマス。

バーティア子爵家で料理人となってすでに三十年余り。今では料理長として、厨房を預かっている。

その間、このバーティア子爵家はいろいろとあった。

私よりいくつか年下のダリウス前子爵は、ディーク様の息子とは思えないほど怠惰で、普段から遊びほうけてこの子爵家本邸にはたまにしか帰ってこない。

ディーク様の亡き奥様であるリリアーネ様はマリウス侯爵家の方で、早くに流行《はや》り病で亡くなった。

私は以前マリウス侯爵家の料理長をしていた父のもとで料理人をやっていたが、バーティア子爵家に嫁いだリリアーネ様に、ご実家の味を召し上がっていただくために子爵家の料理人となった。

私がこの屋敷に来て数年で奥様は若くして亡くなり、マリウス侯爵家に料理人として戻る話があったが、すでにディーク様を生涯の主人と決めていた私はこのまま子爵家に留まることを選択した。

ダリウス前子爵がまだ家を継ぐ前、先々代の借金を返済したばかりの子爵家を、すぐに借金まみれにしたのを私は知っている。

料理人というのは結構付き合いが広い。

侯爵家の料理人や、様々な場所で働く同業者、農産物や海産物の仕入れ業者など情報源は多様だ。

それ以外の職種でも貴族に仕える者同士としての横の繋がりがある。

だから、ダリウス前子爵が誰にどのような手口で騙されたかも耳に入ってきた。

その話の中に、前子爵がまた新たな詐欺のターゲットになっているとの情報もあったのだ。

その時は咎められるかもしれないと思いながらもディーク様にお話しした。するとディーク様はすんなりと聞き入れてくださったのだから驚いた。

貴族が相手であれば、仕える身でありながら家内の余計なことを知った、その上余計な口出しましたと、処罰されることもあるというのに。

ディーク様は私の言葉を信用して動いてくださった。

――この方は貴賤の別なく人に接してくださる。

それまでも貴族に仕えてきた私は、それがどんなに貴重なことか知っている。

仕える以上虐げられても文句を言えないのが平民なのだ。

ディーク様に「ありがとう」「助かった」と言われた時はどんなに嬉しかったか。

「これからもよろしく頼む」と言われた時などは、歓喜に震えた。

社会の常識では、貴族が使用人、しかも平民に感謝するなどありえないことなのだ。

だから、私は料理人という立場から、ディーク様の情報源になろうと決めた。

やがて、ローズマリー様がデイン辺境伯家からお輿入れされた。ダリウス前子爵にはもったいないほど良い方だ。

デイン辺境伯家の皆様は、ディーク様と同じような気質の方たちばかりで、私たち料理人や使用人も『人』としてきちんと認めてくださる。

ローズ様が生まれ、二年後にはローディン様がお生まれになり、その教育をディーク様が行ったことで、お二人ともディーク様やデイン辺境伯家の方々のように、真っ直ぐにお育ちになった。

ローズ様がクリステーア公爵家にお輿入れになった時は、子爵家に仕える者たちが喜びに包まれた。

お優しいローズ様が幸せになれるのだと、皆そう思ったのだ。

しかし、その喜びもつかの間、ローズ様のご夫君のアーシュ様がアンベール国で囚われ、戦争となり、ローズ様が死産されるという悲しい出来事が続いた。

その後、勝手な思惑でローズ様を受け入れなかったダリウス前子爵に憤慨し、ローディン様が街に商会を興して、そちらの家にローズ様と共に移り住んでしまった。

驚愕したのは、お二人が赤ん坊を拾って育てているということだった。

ある時、子爵家に戻って来ていたローディン様に「離乳食の作り方を教えてくれ」と言われた時も心底驚いた。

野菜の切り方や調理の仕方、調理道具の使い方、調味料など。

貴族の令息であれば、全く未知のものを必死に覚えようとしていた姿は、今でも温かな気持ちと共に思い出すことができる。

「アーシェがかぼちゃを食べた！」

と満面の笑みで教えてくれた時は、こちらまで笑顔になった。嬉しくて涙まで出たものだ。

ローズ様はダリウス前子爵に会わないようにするために、子爵家に来ることはなかった。

『たまには子爵家の味を』と弁当を作り、ローディン様にお渡しすると「ありがとう」とお礼を言ってくださる。ローズ様からもお礼のお手紙をいただいた。

やはり、ディーク様のお孫様方だ。ずっと、ディーク様やローディン様たちにお仕えしていこうと誓った。

――そして今年の春、ローディン様がおみやげをくださった。

今は国中で作られている『ラスク』だ。

さくさくした食感。シュガーバターや廃糖蜜、ガーリックバター味が私の心をがっちり摑んだ。

「アーシェが作ったんだよ」という言葉に、まさかという思いが走る。

まだ三歳の子供だ。『親（?）の欲目』というやつではないか。

その後、『天使の蜂蜜《アンジュ》』、『米』などバーティア領で新たな特産物が生まれ、次々と名を馳せていった。

先日、デイン辺境伯家のクラン料理長から、王宮での試食会に出したという、米料理をはじめとしたメニューのレシピが送られてきた。

私は『分からないことは、アーシェラ様に聞くといい』という、レシピの最後に書かれた文言に頭をひねった。

そして、その『アーシェラ様』の四歳の誕生日という今日、初めてローディン様とローズ様の拾い子であるアーシェラ様に会った。

一目見た瞬間、『幼い頃のローズ様に瓜二つだ』と衝撃を受けた。

思わずディーク様を見ると、私を見て頷かれる。『誰にも言うな』とその目が言っている。

この本邸に仕える者の中では私が一番古い。

――そうか。

と納得した。

クリステーア公爵家のリヒャルトの悪行は話に聞いている。

十数年前、この子爵家にアーシュ様が滞在していた時にも刺客を送っていたのだ。

ローズ様が懐妊してからずっと命を狙われていたことも知っている。

おそらくはアーシェラ様とローズ様を守るために『拾い子』としているのだ。

よく見ると、アーシュ様と同じ髪色と髪質、同じ色の瞳だ。

アーシェラ様はクリステーア公爵家の色彩を受け継いでおられる。

貴族の子供は父親の色彩を受け継ぐことが多い。

そして、お顔立ちはローズ様にそっくり。

お二人の子で間違いない。

ディーク様のアーシェラ様を見つめる瞳が溶けそうに甘い。

『あーん』などと言うディーク様に悶絶した。

さらに、アーシェラ様が魔法のように茶碗蒸しを作ってしまったのには驚いた。

私もこれまでローズマリー様に喜んでいただきたくて何度も作ってみたのにできなかったのだ。

それをさっくりと作ってしまった。

デイン辺境伯家のクラン料理長から届いたレシピで作った炊き込みごはんも、感動する美味しさだ。

アーシェラ様は商会の家でローズ様と共にお料理をされているということだ。

目の前でいとも簡単に茶碗蒸しを作られたことから、アーシェラ様の味覚が優れているという話に納得した。

昨年ローディン様に教えていただいた、干し柿のバターサンドもアーシェラ様考案だというから、脱帽だ。長年柿を扱ってきたというのに、その食べ方は考えもつかなかったのだ。

クラン料理長からのレシピにあったエビ塩の出来た過程を楽しそうに話すローディン様とローズ様。

確かにその時のアーシェラ様の姿を想像すると微笑ましい。そして同時にアーシェラ様の味覚に料理人として驚嘆した。

ローディン様がアーシェラ様を溺愛していることは知っていた。

何しろ父親であるダリウス前子爵にはそんなそぶりを見せないにもかかわらず、時折厨房に来ては菓子職人のハリーに焼き菓子を用意させていたのだ。

驚いたのは、一昨年アーシェラ様が高熱で何日も食事を取れなかった時のことだ。

仕事の話で子爵家に来たローディン様が憔悴していた。

「食事はおろか、水さえ口にすれば吐くんだ。……代わってやりたい」

その一言でローディン様の想いの深さが知れた。

身体に優しく消化がいい食事と、身体に吸収されやすい飲み物をお渡ししたら、即行でお帰りになられた。

翌日、朝早くにリンク様が子爵家を訪れて、「作り方を教えてくれ」と仰った。

ローディン様と同じく疲れておられるようだが、「昨日少しだけ食べることができたんだ。少しでも食べられるものを食べさせてやりたい」と話すその表情は、ローディン様と同じだった。

数日して快復したとローディン様に聞いた時は私も安堵した。

同時にアーシェラ様を将来どうするおつもりなのか、と疑問に思った。

ローズ様はクリステーア公爵家に嫁いだ方だ。

もしもアーシュ様がお戻りになられたら、『拾い子』であるアーシェラ様を連れて行けるのだろうか。

ローディン様がご養子にお迎えになるかもしれないが、ローディン様はまだまだ若い。いずれご結婚もされるだろう。

その時アーシェラ様の存在が障害になるのではないだろうか。

それはデイン辺境伯家のリンク様も同様だ。

今はいいが、成長した後のアーシェラ様のことを思い、悩んでしまった。

——だが、それは全くの杞憂だった。

アーシェラ様はいずれ、クリステーア公爵家の後継者としてローズ様と共に公爵家にお戻りになるのだろう。

ディーク様にも同様のことを言われた。だから、そのために秘密裏に動いているのだと。

『そのため』とはクリステーア公爵家のリヒャルトとその仲間たちの排除だということを私は知っていた。

ならば、その一端を担わせていただこう。

長年の情報収集で裏の事情もある程度摑めるようになっている。

『人の口には戸が立てられない』

リヒャルトたちのあくどい所業も、貴族たちには綺麗に隠されていても、関わった者たちは必ずどこかで口を滑らせるのだ。

『とにかく慎重に動け』とディーク様は仰った。

承知している。いらぬ情報を得たことを相手に知られれば、命を消される。

さらに『私』を特定されれば、ディーク様をはじめ、ローディン様やローズ様、アーシェラ様、そしてデイン辺境伯家の方々にも危険が及ぶことになる。

今まで水面下で動いておられた皆さんの努力を水泡に帰す可能性もあるのだ。

時間がかかろうとも、焦らず腐らず諦めず、慎重に。

細心の注意を払って。

いつか、バーティア子爵家の本当の家族としてアーシェラ様をお迎えできるように。

ディーク様、ローディン様、ローズ様が心から安心できるお手伝いをさせていただこう。

——そう秘かに誓った。

12　願いを込めた贈り物

バーティア子爵家での誕生会の数日前のこと。

ローディン叔父様への誕生日プレゼントを何にしよう？　とずっと悩んでいた。

私はいつも貰ってばかりで、自分から叔父様にプレゼントをあげたことがなかった。

できたことといえば、ケーキを『あーん』したことくらいだ。

何が欲しいか聞いても、「アーシェがいてくれるだけでいい」と言う。

あう。嬉しい。

大事にされているのは、素直に嬉しい。

だけど、私だって叔父様に何かプレゼントしたい。

何か形に残るもの。

『戦地に持って行けるもの』と思ったら、ペンダントしか思いつかなかった。

邪魔にならないのはそれだけだと思ったからだ。

商会に来たディークひいお祖父様に叔父様に内緒で相談したら、結晶石を加工したものを作ってくれることになった。

その後、ローディン叔父様とリンクさんが外回りで不在になる日、ひいお祖父様が商会の家に来た。

商会の前で二人を見送った後、ひいお祖父様とセルトさんが一緒に家の中に入ってきたのだ。

セルトさんが結晶石が入った箱と、守り石やチャームがたくさん入った箱をテーブルの上で開けた。

箱には、様々な形の結晶石が並んでいた。

丸《ラウンド》、楕円《オーバル》、雫型《ティアドロップ》、四角《スクエア》、上が尖ったいわゆるシングルポイントの六角柱、切り出された形のままのもの。

他にもいろいろな形のものが並んでいた。

形は様々だが、磨かれて透明度が高いのが共通している。

驚いたのは、『透明なのに』結晶石に強い力が内包されていることだ。

アースクリス国では結晶石が豊富に採掘される。無尽蔵と言っていいほどに。

灯りや冷蔵庫には魔術と魔力が入った結晶石がはめ込まれていて、定期的に交換することで、前世での電気のような役目を果たしている。まあ、蓄電池みたいなものと考えてもいいだろう。

交換する時の結晶石を見る限り、色が濃いものが魔力がたっぷり入ったもの、薄くなり透明に近くなると魔力切れ、ということらしい。

バーティア商会にも魔法道具部門があるので、結晶石はたくさん見てきた私である。

——でも、この透明な結晶石は、それとは全く違う。透明であるのに、これまで見たこともないくらいの強い力がこれでもか、とばかりに詰まっている。それを感じるのだ。

「これはな。ごくわずかではあるが、バーティア子爵領で採れた結晶石なのだ」

そうなんだ。結晶石は採掘される場所ごとに個性がある。色や内包する力など、千差万別である。

バーティア領で採れるこの結晶石の特徴は、透明かつ強い力が内包されているということなのだろう。

「ちゅよい、ちから、ある」

「——ああ。アーシェラは魔力が強いから分かるのだな——そうだ。これはアースクリス国でもなかなか採れない、強い力を内包した希少な結晶石だ。結晶石は国中の鉱脈で採れるから、アースクリス国ではさほど高価ではないが、結晶石の鉱脈がない外国では値が跳ね上がる。だからこそ各領地で採掘され流通する結晶石は国が管理し、輸出に関しての一切の権限も国が持つのだよ」

「しょうなんだ」

でも、バーティア子爵領で結晶石を採掘している場所を私は知らない。

バーティアの商会では、他の領地で採掘されたものを仕入れて販売している。

「バーティア子爵領では鉱脈があまりに地下深くにありすぎて、簡単には採掘ができないのだよ」

だから採掘も流通もしていないのだと、ひいお祖父様が話す。

「だが時折、純度が高く、強い力を内包した結晶石がこうやってもたらされるのだ」

ひいお祖父様はその純度の高い結晶石がどこで採れるのかは語らなかった。おそらく重要機密なのだろう。

知っているのはバーティアの代々の当主と、王族だけなのだという。

現在バーティア子爵家の当主はローディン叔父様だが、近々出征するため、しばらくの間はひいお祖父様が鉱脈を管理するとのことだ。

このことを他に知っているのは信用のおける少数の者のみ。

「……前に、アーシュと婚約した時に、彼に贈るための結晶石をいただきました」

「ローズの夫への贈り物だ。出し惜しみはせぬよ。それに王家と縁の深い公爵家の人間ならこの結晶石のことを知っている。秘密を守ってくれると分かっていたからな」

婚約の時はローズ母様が、結晶石とそれと組み合わせるお守りを自ら選んでペンダントを作ったのだそうだ。

アーシュさんは贈られたペンダントをとても喜んで、ずっと身に付けていたという。

「……失礼ながら、前子爵様は知らないのですね？」

セルトさんが確認するように聞いてきた。

「あれには教えておらぬし、あいつには鉱脈を見つけることはできぬ。知れば、嬉々として在庫を自らの道楽のために売り払うだろうからな。これの存在を世に知られたら良からぬ者たちがバーティア子爵領を狙ってくるやもしれん。そっちの方が厄介だ。これはないものとしておけ」

「心得ております」

セルトさんが礼をしつつ、秘密にすることを約束した。

もちろん、『パーティア領の人たちに危険が及ぶかもしれないことだから絶対に口外しない』と、私もローズ母様も約束した。

では、気を取り直して。

まず先に結晶石から選ぶことにした。

結晶石は数ある中でも透明度が高く、上下が尖ったダブルポイントの六角柱にした。

チェーンはプラチナで。

結晶石を固定する枠は、プラチナワイヤーを絡める形になるものを。

「この結晶石の中には小さいものを閉じ込めることができる。アーシェラが選ぶといい」

と言って、ひいお祖父様は守り石やチャームが色々と入った箱を目の前に置いた。

見た目透明な石である結晶石にどうやって閉じ込められるかは分からないが、結晶石に入れるものは基本的に小さい。

そして幸運を呼ぶと言われる石や、魔法付与されたものが多い。

もともと魔法付与されたものを選んだ方がいいとは思っていたけれど、ただ石を入れるのではなく、もう少し手を加えたい。

「これは？」

魔法付与のチャームの脇にあった金色の紙が気になった。

「これは聖布。特殊な繊維で織られているやつだ」

紙じゃない？　本当だ。引っ張っても破けない。

だけど紙のように薄くてきっちりと折り目がつく。

まるで折り紙のようだ。

折り紙？　——そうだ！

神殿で祈りを込められているという聖なる布は通常どうやって結晶石に入れるのかと思ったら、丸めて入れるのだという。

でも私が入れたいのは別の形だ。

聖布は好きな大きさにカットできるとのことだったけれど、まずはそのまま六～七センチメートル四方のものを使う。

——覚えているかな。折り方。

まずは三角に折って、さらに三角、三角を開いて四角に、ときっちりと角を決めて次々と折り込んでいく。

聖布を手に急に真剣になった私を見て、

「アーシェ。何してるの？」

と、ローズ母様やディークひいお祖父様、セルトさんが不思議そうに首を傾げる。

「にゃかにいれるの、ちゅくる」

おう。ちゃんと手が覚えているようだ。

ただ、まだ幼児の手は細かい作業が容易ではない。

それでも時間をかけて角を決めて折る。

それが大事なのだ。

——最後に首の部分を作り、羽部分を広げる。

「これは……鳥ですか」

セルトさんが私の斜め後ろからじーっと手元を見ていた。

「鳥か」

「鳥よね」

思い出しながら、なんとか完成させた。

——折り鶴だ。

平和の象徴にして瑞鳥。

鶴の声は遠くまで届くので『天上界に通ずる存在』とも言われていた。

前世では『戦場へ行った家族が無事に帰ってくるように』と願いを込めて鶴を折ったと言われていた。

だから私も、『ローディン叔父様が無事に帰ってくるように』と、鶴を聖なる布で折って結晶石の中に入れることにした。

この世界に鶴がいるかは分からないので、『鶴』という名前は伏せておく。私だけが意味を分かっていればそれでいいのだ。

「すごいわ！　アーシェ！　四角い聖布からこんなのが出来るなんて！」

「確かにすごいな」

――でも。私は致命的な失敗に気づいた。

「おおきい……けっしょうせきにはいりゃない」

六～七センチメートル四方のもので作った折り鶴は、出来上がりが元の大きさの約半分だ。わずかに大きいだけなのだが、結晶石に入れるならもっと小さくしないと、中でちゃんと羽の部分が広がらないのだ。

セルトさんに五センチメートル四方と、四センチメートル四方の大きさに聖布を切ってもらって、さっきより時間をかけて小さく作り上げる。

何度か作り直して、やっと成功したのは、四センチメートル四方で作った、完成形が二センチメートルくらいのちっちゃな折り鶴だ。

きっちり折るためにペーパーナイフとか細長いものを駆使して、細かいところまでこだわって、やっと満足するものが出来た。

「かんしぇい!!」

満足して手を腰に当てると、ローズ母様とディークひいお祖父様が拍手して「がんばったな！　おめでとう！」とねぎらってくれた。セルトさんも「素晴らしいです！」と称賛してくれた。

「それではやるか」

そう言ってディークひいお祖父様が結晶石と金色の聖布で作った折り鶴、そしてローディン叔父様の瞳と同じアメジストの小さな石を、魔術陣の描かれた紙の上に置いた。

「アーシェラ。魔術陣の上に手をかざして――そうだ」

私の小さな手の上に、ひいお祖父様がさらに手をかざす。

すると、ひいお祖父様に導かれるように、手のひらから何かが出ていく感じがした。

そして、魔術陣から金色の光が立ち上がって結晶石を包み込むと——次の瞬間には、結晶石の中に金色の聖布で作った折り鶴とアメジストが中に閉じ込められたものが出来上がっていた。

「しゅごい!!」

——魔術って、すごい。

魔法や魔術がない前世では、現象のすべてに科学的な理由があり、中に閉じ込める技法は科学的なものばかりだった。

でも、ここは前世とは違う世界。

電気も車も電車もない。科学がない代わりに、魔法や魔術が発展している世界なのだ。

「これはローディンも喜ぶだろう。何よりの贈り物だな」

「そうね。アーシェの手作りですもの。喜ぶわね」

ひいお祖父様も母様も、いい出来だと褒めてくれた。

結晶石のお守りには、願いをたっぷり込めた。

戦争でケガをしないように、病気にならないように。

——できれば、この結晶石がローディン叔父様の助けになりますように。

おそらく、この結晶石は力を増強させるもののはずだ。

私の感じた通りであれば、ローディン叔父様の魔術を補助するだろう。

魔術戦は敵の魔術師との消耗戦でもあるのだ。魔力が先に切れた方が負ける。

ローディン叔父様がいくら強くても、もしかしたら敵はその上を行くかもしれない。

そう思ったらどんなに祈りを、願いを入れても足りないくらいだ。

そして、戦争に行く家族はまだいるのだ。

「もっと、ちゅくりたい！」

「ん？」

私の声に、結晶石の入った箱に蓋をしようとしていたひいお祖父様が顔を上げた。

「りんくおじしゃま、らいげちゅ、たんじょうび！」

「ああ。そうだったな。よし、リンクのも作ってもいいぞ」

希少な結晶石を使っていいとの許可が出た。良かった!!

「――そういえば。来月は、お祖父様もお誕生日ですわね」

なんと！　それならひいお祖父様のものも作らなくては！

「ひいおじいしゃま、おにゃじのでいい？」

さっそく金色の聖布を持つと、ひいお祖父様がふわりと微笑んだ。

「私にも作ってくれるのか。ああ、嬉しいな」

「ねえ、アーシェ。ローズ母様の誕生日は再来月だけれど、いい？」

もちろんだ！　ローズ母様は大事な私の母様なのだから！

「あい！　かあしゃまのもちゅくりましゅ!!」

もちろんひいお祖父様は、母様にも貴重な結晶石を使っていいと了承してくれた。

一度満足できるものを作れたので、コツは摑んだ。

思いを込めて、一折一折丁寧に折った。

リンクさんもディークひいお祖父様も、ローズ母様も。

みんなみんな大事な人たちだ。

危険な目にあいませんように、と思いを込めて。

そして、リンクさんのものは美しい輝きの青水晶を、ひいお祖父様のはローディン叔父様のアメジストとはカットが違う石、ローズ母様のは結晶石は雫型にして、バラの形のアメジストを入れた。

目の前で一緒に作ったので、誕生日にはまだ早いけれど、ひいお祖父様とローズ母様には今渡すことにした。

首にかけてあげると、とっても嬉しそうに笑って、ぎゅうっと抱きしめてくれた。

この瞬間が大好きで愛おしい。

ひいお祖父様の抱きしめる力が強くて苦しいものだから、ローズ母様に止められていた。

でも、喜びが伝わってきてとっても嬉しい。

セルトさんがチャームの入った箱を片付けると、テーブルの上には、結晶石の中に入れるには大きすぎた折り鶴と、失敗した折り鶴が数個残された。

「その、なんだ。アーシェラ。こっちのものはどうするのだ?」

「おおきしゅぎりゅ。しょれに、はちっこちゃんとできにゃかった」

きっちりと折れなかったところがあって、少しいびつなのだ。

「もったいなくてな。ひいお祖父様にくれないか？」

「どうじょ」

どうするんだろう？

私の了承を得ると、ちょっといびつな折り鶴を受け取って、ひいお祖父様が再び魔術陣の紙の上に置いた。

「「？」」

結晶石の箱の中にあった、紫色の布に包まれた大きい六角柱が集まった形の結晶石を取り出してテーブルに置くと、慣れた手つきで魔術陣を発動させる。

――すると。

「まあ。これは綺麗だわ！」

「そうだろう。鳥が三羽、結晶石の中で飛んでいるようだ」

折り鶴が三羽。真ん中に大きい鶴、両脇にそれより小さくてちょっといびつな鶴。

失敗作なんだけど、それぞれ形が少しずつ違う金色の鶴が結晶石の中で飛んでいるようで味わい深い。

「ローランドにも見せてやろう」

ひいお祖父様の瞳がイタズラっぽくなった。

それって幼稚園児のつたないお絵描きを他の人に自慢するのみたいだよね。

ねえ、ひいお祖父様。ひ孫可愛さ（嬉しい）で目が曇っていない？

セルトさんが微笑みながらひいお祖父様の傍に控えているのを見て、そういえばと気が付いた。

「せるとしゃん。あんべーるのおまもり、ちゅくるよ？」

セルトさんも、一年後、アンベール国に行くことが決まっていたのだ。アンベール国に侵攻するクリスウィン公爵がセルトさんを指名したらしい。

「そうだな……。この結晶石は無理だが、別の物を用意しよう」

ひいお祖父様がお守りになるものを作ることを許可すると、

「とんでもございません旦那様。私にはもったいのうございます」

とセルトさんは辞退する。けれどふと思いついたように、胸に手を当てた。

「……ですが、お許しいただけるのであれば、私が持っている結晶石に先ほどの鳥を入れていただければ、何よりのお守りになるかと……」

「まあ、そうだな。結晶石をすでに持っているのであればその方がいい」

ひいお祖父様が促すと、内ポケットから袋に入った結晶石を取り出して見せてくれた。

六角形で、透明だけど、ブルーが筋状に入っている。ルチルクオーツの中の針状の結晶が青になった感じのものだ。本来針状の結晶は金色のものが多いのだが、青色のは珍しい。

「きれい！」

「ほう、珍しい結晶石だな」

「昔の主人からいただいたものです。出かけた先でこれを見た時に、私の青い目を思い出したのだと仰って。――私の宝物なのです」

ひいお祖父様がふと目を閉じて、「そうか」と頷いた。

私や母様はセルトさんが以前誰に仕えていたか知らないけれど、ひいお祖父様は知っている。

「アーシェラ。作ってやってくれ」

「あい！」

元気に返事をして、折り鶴を作る。

すると、ローズ母様が私の隣で一緒に作り始めた。

「ふふ。私もアーシェに作ってあげるわね」

器用な母様は、私と一緒に折り鶴を作り上げた。一度でできるなんてすごい。

「ローズ、すごいな」

「ええ。ずっとアーシェが作っているのを見ていましたから。お祖父様、雫型の結晶石と――」

「花の形に組み合わされたペリドットがあるぞ。それにしよう」

雫型の小さな緑色のペリドットが五つ組み合わされて花の形になっていた。石自体のカットも美しくキラキラしていて綺麗で、とっても可愛い。

思いがけずローズ母様とひいお祖父様からプレゼントを貰った。

しかも二人で魔力を入れて作ってくれたのだ。とっても嬉しい。

そしてセルトさんにも。

折り鶴と深い青色の石を入れて作り上げた。

作成は私とひいお祖父様の魔力で。

セルトさんは裸石《ルース》で持っていたので、枠とネックレスチェーンをつけて身に付けられるようにして渡す。

「ありがとうございます――」

受け取った両手は少し震えていた。

「一生の宝物です」

なんだか、声も震えている。

「アーシェラが作ったお守りだ。来年のアンベール国侵攻はおそらく三国の中でも大変だろうが――絶対に生きて帰ってこい」

「はい――かならず」

セルトさんが深く頷いた。


――その時。

「ただいま戻りました――」

ローディン叔父様とリンクさんが外回りを終えて戻ってきた。

「ん？　なんだ、それ？」

テーブルの上には、作ったばかりのネックレスが置いてあった。

――あ。しまった。

ラッピングして誕生日に渡そうと思ったのに、二人に即行で見つかった。

その後、感激したローディン叔父様とリンクさんにぎゅうぎゅうに抱きしめられ、頬ずりされたのは言うまでもない。

こんな幸せがずっと続くといい――そう思わずにいられなかった日だった。

13　王都でたいへんなことが

ローディン叔父様が出征して、もう一か月が経った。

季節は厳しい冬になり、バーティア領の各家庭の軒先に寒大根が吊るされているのを見るようになった。

もう、魔法ではなく、自然に出来る季節になったのだ。


王都での出兵式の時、ローディン叔父様を笑顔で送り出そうと思ったのに、思いっきり泣いてしまった。

軍装がつらかった。嫌だった。

本当に戦争に行くのだと思い知らされたのだ。

行ってほしくないのに。

「いってらっしゃい」となんとか言えたけど。

ぼたぼた落ちる涙はどうしても止めることができなかった。

泣いて泣いて。

それこそ周りが心配するほどに。

商会の家に戻ってきてから、朝に夕にローディン叔父様の部屋でお祈りするのが日課になった。

空っぽの部屋が悲しい。

いつも優しい笑顔がここにあったのに。

心配をかけないように普段通りに過ごしているつもりだけど、こっそり泣いているのが知られているらしくて結局皆に心配されているみたいだ。

――誰が欠けてもつらい。

必要な戦だと誰もが言うけれど。

大事な人がいなくなるのは、頭では分かっていても心が追いつかない。

前世では戦争のない平和な時代の日本に生まれたのだ。

覚悟なんかできない。できやしない。

――ローディン叔父様がケガも病気もせず、無事でありますように。

――それだけが私の願いだ。

◇◇◇

「アーシェラちゃん。王都の菓子店に行くの。一緒に行きましょう?」

商会の家にマリアおば様がやって来て、誘ってくれた。

マリアおば様は、私の誕生日以来頻繁にやって来て、キャンドル作りやバター餅の商品化に向けて精力的に動いている。

私もそれに参加したり、マリアおば様とローズ母様によるマナー教育も受けているので、なかなかに忙しい日々を過ごしていた。

そして、ディークひいお祖父様も毎日のようにやって来る。トマス料理長も時折手の込んだ料理や、ハリーさんの作ったお菓子を持って来てくれる。

私の寂しさをみんなで紛らわせようとしてくれているかのようだった。

優しい人たちが周りにたくさんいて私は幸せだ。

――お腹の底には不安の塊があるけれど。

それは、ディークひいお祖父様やローズ母様だって同じ。

ローディン叔父様の母であるローズマリー夫人だって同じはずだ。

ローディン叔父様の無事を願いながら、普段通りに日々を過ごす。この日常を守るために、戦地に行ったのだから。

――だから。泣いてばかりいないで、ちゃんと普段通りに過ごそうと、ローディン叔父様が出征してから一月経って、やっと思えるようになった。

「キャンドルもバター餅もとても好評なのですって。一度見に行こうと思っているの」

マリアおば様が嬉しそうに話している。

先週発売となった新商品は、なかなかの人気となっているそうだ。

◇◇◇

――一月前のこと。

出兵式のために王宮と神殿に行くことになった。

誕生日に作った新作メニューの茶碗蒸しとバター餅を魔法鞄に入れて、王妃様とクリステーア公爵夫妻、そしてカレン神官長へのおみやげとして持って行く。

王妃様の部屋で、王妃様と女官長のレイチェルお祖母様、そしてクリステーア公爵のアーネストお祖父様に、魔法鞄のお礼をした。

本当に嬉しかったので、ぎゅうっと抱き着くと、逆にぎゅうぎゅう抱きしめられた。

うっ、アーネストお祖父様、ちょっと力抜いてください。苦しいです。

「やっぱり、ピンク色にして良かったわ！　可愛いわね!!」

「誕生日に間に合わないかと思ったけど、王妃様や旦那様のおかげですわ」

「アーシェラが（本当に）生まれた記念の日だ。間に合わせるに決まっているではないか」

くるりと回ってほしいというリクエストで、魔法鞄をかけて回ってみせると、アーネストお祖父様が目を細めて「大きくなった」と小さく呟いていた。

うん？　どういう意味だろう？　今より小さい頃に会ったことないと思うけど。

「そうそう、アーシェラ。カレン神官長から提案された件だけどね」

それは、レイチェルお祖母様に魔法道具の先生になってほしいという件だ。私の希望でもある。

「もちろん、了承しましたよ。アーシェラに望まれるなんて嬉しいわ」

ねえ、とレイチェルお祖母様は私の頭を優しく撫でる。

ちなみに今日の私の定位置は、アーネストお祖父様の膝の上だ。

アーネストお祖父様に抱っこされるのも、膝に乗せられるのも、なんだか妙に落ち着くのはなぜだろう？

魔法道具を作るには、魔法操作がきちんとできることが前提なので、教えてもらえるのはまだまだ先のことだが、レイチェルお祖母様は魔法道具の中でも最高難度と言われる魔法鞄を作れる方なのだ。これ以上はない先生であることは確実である。教えてもらえる日が来るのがとっても楽しみだ。

その時、アーネストお祖父様がなんだか羨ましそうにレイチェルお祖母様を見ていた。レイチェルお祖母様が、

「旦那様。魔法道具には魔力を注がねばなりません。幼いアーシェラでは負担になることでしょうから、補助をお願いしますわ」

と言ったら、満面の笑みで頷いていた。なんだか可愛い。

どうやら魔法道具や魔術陣の授業の際はアーネストお祖父様も一緒に参加してくれるようだ。

その後、儀式の打ち合わせのため神殿からカレン神官長が訪れ、打ち合わせが終わるとお茶の時間となった。

お茶とお茶菓子が用意されたので、ここでおみやげを出すことにした。

「おみやげでしゅ」

アーネストお祖父様に膝から下ろしてもらって、魔法鞄の口に手を当てて呼び出す。

この日のためにバーティア家から借りてきた蒸碗で作った、茶碗蒸しだ。

ティータイムのお茶請けに茶碗蒸しはどうかとは思ったが、食べてほしかったのだ。

「まあ！　大好きな茶碗蒸し～！」

と、カレン神官長は器を見るなり、喜びの声を上げた。

「「茶碗蒸し？」」

初めて蒸碗を見た王妃様と、レイチェルお祖母様、アーネストお祖父様は目を丸くしていた。

「あーちぇ。かあしゃまといっしょにちゅくった」

胸を張って言うと、アーネストお祖父様が嬉しそうに微笑んだ。

「そうか。楽しみだな」

「お義父様、お毒見を」

さっそく陶器のスプーンを持ったアーネストお祖父様に、ローズ母様が声をかける。

そうだった。貴族は基本すべての料理を毒見係が口にしてから食事をする。上級貴族であれば絶対に必要なことだ。

私は今まで商会の家で作ったものを食べていたし、デイン家、バーティア家でも自分で厨房に立っていたので、毒見をする必要がなかった。

でも、それは他の人には通用しないのだ。

しまった。失念していた。

「あーちぇ。どくみしゅる！」

もちろん毒など入ってはいないが、ここは作った私が食べなければ！

「大丈夫だ。アーシェラとローズが作ったものなら毒が入っているはずがないだろう？　それに私は『鑑定』を持っている。毒の混入は見ただけで分かる」

そう微笑んでアーネストお祖父様が告げる。

見ただけで分かる――そうなんだ。

そういえば、リンクさんも水田の用水路で採取したクレソンの鑑定をした時、鑑定する前からクレソンにそっくりな毒草に気が付いていたっけ。

『鑑定』って便利だ。私もそんな力が欲しい。

「綺麗なお料理ですわね」

卵の黄色、三つ葉の緑、エビの赤と白、シイタケの茶。日本料理の五色を見て、ほう、とレイチェルお祖母様が感嘆した。

「まあ！　滑らかでとっても美味しいわ」

即行で一つ目を食べ切り、おかわりを所望する王妃様。

「これをアーシェラが作ったのか……。美味いな」

しみじみと食べ進めるアーネストお祖父様。

「本当ですわ。優しくて安心する味ですわね。本当に美味しいわ……」

レイチェルお祖母様が目を瞑って頷いている。

お料理をレイチェルお祖母様やアーネストお祖父様に食べてもらうのは初めてだったけど、「こんなに美味しいものを作れるとはすごい」と手放しで喜んでくれた。嬉しい。次に会う時も何か作ってこよう。

同じタイミングでカレン神官長が自家製の干し柿のバターサンドを出してくれたので、より楽しいお茶の時間となった。

茶碗蒸しや柿のバターサンドの後、バター餅も出すと、カレン神官長が、「これは前回出ませんでしたわね」と、興味津々だった。

うん。カレン神官長が帰った後に作ったものだからね。

ローズ母様がバター餅の出来た経緯を話すと、「久遠大陸には米の他にもち米もあるのか」とアーネストお祖父様が呟いた。

さすが、外交を手掛けている人だ。ちゃんと『久遠《くおん》』と発音できている。その発音をカレン神官長にも感心されたアーネストお祖父様は、

「言語は修めましたが、それだけですよ。久遠大陸は文化がアースクリス国とは違いすぎて深く踏

み込めなかったのです。こんなに米や調味料が美味しいと知っていればもっと早くに輸入に力を入れたのですが」

と話していた。

そして、みんな同時にバター餅を一口。

「「「――美味しい！」」」

「柿のバターサンドも絶品ですが、バター餅も絶品ですわ!!」

「本当ね！　ケーキや焼き菓子とは全然違う食感よね！　初めての食感だわ！　美味しい!!」

レイチェルお祖母様もアーネストお祖父様も美味しいと言い、おかわりをしていた。嬉しい。

バター餅に心を鷲掴みにされた王妃様とカレン神官長が、王都のデイン家の菓子店で販売されることをいたく喜んで、二人できゃあきゃあ言っていたのがすごかった。

たぶん、大量に買うんだろうなあ。

だって、クリスウィン公爵家の方たちだしね。

◇◇◇

――そして、先週、バター餅が発売された。

発売当日、王妃様の使いの人が店を訪れてバター餅を大量購入していったらしい。その上、次の予約までしていく様子を見たお客様は、バター餅が王妃様のお気に入りの品であることを知った。

するとすぐに貴婦人たちの間で王妃様が気に入るくらい美味しいと噂が広まった。

そうなると、売れるのは必至。

原材料が限られているので、数量限定、入手も困難。とくればどうしても食べたくなるのが人の性。今では予約販売となっているとのことだ。

キャンドルの売れ行きも好調。

誕生日祝いに菓子職人のケーキを買っていく人にキャンドルを勧めると、かなりの確率で購入していくそうだ。目の前で実際に商品のデモンストレーションをするというアイディアが功を奏しているらしい。

経営不振によって閉店間際だった店をマリアおば様が買い取って立て直しを図っていたが、一気に持ち直したようだ。良かった。

――そういえば、王都のデイン辺境伯の菓子店にはまだ行ったことがなかった。

そんなことを呟くと、ディークひいお祖父様が、

「そうだな。行っておいで、アーシェラ」

と言う。

この頃ディークひいお祖父様は毎日のように商会の家に来ている。そして私を膝に乗せるのが定番の流れだ。

ちなみに今日リンクさんはローディン叔父様の抜けた穴を埋めるために忙しく、商会の方で働いている。

「ひいおじいしゃまは？」

ひいお祖父様が一緒にいるのが当たり前になってきているので、王都にも一緒に来てほしい。期待を込めて見つめると、ひいお祖父様が苦笑した。

「所用があってな。一緒には行ってやれない」

残念だ。

とはいえ領地の管理も、商会の補助もひいお祖父様がやっている。

忙しいのだ。仕方がない。

しゅんとすると、ひいお祖父様が優しく頭を撫でた。

「先に行っておいで。私も王都での仕事があるから、来週は王都に行くよ」

「じゃあ、来週王都にいらっしゃるまでアーシェラちゃんを預かりますわ！」

マリアおば様が張り切って宣言する。

ということは、三日遅れでひいお祖父様は王都に来てくれるのか。やった！

「ああ。アーシェラとローズを頼む。リンクも行くのだな？」

「ええ。王都近くにはクリスウィン公爵領がございますでしょう。米を育てる土地の相談をするのだそうです」

「それまでは王都周辺にいるということだな。分かった」

そんなやりとりがあって、私たちは王都に行くことになったのだった。

◇◇◇

王都の城下町に行くのは初めてだった。

綺麗に整備された道。

王城を中心として、周りには貴族の別邸が立ち並ぶ区画があり、次に貴族向けのお店が立ち並ぶ区画、そして門を隔てて平民たちが住む区画と彼らが営む店がある。

区画ごとに門番が配置されており、夜になると通行証を持たない者は貴族街への出入りが難しくなる。

以前行った教会や港町は王都とはいっても城下町から少し離れた、平民たちが暮らす区画に近いところにあった。

今朝王都近くの宿を早くに出て、デイン辺境伯家別邸にはお昼前に着いた。

私に付いてくれている護衛の人たちに王都に行くと告げると、すぐに対応してくれて、翌日にはパーティアの商会の家を出発することができた。

立ち寄る場所、泊まるホテルや通る道などの旅程を共有して、姿が見えなくてもしっかりと護衛をしてくれる。とてもありがたい。

それに姿を見せない、というところが、まるで古き時代の日本の忍者みたいで、なんだか格好いい。

デイン家別邸に着くと、ロザリオ・デイン辺境伯が玄関まで出てくれて、執事さんやクラン料理長はじめ、たくさんの人がお出迎えしてくれた。

「よく来たね、アーシェラ。さあ、おいで」

馬車が着いたとたん、デイン辺境伯が自ら馬車のドアを開け、私にさっと手を伸ばした。

うん。さすが親子。ホークさんと同じ行動だ。

「だから、急に手を出したらアーシェが驚くんだって……。父上も兄貴と同じことをするんだな」

リンクさんも呆れ顔だ。

私はホークさんもデイン辺境伯のことも大好きだ。もちろん、ローランドおじい様やマリアおば様のことも。

バーティア家といいデイン家といい、そういえば王妃様とカレン神官長が属するクリスウィン公爵家も、一族ごとに気質が似ている気がするのは気のせいかな？

……まあ、ダリウス前子爵は外れているかもしれないが。

デイン辺境伯はリンクさんとホークさんのお父さんで、正義感が強く、そして優しい。

きゅうっと私を抱きしめて「ああ、癒される」と呟くのはリンクさんと同じだ。

ん？　——癒される？

それはリンクさんが疲れている時の言葉だ。

「おじしゃま。ちゅかれてりゅ？　だいじょうぶ？」

抱っこしてもらって、顔を近くで見たら、やっぱりちょっと疲れているようだ。

マリアおば様も夫の顔色に気が付いて驚いていた。

「まあ、本当だわ。旦那様、ちゃんとお休みになっておりますの？」

居間に入ると、ロザリオ・デイン辺境伯は疲れたようにソファに沈んだ。

それでも私を膝抱っこしたままだ。頭を撫でる手があったかくて優しくて大好きだ。

お茶が給仕されると私たちだけとなり、セルトさんもデイン家の執事も部屋の外で待機することになった。

「どうやら貴族街で不穏な動きがあるという話でな。要請があって、三日前にデイン領から王都に来て以来、ずっと調査にあたっているのだ」

「まあ、そうだったのですね。確かに旦那様が別邸にいらっしゃるのは来週と伺っていたので驚きましたが……何があったかお聞きしてもよろしいですか？」

「そうだな……注意をしてもらう意味でも教えておいた方が良いか。だが、他言無用だぞ」

「心得ておりますわ」

「――実はな。貴族の子供が数人行方不明になっているのだ」

なんと。不穏すぎる事案ではないか。

リンクさんも目が真剣になった。

「五日間ほどで次々と四人。年齢は五、六歳の子供ばかりだ。お付きの者が目を離した隙に忽然といなくなってしまったとのことだ」

「どこでですか？」

「一人は二日前に屋敷の庭で、一人は三日前に母親と買い物に行った際に。あとの二人は五日前に兄弟で。……眠り薬を使ったらしい。御者やお付きの者たちが目が覚めた時には馬車ごといなくなっていたそうだ」

「……最後の方は穏やかじゃないな」

リンクさんが唸った。

「ああ。しかも。その兄弟はクリスウィン公爵の孫なのだ」

「なんですって!? それは大変なことですわ！」

四公爵は国王に次ぐ権力者だ。しかも公爵家はどの家も王家の血が濃く入っているため、その家族といえばほとんど王族扱いなのだ。

「王妃様の甥御様が行方不明とは」

ローズ母様も息を呑んだ。王妃様の甥ということは、国王陛下にとっても義理の甥だ。血縁も遠くはない。そんな子供を誘拐するとは。

「――その他の二人も侯爵家の子供でな。明らかに作為的なものを感じるが、その目的が分からぬ」

次々に有力貴族の子息たちが行方不明になっているので、連続誘拐だと騒然となっているのだそうだ。

同一犯なのか、それとも全くの別の犯行か。

「三件とも、身代金要求があるわけでもない。――私怨なのか。人身売買という線もある。……もしかすると戦争の火ぶたを切ったことによる、敵国の者による見せしめかもしれんという話もある」

可能性がいくつもあって絞り切れていないということだ。

デイン辺境伯は五日前に王宮からのホットラインで緊急だと呼び出されて、辺境伯軍をホークさんに任せて王都に駆け付けたそうだ。

大きな川をデイン辺境伯の魔力で全速力航行し、通常の数分の一の時間で到着したとのことだ。

それからずっと王城にいて捜索に携わっていたらしい。

誘拐は一刻を争う大事件だ。ほとんど休んでいないのだろう。

「国境を閉鎖して監視を厳しくしてはいるが、魔術陣で転移魔法を使われたら面倒だ。魔法省もピリピリしているのだ」

転移魔法を感知するために、至る所に魔術師を配置してずっと気を張っているとのことだ。

「――ともかく、これから王城に上がることになっている。今日はアーシェラとローズが来るからな。共に王宮に行こうと待っていたのだ」

「？」

私とローズ母様は首を傾げた。

そんなバタバタピリピリしているところに行っていいのだろうか。邪魔にならない？

「王妃様をローズと共に慰めてもらいたい」

そうか！　それなら。

「いきましゅ！」

「分かりましたわ」

今回王城に行く予定はなかったが、緊急事態だ。

登城すると聞いて、マリアおば様が明るい声を出した。

「母娘お揃いのドレスを作っておいたのよ～！　お着替えしましょうね！」

マリアおば様は私やローズ母様を着飾らせるのが好きなのだ。

そこではたと思い出す。そうだった。王城には正装。ドレスコードがあるのだ。

可愛くて好きだけど、走れない。

そもそもドレスで走ることなどないのだとマリアおば様に教えられたけど、わーって走りたい時もある。

特に王城や神殿の中の真っ直ぐな長ーい廊下。百メートル走が何回もできそうだよ。

走ると怒られそうだけど、いつか駆けてみたいものだ。

「アーシェラの瞳と同じ明るい緑色のドレスもいいけれど、お慰めに行くのだから、こっちの落ち着いたブルーがいいかしら。色合いの違ったブルーを重ねているから落ち着きと可愛らしさがあっていいわよね。このオレンジも可愛いわね！」

色々悩んでいたみたいだけど、今日のドレスはブルーに決まった。

デイン辺境伯に急かされて、私たちに他のドレスを着せることができなかったマリアおば様がとっても残念そうだったので、王宮から帰ってきたら試着することを約束した。

可愛いものを着るのは大好きだ。

帰ってきた時の楽しみが出来た。

◇◇◇

王宮に着くと、すぐに王妃様の部屋に通された。

現在王宮には、デイン辺境伯とローズ母様、そして私で来ている。

マリアおば様とリンクさんはデイン辺境伯家でお留守番。

デイン辺境伯は王宮に着くと、例の件のために対策室に出向いて行った。

なので、王妃様の部屋には私と母様だけ通された。

人払いがされているらしく、王妃様一人がいた。

「アーシェラ!!　一月ぶりね。元気だった？」

「あい。おうひしゃま」

きゅうっと腕に抱かれて、懐かしさを感じていると、遅れてレイチェルお祖母様が入室してきた。

「おばあしゃま!!」

「アーシェラ！　元気そうね」

手を伸ばすと、優しく微笑んで抱きしめてくれた。

ソファーに腰かけると、ローズ母様が王妃様に静かに問いかけた。

「今大変なことになっていると聞いたのですが……」

「そうなの。どうやら甥っ子たちは何かの陰謀に巻き込まれてしまったようで……」

予想に反して、こともなげにそう返す王妃様に驚いた。

あれ？　王妃様、甥っ子が誘拐された、悲愴感がないような気がするよ？

「でも、ちゃんと食事はしているし。ちゃんと寝てるみたいだし、ケガもしていないようだし。二人で窓の外を覗いてみたりしてるみたい。——あの子たち、結構な胆力の持ち主ね」

んん？　誘拐されて居場所が摑めていないんじゃなかったの？

「？　フィーネ？」

母様も私も訳が分からずに、王妃様をただただ見つめた。

「……ああ。ごめんなさいローズ。クリスウィン公爵家は前に『視える』って教えたわよね。この力は遺伝するの。同じ力を持った者同士、視ようとすれば相手の状況が視えるのよ」

「お互いの状況が視える……。そうなのね」

ローズ母様が驚いている。

私もそういう力の話は聞いたことがなかった。

魔力の遺伝の話は、ディークひいお祖父様から魔力の基礎を学ぶ時に聞いていた。

だけど、王妃様が言ったクリスウィン公爵家のその力の話は、聞いたことがない。どうやら秘匿されている情報のようだ。

「ローズもアーシェラもクリステーア公爵家の人間だから覚えておくといいわ。他の貴族の属性魔法とは違うものを、四公爵家は受け継ぐの」

だからローズにも『視える』と教えたのよ、と王妃様が言った。

隣でレイチェルお祖母様も頷いている。

「クリステーア公爵家の人間もね。――時が来たら教えるわね」

レイチェルお祖母様はそう微笑むけど、私は自分が拾い子だと知っている。

生後七か月頃に、バーティア領のはずれの小神殿で、ローズ母様とローディン叔父様に拾われた子供。

だから本当の意味でクリステーア公爵家の人間とは言えない。

それなのに、当然だとばかりに、レイチェルお祖母様も王妃様もクリステーア公爵家の秘密を、私に話す。

――もしかしたら、だけど。

『公爵家の血筋』という私の赤ちゃんの頃の記憶は、『クリステーア公爵家』でのことなのかもしれない。

クリステーア公爵家は『深い』緑の瞳を持っている。

アーネストお祖父様もカロリーヌも『深い』緑色の瞳だった。

私も『薄い』緑色の瞳を持っている。四公爵家の直系には、他に緑色の瞳を持つ家はない。

混血が進んでいるため、他の家で緑の瞳が生まれても不思議ではないというけれど、どうにも私自身がクリステーア公爵家に心が惹かれている。

私はクリステーア公爵家の分家か、末端の貴族の『庶子』。

そう考えたらいろいろと合点がいく。

『公爵家の血筋』という、赤ちゃんの頃に聞いた言葉。

一夫一妻制のこの国で、私は不義の子として生まれたのだろう。

だから、放置された。

だから、捨てられた。

けれどそれをしたのが、クリステーア公爵家の流れを汲む貴族だったとしたら。

それをクリステーア公爵夫妻が知って、私をローズ母様の養い子として受け入れてくれているのかもしれない。

ずっとずっと、みんなに優しくしてもらって、家族として受け入れてもらっていたから、血の繋がりがないことなど気にしていなかった。

ずっと心の片隅にあったけど、胸を痛めるくらいの悲しみを感じる暇がなかった。

——それくらい、愛情を貰った。

その愛情を疑うことができないくらい、いっぱい愛情を注いでもらった。

ローズ母様に。ローディン叔父様に。リンクさんに。

そして今は、ディークひいお祖父様やデイン辺境伯家のみんなやクリステーア公爵夫妻にも。恐れ多くも王妃様にも。

みんなに大事にしてもらっている。そして守ってもらっている。

私はとっても幸せだ。

先のことは分からないけれど、精一杯、私もたくさんの気持ちを返そう。

優しい人たちとずっと一緒にいられるように。

みんながずっと笑っていられるように。

私も私の精一杯でみんなを守ろう。

そう思い、願い、強く誓った。

◇◇◇

――少し考えが横道に逸れてしまったけれど、意識を元に戻すと、王妃様が話を続けていた。

クリスウィン公爵家の特殊な繋がりによって、甥っ子たちの今現在の状況は分かっているのだそうだ。

つまり、王妃様の甥っ子たちは連れ去られ、どこかに軟禁されているものの、ひどい扱いはされていないということ。

「だから、すぐに軟禁場所は割り出せたの。――驚いたわ。そこって、王族や上級貴族が使っているホテルなの」

「どこかの倉庫とか、地下とかじゃなく?」

ローズ母様が言ったのは、軟禁場所として真っ先に考えられる場所だ。

「そうなの、奇妙よね。それも小さなお客様をお預かりしていると、ホテルには認識されていたのよ」

どうやら認識阻害の魔術を使ったらしく、ホテルの従業員は連れて来た人間の顔を覚えていなかったという。

「クリスウィン公爵家の者をホテルの中に入れていつでも救出できるように態勢を整えているけれど、犯人をあぶり出して捕まえないといけないから、アルとアレンにはホテルの一室でそのまま頑張ってもらってるのよ」

アルとアレンというのが甥っ子たちの名前らしい。

ひどい扱いを受けていないことには安心したけど、身代金を要求されているわけでもないという。

高額のホテル代金もすでに支払われているというし。

——犯人の誘拐の目的が全く分からない。

「目的は何なのでしょう。誘拐して高級ホテルに軟禁なんて……」

「私たちもそこがまだ分からないの。五日経っても犯人側から何の接触もないのよ。犯人は私たちがすでにあの子たちの居場所を摑んでいるとは知らないはずだから、いずれは動き出すだろうと思っているのだけど」

私怨ならばすでに彼らの命はないだろう。

身代金要求？　だけど五日経ってもその連絡は来ない。

他に考えられるのは人身売買？　他国へ引き渡す？

――それならば、必ずホテルの子供たちを連れ出しに来るはずだ。

そこを押さえればいいと、犯人を待ち構えている状況なのだという。

「私の甥たちの居場所は分かっているからいいのだけど、マーシャルブラン侯爵の孫であるご令嬢と、マリウス侯爵の幼いご子息の行方はまだ分からないままなのよ」

ん？　マーシャルブラン侯爵とマリウス侯爵って。

「それってまさか……」

「ええ。今年、米を作付けしようとしている領地の次代を担う子供たちよ」

私とローズ母様は青くなった。

クリスウィン公爵家、マーシャルブラン侯爵家、マリウス侯爵家は、今年バーティア領での稲作を支援することになっている家なのだ。

そこの子息や令嬢が誘拐されたとなれば、その三つの繋がりで真っ先にバーティア家が浮かび上がる。

もちろんバーティア家は誘拐などしていないが、バーティア家に恨みを持つ者がいるのか、それともたまたまなのか。

なぜその家の子供が狙われた？

それもバーティア家と関わりを持とうとしている家ばかり。

一気にこの状況が自分たちの身に迫ってくるのを感じて、心臓がバクバクしてきた。

「だけど、私たちはバーティア子爵家を疑ってはいないわ。ローディン・バーティア子爵は戦地に行っていて不在だし、ディーク・バーティア元子爵は国の魔術師たちの師とも言える方。ダリウス前子爵もそのような大それたことはできる方ではないしね。気にしないで」

王妃様に気にしないで、と言われたけど。——なんだか気持ち悪い。

王妃様がそう思っても、そうは思わない人も必ずいるのだ。

バーティア子爵家に何かあると疑われるのは心外だ。

む～、という顔をしていたせいか、王妃様が私の手を握った。

「大丈夫よ、アーシェラ。絶対にみんなを無事に見つけるわ。ね？」

そう言って、王妃様が私の目を真っ直ぐに見た。

私も王妃様の目を見る。——すると。

「あれ？」

王妃様の瞳の奥の、女神様の印が光って見えた。

「まあ！」

王妃様も私の瞳を見て驚いていた。——瞳の奥が熱い。

おそらくは私の瞳も王妃様と同じように、女神様の印が光っているのだと感じた。

目の奥が熱くて、思わず目をぎゅうっと瞑った。

すると、ふわりとした浮遊感。——めまい？

「――アーシェラ。目を開けてごらんなさい」

王妃様の声に、ゆっくりと目を開けて――びっくりした。

「ふえぇぇぇぇっっ!?」

驚きすぎて叫んでしまった。

『王宮で大声を出さない』というマリアおば様の教えなど、吹っ飛んだ。


――だって。

王妃様のお部屋にいたはずなのに――私は、外に。

しかも王城よりさらに高い場所に『浮かんで』いたのだ。

◇◇◇

なんで？　なんで??　なんで???

さっきまで、王妃様の部屋でソファに座ってたのに。

それが、目を開けたら――外で。

――空が見えて。

――王城がはるか下に見えて。

そして私は――浮かんでる！

どこをどうやったら、こんなことになるの!?

「ふにゃあああぁぁっっ!!」

誰か説明して～!!　訳が分からない!!

「まあ、前触れもなくこうなったら、混乱するわよね――大丈夫よ。落ち着いて、アーシェラ。私がいるわ」

落ち着いた優しい声が、私を呼んだ。

「ふえ？」

そして声と同時に、誰かが私を包み込んだ――王妃様だ。

王妃様が私を抱きしめていた。

「驚いたわよね。でも大丈夫よ。これは何も怖いことではないの」

「ふえ？」

まだ混乱していて、「ふえ」としか出てこない。

「これは、クリスウィン公爵家の特殊な能力。さっき目を合わせた時、アーシェラの瞳の奥の女神様の印が光ったわ。――それで、こうなったの」

「――おそら、とぶの？」

「正確には意識《こころ》が飛んでいるの。アーシェラは初めてだから、すぐ上に飛んだのね」

王妃様が眼下の王城を見下ろして、頷いている。

「でも……うふふ。アーシェラと同調できるなんて嬉しいわ」

どうやら王妃様の何かに同調してしまったということらしい。

王妃様が抱擁を解く。なんとなく手を離されると落ちそうな気がして、思わず王妃様のドレスの袖を掴んだ。

「落ちないから安心なさい」

ビュウウと音を立てて、風が吹いている。

風が強いのに煽られない。

それに冬なのに、外なのに、全然寒くない。

不思議に思っていたら、王妃様が言う。

「意識だけがここにいるの。だから雨が降っても濡れないわよ」

なんと。それって幽体離脱とかいうのと同じことではないか。

「せっかくだから、一緒に会いに行きましょう」

王妃様がにっこりと笑って、私の手を握り直す。

「あいにいく？」

誰に？

「もう一度目を瞑って。慣れないと気持ち悪くなるから」

それはイヤだ。元々三半規管が弱いのだ。

転生して馬車に乗る機会が多いせいか前世より少しはマシになったが、気を抜くと酔ってしまう。

ぎゅうっと目を瞑ると――また、ふわりという浮遊感。

「着いたわ。目を開けて」

さっきは王城を見下ろしていたが。

――今は全く違う建物を俯瞰して見ている。

「ここは、王都の外れ――馬車なら半日くらいのところね。意識だけなら一瞬で飛べるのよ」

王妃様が説明してくれた。

立派なホテル。昨日泊まった豪華なホテルにそっくりだ。

――ん？　もしかして同じホテル？

私の宿泊先は、護衛機関が選んだ場所にするようにと言われていた。

そうして選ばれたホテルに案内されたのだが、そこは外観もロビーも部屋も素敵で、従業員さんたちもきちんと教育されていて気持ちよく滞在できた。

格式あるホテルらしく、王族や上級貴族しか泊まれないと教えてもらい、昨日はすごくお嬢様になった気分で過ごしたのだった。

そういえば、クリスウィン公爵家の小さな子息たちは、王族や上級貴族が泊まるホテルに軟禁されている、という話だった。

王妃様がここに来た意味が分かった。甥っ子たちに会いに来たのだ。

――まさか、同じホテルにいたとは思いもしなかった。

すうっと、下に降りていく。

　すると、クリスウィン公爵家の者たちだろうか、ホテルの向かい側の飲食店などに一般人とは違う雰囲気の人たちが見える。ホテルの従業員に扮している人もいる。

　制服のデザインから、やっぱり昨日宿泊したホテルだと分かった。

「私たちは意識だけだから他の人には見えないわ。――さあ、あの子たちに会いに行きましょう」

　そして、私たちは豪華な部屋に移動した。

　短距離ならめまいのような浮遊感がない。

　気づけば目の前では、金色の髪と琥珀色の瞳をした男の子が二人、窓の外を覗いていた。

　この二人がクリスウィン公爵の孫で、王妃様の甥っ子なのだろう。

　高級ホテルとはいえ、前世のタワーホテルのように何十階もあるわけではない。確か五階建てだったはずだ。

　けれど周りにはこのホテル以上に高い建物はないから、窓の外には雪に彩られた景色が遠くに見えるだけだ。

　はめ殺しになっている出窓の下を覗き込んでも、街の建物が見えるくらいだろう。

　なるほど。五階で、はめ殺しになっている窓から助けを呼ぶこともできない。逃げることもできないということか。

　犯人は魔術を使ってホテル側を騙し切っていて、クリスウィン公爵家が内密に乗り込んだ時にはひどく驚いていたのだそうだ。

「あれ？　叔母上？　さっきも視に来たよね」

ウェーブのかかった金髪の、少し大きい男の子がこちらに気が付いた。

「ん？　その小さな子、だれ？」

ストレートの金髪の小さい男の子が私に気が付いた。

二人で出窓から下りて、ととと、と寄ってきた。

二人ともクリスウィン公爵家直系特有の琥珀色の瞳をしている。

クリスウィン公爵家は『視える』から、この意識体も視えるとのことだ。

「アル、アレン。この子はアーシェラよ。私と同じで女神様の加護を貰っているの」

王妃様は私の背に手を当てて二人に紹介した。

とたん、二人は目を見開いて、私の顔を覗き込んだ。

実体のない精神体は少し透けているのだ。本当に自分が幽霊になったみたいだと内心思う。

「「アーシェラちゃん!!　お祖父様から聞いた!!　可愛い女の子だって!!」」

好意全開の笑顔を見てびっくりした。

王妃様そっくりなのだ。

しかも、性格まで似ているのか、対応が王妃様を見ているようだ。

もしかしたら、カレン神官長といい、クリスウィン公爵家はみんなこんな気質なのだろうか。

「はじめまちて。あーしぇらでしゅ。よんしゃいでしゅ」

ぺこりと頭を下げてご挨拶。初めて会った時の挨拶は基本で大事なのだ。にこりと微笑むのも忘れない。

「寝顔が可愛かったから、目を開けたらもっと可愛いはずだって言ってた！」

「可愛い！　お祖父様に目を開けたアーシェラちゃんに会ったって自慢しよう！」

おう。クリスウィン公爵。寝顔が可愛いって……。

前回会いに来てもらった時、私はお昼寝中だったのだ。

今度起きている時にちゃんとご挨拶しよう。

でも。面と向かって『可愛い』と言われるのはちょっと恥ずかしい。

この頃ローズ母様に似てきたと言われるのだ。

ローズ母様は物語に出てくるお姫様みたいに綺麗だから、似ていると言われるのは素直に嬉しい。

血が繋がっていないから余計に。

前世は平々凡々の顔立ちだったけれど、今は自分で言うのもなんだが、結構可愛いのだ。

「僕はアルだよ！　六歳。もう少しで七歳になるんだ。今度こんな幻影じゃなくてちゃんと会おうね」

きちんと挨拶してくれた。とっても感じがいい笑顔だ。

「ボクはアレン。五歳だよ。——ねえ！　茶碗蒸し美味しかった！　バター餅が食べたくてお出かけしたのに途中でさらわれちゃったんだ」

さらさらの金髪が眩しいアレンは、ぷう、と頬を膨らました。バター餅が相当食べたかったようだ。

王妃様とカレン神官長から色々私のことを聞いていたのに加え、クリスウィン公爵家では私のレシピで料理が作られ、それらを食べていたそうだ。

――そうなんだ。

王都のデイン家の菓子店に向かう途中で誘拐されたのか。

それなら。

「ばたーもち、ぷれぜんとしゅるね」

「「やった〜!!」」

二人はお互いの両手を打ち合わせた。

クリスウィン公爵家の人たちはたくさん食べる。

魔法鞄の中には、バター餅がたくさん入っているから、思う存分食べられる量をプレゼントしよう。

それはさておき、王都の菓子店のバター餅は予約販売なので、受取日が個別に決まっている。

ということは、内情を知った者が手引きをしたのだろう。

――クリスウィン公爵家の中にネズミがいそうだ。

このままだと菓子店オーナーであるデイン家までもが疑われそうだから、早く解決してパーティア家もデイン家も関係がないことを証明したい。

「アル、アレン。犯人は絶対捕まえるからもう少し辛抱してね」

「うん。でもクリスウィン公爵家の者たちがこっそり来て世話をしてくれてるから、平気だよ。ただもう五日もここにいるから飽きちゃった」

「お父様もお祖父様も、叔母様と同じように会いに来てくれるし、信じてるから大丈夫だよ。……でもボク、お母様に会いたくなっちゃったよ」

アレンの声が寂しそうだ。

そうだ。まだ五歳と六歳（もうすぐ七歳）の子供なのだ。こんな状況下に何日も置かれて、平気なはずはない。

少しでも早く安心させてあげたい。

「ぜったい、たしゅけりゅ」

傍観者でなんかいられない。

この子たちのためにも、バーティア家やデイン家のためにも。

「――ありゃ?」

ふいに足が床から離れた。ふわりという浮遊感。

「アーシェラの小さい身体ではもう限界ね。戻りましょう。――アル、アレン。また来るわね」

「「はい!」」

「「アーシェラちゃん。またね!」」

「あい!」

二人へ元気に手を振る。

――すると、アルとアレンの周りに何かが見えた。

――ぐらり。めまいのような感覚に気持ち悪くなって目を瞑った。

次に目を開けたら――王妃様の部屋に戻っていた。

――でも、戻る瞬間に、目の奥が熱くなり――アルとアレンを囲むように何かが見えた――

黄色と、プラチナと金色の。これは――


「アーシェ!!」

「アーシェラ!!」

目を開けたら、ローズ母様とレイチェルお祖母様が私の顔を覗き込んでいた。二人とも心配そうな表情をしている。

「アーシェラ……瞳が……」

レイチェルお祖母様が息を呑んでいる。

瞳？　瞳がどうかした？

ああ、身体が重い。瞼がくっつきそうになって――眠い。

――でも。これだけは伝えないといけない。

「きくのはな……」

「菊の花？」

「……うん。きくのはな。――うしろにみえた」

なぜかは分からない。だけど、何もなかったアルとアレンの後ろに菊の花が視えた。
それこそがカギなのだと、どこかで確信した。
これを伝えなければいけない、と思った。
そして、もう一度「きくのはな……」と呟いて、私は眠りに落ちてしまったのだった。

14　菊の花がおしえてくれたもの

王妃様と同調した際、私は一種のトランス状態になっていたみたいだ。

レイチェルお祖母様は、王妃様が意識を飛ばしてアルとアレンのもとを訪れる時はいつも側に控えているので、その状況には慣れていたようだったが、突然、私と王妃様が目を合わせたまま様子がおかしくなったので、慌てたそうだ。

王妃様が意識を飛ばすことができるのは秘匿されているため、誰かを呼ぶわけにはいかず、私たちの意識が戻るまでの十分くらいの間、息を呑んで見守っていたそうだ。

意識が戻ってきて、私が『きくのはな』と呟いた時、緑の瞳の奥の女神様の印が金色の光を帯びていたと、王妃様は言った。

その印はレイチェルお祖母様とローズ母様にも見えたのだそうだ。

——一時間ほど経って私が眠りから覚めると、そこはレイチェルお祖母様のお部屋のベッドだった。

目を開けたら、クリステーア公爵のアーネストお祖父様が私の額に手を当てていた。

隣にはレイチェルお祖母様とローズ母様が心配そうに立っている。

「無茶をする……。魔力が底をついて倒れたのだぞ」

アーネストお祖父様が目を細めて安堵のため息をつき、額に当てていた手で優しく頭を撫でた。

「ああ……。良かった。気が付いて」

レイチェルお祖母様もローズ母様もほうっと息をついた。ローズ母様に至っては指で涙を拭っていた。

――あの時の強烈な眠気は、魔力が底をついたせいなのか。

自分では無理をしたつもりはなかったけど、結果的にはみんなにすごく心配をかけてしまったみたいだ。

ここは素直に謝ろう。

「ごめんなしゃい」

「大丈夫？　アーシェラ。お祖父様が魔力を分けてくれたから、少しは身体が楽になったと思うけれど」

レイチェルお祖母様が心配そうに眉尻を下げる。

魔力を分けてくれた？　そんなことができるんだ。

確かに身体は意識を失う前より楽になったような気がする。

「ありがとうごじゃいましゅ。おじいしゃま」

「少し顔色も良くなったな。……良かった」

聞けば私は『きくのはな』と呟いてソファに沈んだあと、何度声をかけてもぐったりとしたまま目を開けなかったらしい。そのためレイチェルお祖母様もローズ母様も青褪めたそうだ。

王妃様の助言で、レイチェルお祖母様が王宮内で仕事中のアーネストお祖父様に急遽連絡を取ると、お祖父様は仕事中にもかかわらず、駆け付けてくれたとのこと。

「魔力を使いすぎると、体力も奪われる。……小さい身体ではすぐに倒れてしまうのだ。こんな風にな。今後魔力を使う時は十分に気をつけなさい」

「あい。おじいしゃま」

「アーシェラ、起きられる？　王妃様がどうしてもすぐに聞きたいことがあるのですって」

レイチェルお祖母様が申し訳なさそうに私に聞いた。

「――自分ではまだ動けないだろうから、私が抱いていこう。私が抱いていればアーシェラに少しずつ魔力を分けられる。もっと楽になるはずだ」

――確かにだるい。

どうやら魔力が底をつくと、ろくに身体が動かせなくなるらしい。

「まだだるいでしょうけれど、頑張って。今夜は王宮に泊まっていきなさい。このままでは心配ですもの」

「そうだな、眠るまで魔力を分け続けよう。ここまで枯渇すると回復まで時間がかかるからな」

レイチェルお祖母様の言葉にアーネストお祖父様が同意する。

どうやら今日は王宮にお泊まり決定のようだ。

◇◇◇

「ねえ、アーシェラ。菊の花と言ったけれど、どうして？」

王妃様は、私が意識を失う前に呟いた言葉に首を傾げた。

私は『アルとアレンの周りに、菊の花が視えた』というようなことを素直に言った。

「アーシェラがそう言った時、瞳に金色の光が光っていましたわ」

レイチェルお祖母様がアーネストお祖父様に告げる。

「ええ。私も見ました……。アーシェの瞳に金色の光がありました」

ローズ母様が言うと、王妃様も頷いて言った。

「アーシェラが意識を飛ばしたことも、かの御方《女神様》たちのお導きだったのでしょう」

「そうなると、今回の誘拐事件は『菊の花』が鍵となるのか……」

アーネストお祖父様が呟く。

女神様の印が浮かんでいる時の言葉には『意味がある』のだと王妃様も話す。

でも、菊の花だけでは、どう事件に関わってくるのか私にも分からない。

「菊の花……。――!!　もしかしたら――」

王妃様が何かに気づいたようだ。はじかれるように顔を上げた。

「――女官長、お父様――クリスウィン公爵とカレン神官長を呼んで」

――すぐにクリスウィン公爵とカレン神官長が王妃様の部屋に来た。

私は改めてクリスウィン公爵にご挨拶した。

ただ身体がだるいので、アーネストお祖父様に寄り掛かったままだったけど。

クリスウィン公爵は、金の髪を後ろに撫でつけ、琥珀色の瞳は王妃様、アルとアレンと同じだった。

私が王妃様に同調してアルとアレンに会ったこと、アルとアレンの後ろに菊の花の幻影を見たことを王妃様が説明すると、クリスウィン公爵もカレン神官長も驚愕していた。それから、

「『身体は大丈夫!?』」

とものすごく心配してきた。

「だから私がこうして抱いている。……限界まで魔力を使い果たして倒れたのだ」

アーネストお祖父様がそう言うと、クリスウィン公爵が申し訳なさそうに眉尻を下げた。

「こんな小さい身体に無茶をさせてしまったのだな……。意識を飛ばすのは成人近くにならなければできないのに」

体力と魔力が十分に整う頃にならなければ、繋がりがあっても意識を『飛ばす』ことはできないのだそうだ。

アルとアレンのように、『視る』ことは幼い頃からできるが、意識を飛ばすのは相当な魔力を使用するからだ。

「アーシェラに無理を強いてしまったのは私の責任です。クリステーア公爵、申し訳ありません」

「王妃様、謝罪は不要です。これは『必然』だったのでしょうから――」

アーネストお祖父様の『必然』という言葉に王妃様がゆっくりと首肯した。

「ええ――。かの御方はおそらく、私がアーシェラをアルとアレンのもとに導くことを、そしてアーシェラが糸口を見つけることを分かっておられたのでしょう」

「クリステーアの……」

クリスウィン公爵が何事かを小さく小さく呟く。

あまりに小さすぎて私には聞き取れなかったが、一人「なるほど」と頷くクリスウィン公爵に、アーネストお祖父様は「そうだろうな」と同意をしていた。

「それを踏まえて、推測できたことがございます。いえ、確信と言っていいでしょう」

王妃様は強い瞳で話し出した。

「お父様。お聞きしたいことがございます。――クリスウィン公爵領の教会で、菊の花はどのぐらい根付きましたの？」

「他の領と同じく半数程度だったが、それがどうした？」

クリスウィン公爵領はとてつもなく広い。バーティア子爵領が何個も入るくらいの広さで、いくつかの地区に分けて、一族から信頼できる人を選び管理させているほどだ。

教会の数にしても、バーティア領は三か所しかないが、クリスウィン公爵領はその何倍もあるという。

「カレン神官長、菊の花が根付くのにはどのくらいかかるのだったかしら？」

「はい、一晩あれば十分かと。根付けば徐々に花畑が形成されますが、そうでなければ消え去ります」

「お父様。——アルとアレンが攫われた日、我がクリスウィン公爵領で菊の花の根付きを確認する予定だったところがあるはずです」

「確かに、あの日は——カシュクールのところだったな。そういえばあの男から根付かなかったとの報告があった。——孫たちが大変だったゆえに聞き流していたが」

王妃様は「カシュクールね、なるほど」と呟くと、納得したように頷いた。

「お父様。——もしかしたら、『聞き流してほしかった』。それこそが動機で、目的だったのかもしれません」

「——何だと!?」

クリスウィン公爵の琥珀色の瞳が見開かれた。

「お父様も知っておいででしょう。菊の花は神気がある場所にしか咲かない女神様の花。その花は『相応しい場所』にしか咲かないと。——もちろん、別の理由があって咲かない場所もあることでしょう。我がクリスウィン公爵領はいくつかの地区に分けてそれぞれ管理者を置いていますが、その中で菊の花が一つも咲いていない土地があるとしたら。——その管理者は、その地を預かるのに『相応しくない人物』なのかもしれません」

王妃様の言葉に、納得するようにカレン神官長が頷いて、後を続けた。

「確かに。その話には裏付けできるものがございます。アースクリス国にはたくさんの教会がございますゆえ、気にも留めませんでしたが、確かに大抵の領地は半数ほどが根付きます。ですが、一つも根付かなかった場所の管理者には後ろ暗いものがあることは報告に上がってきておりますわ。――リストを持ってこさせましょう」

――ややあって、持ってこられたリストをテーブルの上に広げて、カレン神官長が指で確認しながら話す。

「素晴らしいのは、やはりバーティア領ですね。すべての教会で根付きました。デイン辺境伯領も半数根付いています。他の領地も半数程度か若干下回るぐらいですが、いくつかの領地では一か所――領地が広く教会の数も多いにもかかわらず一か所というのは不自然ですが――その領地には共通項がありますね」

リストには国中の領地にある教会の名、植えられた日、根付いたか否かが一覧になっていた。

「ああ。脱税とか、密輸とかあくどい噂がある者だな。――このリストはすごいな。これを見ると領主の人となりがよく分かる」

クリスウィン公爵がリストの何枚かを手に感心している。

アーネストお祖父様も同じく片手にリストを数枚持ち、「なるほどな」と納得していた。

カレン神官長が続ける。

「後ろ暗いものがある者たちには、女神様の花が自らの罪を暴くように思えるのではないでしょうか。神殿では菊の花を『女神様の花』とは言っておりませんが、神殿がすべての教会に配布する花です。うすうす感づくでしょう。悪いことを考える者たちにも独自の繋がりがあります。『神殿が配布する花が根付かないのは、自分たちの隠してきた罪を見られている、その証左だと』――それが今回の悪事を働く大きなきっかけになったのではないでしょうか」

「――目くらましのために、誘拐をした、ということか」

クリスウィン公爵の瞳に強い光が宿った。

――菊の花が真実を示している。

ホテルには人質を転移させる魔術陣などが仕掛けられた形跡はなかった。

貴族専用のスイートルームに、アルとアレンはいた。軟禁はされていたが最高級のもてなしを受けて。

居場所を見つけた時、無傷だったことに皆で安堵したが、犯人の目的が分からなくて混乱した。

身代金目的ではなかったのか？

人身売買ではなかったのか？

私怨ではなかったのか？

殺意はなかったのか？

――では、なぜ、連れ去って監禁しているのだ？

――ただ、このますぐに『救出して終わり』にしてはいけない。

犯人を捕まえなければ、いずれ同じことを繰り返すかもしれないからだ。

そう思って事件に心を傾けてきたからこそ、菊の花が根付いたかどうかの報告など誰も気にしていなかった。

──それこそが犯人の思惑だったとは。

「カシュクールか……。父親が忠義者だったゆえ、そのまま管理を息子に引き継がせたが……」

クリスウィン公爵が苦々しく顔を歪めた。元々カシュクールという男には思うところがあったようだ。

だが、まさか。主家の子息をさらうとは思わなかったのだろう。

「引き継いだのは五年前のことですね。クリスウィン公爵領の第三地区を治めるカシュクールは、確か結晶石の採掘の責任者でもありましたわね」

カレン神官長もクリスウィン公爵所縁《ゆかり》の人だ。カシュクールという人を知っているようだ。『あいつならやりかねない』という表情をしている。

「そう考えると、犯人の目星がついてきます。これまで連続誘拐と思い、いろいろな可能性を考えていましたが、これを踏まえれば単純です。このリストを見て推測するに、クリスウィン公爵領の一角を管理しているカシュクール、マーシャルブラン侯爵領ではノワール殿、マリウス侯爵領ではヌイエ殿が怪しいです」

カレン神官長が、リストに赤い線を書き入れていく。

「彼らは今まで主人にバレることなく悪事を働いていた。けれど神殿が配布する花が根付かなかったら、怪しまれてバレるかもしれない。そう疑心暗鬼になったのでしょう。──小者とはそういうものです」

カレン神官長がリストから読み解く。それぞれ管理を託されていた場所は、数か所教会があるというのに一つも根付かなかったのだ。

そして、それぞれの令嬢や子息が消えた日は、ノワールやヌイエが管理している土地の菊の花の根付きを確認する日であったことも、一致した。

「お父様。カシュクールは確かに私も好きではありません。彼は一族の者といえど傲慢で浅はかです。早急にお調べになってください」

確かに、浅はかだろう。自分の悪事から主人の目を逸らすためだけに誘拐するとは。

でも、そう考えた者たちが他にもいたのだ。

それがマーシャルブラン侯爵やマリウス侯爵所縁の者であったというわけで。

おかげで連続誘拐とか、バーティア家に疑いの目が向けられたことなどが、複雑に絡み合ってしまったのだ。

「そうだな。すぐにカシュクールを調べさせる。あいつは以前からきな臭いところがあったのだ。すぐに尻尾を掴んでやる！」

「ええ、お願いします。アルとアレンも寂しがっておりましたわ。アレンは『お母様に会いたい』と言っておりましたから」

「ああ……可哀想に！　カシュクールの単独犯ならば、アルとアレンはもう迎えに行ってもいいな？」

「いいえ、お待ちください。マーシャルブラン侯爵とマリウス侯爵のお子も同時に救出してください」

どこでどう繋がっているか分からないのだ。確実に証拠を摑んで、マーシャルブラン侯爵やマリウス侯爵の子供たちを無事に見つけなければならない。

「そうだな。孫可愛さに判断が鈍ってしまったな。マーシャルブラン侯爵やマリウス侯爵にもすぐに伝えよう。カレン神官長も一緒に来てくれ！　今日中に終わらせる!!」

そう言ってクリスウィン公爵がカレン神官長を伴って、大急ぎで部屋を後にした。

何気なく窓の外を見たら、もう日が落ちかけていた。

冬は太陽が落ちるのが早いのだ。

——その日の深夜。

日付が変わる前には、クリスウィン公爵の孫のアルとアレン、マーシャルブラン侯爵の孫娘、マリウス侯爵の子息が無事保護されたとの報告が王妃様にもたらされたのだった。

クリスウィン公爵、本当に今日中に解決させちゃった。

孫パワーって、すごい。

◇◇◇

――五人の子供たちの誘拐事件は、これにて一応の解決を見た。

クリスウィン公爵領のカシュクール、マーシャルブラン侯爵領のノワール、マリウス侯爵領のヌイエだが、『叩けば埃が出る』とのことわざ通り、すぐに罪状が出てきたそうだ。

カシュクールは眠り薬を馬車に仕掛けていて、アルとアレンは眠った状態で連れ去られ、偽名で高級ホテルに軟禁されていたそうだ。

その時の護衛はカシュクールの縁戚で、グルになっていたそうだ。なんとも嘆かわしい。

ホテルには、『高貴な身分の方なので、一週間匿ってほしい。狙われているから絶対に外には出さずに守ってくれと頼まれたのだ』と言っていたという。

認識阻害の魔術も使われたため、ホテル側は不審に思わなかったのだそうだ。

クリスウィン公爵家のアルとアレンは、公爵家特有の『繋がり』の力で軟禁場所はすぐに特定された。犯人側の目的が分からなかったので二の足を踏んでいたが、本当はすぐに救出しても大丈夫だったみたいだ。

カシュクールが隠したかった罪とは、クリスウィン公爵領で採掘した結晶石をジェンド国に横流ししていたことだった。

つまり採掘量を誤魔化して、敵国であるジェンド国に結晶石を売りさばいていた。完全な反逆行為である。結晶石は魔力を込めると、武器にも使われるからだ。

本人は金を手に入れたいがために、深く考えずに売りさばいていたそうだが、アースクリス国の国民を危険に晒す行為である以上、重罪確定だ。

誘拐をしようと思った動機は、隣の領地で自分と同じように管理を託されていた者が、神殿より配布された菊の花が一か所も根付かなかったことで主人に疑われたことらしい。事実その男は領民から不正に税を搾り取っていたそうだが、結局悪事がバレて禁固刑に処されたことを知ったカシュクールは震え上がったのだそうだ。

だが、すぐに『バレなきゃこれまで通り』と考えて、クリスウィン公爵の意識を逸らすことを画策した。

大事な孫を誘拐されたら、神殿の花の根付きなど些細なことだ。別に孫に危害を加えるわけではないし、身代金の要求もしない。

孫が無傷で戻れば、クリスウィン公爵もいずれこのことは忘れるだろう。

そして、悪事が隠し通せれば、今まで通りに金が手に入る、と思ったのだそうだ。

——はっきり言おう。馬鹿じゃないの？

聞いた皆も呆れていた。

結晶石の敵国への横流しは重罪だ。それははっきりしている。

女神様の花が根付かなかったことは、昨日のクリスウィン公爵の反応を見ると、元々さほど気にしていないようだった。

カシュクールの思惑は杞憂と言っていい。いずれは横流しが露見する時が来ただろう。その時は横流しの分の罪だけで済んだはずなのだ。

それが、誘拐を実行したことでさらに罪が重くなり、今まで隠し通せていた罪までバレたのだ。

王妃様が言ったように、浅はかで考えなしだ。

罪を隠そうとして、他のことが見えていなかったようだ。

マーシャルブラン侯爵の孫であるご令嬢は、ノワール縁戚の侍女の手によって薬で眠らされた状態で見つかったそうだ。

一日で眠りから目覚めるはずが、薬の量を間違えて飲ませてしまったために、令嬢は二日も昏々と眠り続けていたらしい。そのため『このままでは死んでしまうかもしれない』と、恐ろしくなって侍女が自ら名乗り出たそうだ。

『温室の片隅で眠ってしまう』という幼い令嬢のうっかりな習性を利用し、発覚してもそのように申し開きするつもりが、薬を使ったことで裏目に出てしまったようだ。

令嬢は菊の花で作られた解毒薬で目覚めることができたそうだ。良かった。

最終的にノワールは、マーシャルブラン侯爵の金融機関から多額の横領をしていたことが明るみになった。

驚いたのは、マリウス侯爵の小さな子息のことだ。

彼はヌイエが経営する宝飾店に『自分の意思』でいた。

マリウス侯爵の子息は金色の髪にターコイズブルーの瞳をした六歳の子供だ。

名はフリード・マリウス。マリウス侯爵にとって遅くにやっとできた子供であり、一人息子だ。

そのフリードは、まだ六歳だというのにヌイエのしていた悪事を知っていたようだ。

マリウス領は昔から様々な色の鉱石が採掘される土地だ。

色鮮やかな石がよく採れるので、見事な技術で鉱石を宝石として輝かせる職人が多数いる。

ヌイエは、マリウス領で鉱石を加工する職人を管理していた。

だがある日、フリードの友達になった加工職人の子供が、父親の職人と一緒に作ったフリードへの七歳の誕生日プレゼントを取り上げられてしまった、と泣いていたのだそうだ。

職人の子供は平民だ。

平民の自分を『友達』と言ってくれるフリードのために何か贈りたいと、工房で廃棄されていた鉱石のクズ箱から小さい欠片を選んで一つずつ研磨し、組み合わせて、何日もの時間をかけて見事な色彩のチャームを作り上げたのだそうだ。

廃棄された小さいクズ石を使って息子が見事なものを作ったと、父親が工房のみんなに自慢していると、それをヌイエに見つかり、せっかく作ったチャームを取り上げられてしまったのだという。

そう言って泣いて謝る職人の子供の手に、いくつも傷があるのに気づいたフリードが問うと、それはクズ石で切った傷で、あれ以降職人の子供はヌイエにノルマを課せられ、同じものをたくさん作らされていると言ったそうだ。

ヌイエ……許すまじ。

まだ七歳の子供の作ったものを取り上げた上に、強制労働させるとは。

フリードはヌイエの経営する王都の宝飾店に母親と共に通った。

そこで目にしたのは、クズ石で作られた、いくつもの見事なアクセサリーだった。

しかもその出来栄えから、かなり高額な値段で販売されていたのだ。

それを作ったフリードの友達は報酬を全く貰っていないというのに。

そしてフリードは、その中にフリードのために作られたというチャームを見つけた。

ターコイズブルーの石で、フリードのイニシャルが彫られた精緻な作りの見事なもの。

取り上げられて以来、ターコイズブルーの石では品物を作っていないと言っていたから、あれは自分の七歳の誕生日プレゼントとして友達が作ったものだと確信した。

フリードはそれを迷わず購入した。

『あれだけは他の者に渡すわけにはいかない』と思ったのだそうだ。

ヌイエに関する周りの認識は、誠実な人、ということだったが、友達への非道な所業を知って、絶対に違うと確信した。

それから、自分なりにできることから調べることにした。

工房の実情、宝飾店の売上、納められた税金。

折しも年末の決算報告書が上がってきていたので、次期侯爵となるための勉強として見せてもらった。

とは言っても、決算報告書を読み解くのは六歳の子供には不可能である。

父親であるマリウス侯爵にヌイエの宝飾店の決算報告書を読んでもらって、彼なりに判断し、やがて、ヌイエが工房の人間を駒のように扱い、売り上げを誤魔化して懐に入れていることを確信したのだそうだ。

けれど、六歳の子供の言うことを大人がきちんと聞いてくれる保証はない。

だから自分で、ヌイエが言い逃れできない確たる証拠を掴もうと思ったのだという。

その後も何回か母親と共にその宝飾店に通い詰め、ついに三日前、彼は行動に移すことにした。

他の店で母親が買い物中に、ヌイエの宝飾店に潜り込み、わざと店の片隅で眠りこけたふりをし、『家に帰りたくない』と我儘を言った。

――六歳にしてこの行動力はすごい。

ヌイエはフリードをすぐに侯爵家に帰そうと思ったが、そこで思いついた。幼い子息の我儘を聞いて何日か匿えば、子息が行方不明になったということで世間は騒然となるだろう。そのどさくさで、預かっている土地の教会に花が根付かないことを誤魔化せるかもしれない。

そもそも幼い子息の我儘なのだから、匿っていることが発覚しても自分に対するお咎めは小さいだろうと踏んだそうだ。

――そしてフリードは、騒ぎになったその三日の間に、店に隠してあった二重帳簿を見つけたらしい。

マリウス侯爵自らヌイエの宝飾店に乗り込んだ際に、ニッコリと笑って、『父上。プレゼントです』と、探し当てた証拠品を手渡したとのことだ。

――すごいお子様だ。見事としか言えない。

ヌイエは誘拐の罪には問われなかったが、高額な所得隠しと脱税、子供への強制労働とそれにともなう虐待、その他にも余罪が次々と見つかり、きっちり罪を償うことになった。

一方のフリードもマリウス侯爵を死ぬほど心配させた罰として、おしりを叩かれたそうだ。

おう。マリウス侯爵。お仕置きがおしりぺんぺんですか。

それにしても、マリウス侯爵子息のフリード。

本当に六歳か？

◇◇◇

「同一犯による連続誘拐ではなかったのだな」

――事件が一気に解決した翌日。

クリスウィン公爵がデイン辺境伯を伴って、王妃様の部屋に事件の報告に来ていた。

王妃様の部屋には、私とローズ母様、クリスウィン公爵とデイン辺境伯、そしてカレン神官長がいた。

もちろん、王妃様の後ろにはレイチェルお祖母様が女官長として控えていた。

アーネストお祖父様は昨日途中で放ってきた仕事のため、さっき出ていったばかりだ。

私の体調は、アーネストお祖父様が一晩中魔力を分けてくれたため、だいぶ回復した。

一気に魔力を与えられると身体に負担がかかるので、少しずつ、そして時間をかけなければならないのだそうだ。

なので、アーネストお祖父様から魔力を分けてもらうために、クリステーア公爵家に与えられている王宮内の部屋に泊まることになり、レイチェルお祖母様も同じ部屋で、ろくに動くことのできない私の世話をしてくれた。

さすがにローズ母様はアーネストお祖父様と同じ部屋に泊まるわけにはいかないので、隣の部屋で休んでいた。

ふと夜中に目が覚めると、アーネストお祖父様とレイチェルお祖母様が、身体を優しくぽんぽんとしてくれた。

そのぽんぽんがすごく懐かしくて優しくて。

すごく安心してぐっすりと眠れたのだった。

「――良かったです。どの子も無事に見つかって」

カレン神官長が安堵のため息をついた。

一夜明けた子供たちの状況の報告がデイン辺境伯からもたらされた。

アルとアレンはやはり気疲れしたのだろう。今は母親のもとでぐっすり眠り続けているらしい。

マーシャルブラン侯爵の孫である令嬢は、目が覚めたあと、二日分の栄養をひたすら取り、また眠ってしまったのだそうだ。

実は令嬢に眠り薬を盛った侍女は、ノワールに小さな弟を人質に取られ、言う通りにするよう脅されていた。その弟は、実際にノワール所有の倉庫に監禁されているところを捜索により発見された。

マリウス侯爵家のフリードは、マリウス侯爵にお仕置《しり》き《ぺんぺん》された後、母親にも同じことをされたらしい。

今はうつぶせの状態で休んでいるという。――なんだかとっても痛そうだ。

犯人たちは投獄され、これからきっちり罪を償うことになる。

主犯や手引きした者は、投獄後すぐに貴族位を剝奪された。

ノワールに幼い弟を人質に取られ、脅された侍女に関しては、罪は罪だが強要されたということで処分を軽くするそうだ。

ノワールには多額の横領や令嬢に眠り薬を盛って悪事を隠そうとした罪に加えて、侍女を脅迫した罪、侍女の弟を監禁した罪が加算された。

マリウス侯爵は、息子のフリードがこれまで全く興味のなかった宝飾品を取り扱うヌイエの店に行ったり、決算報告書を見たがったりしていたので、不思議に思っていたそうだ。

しかしカレン神官長に土地ごとの菊の花の根付きについてのリストを見せられ、三件の行方不明事件に『神殿が配布した菊の花の根付きが関与している』と、クリスウィン公爵とカレン神官長に断言されたマリウス侯爵は、これまでの僅かな違和感に答えを見つけたかのようだったと語った。

マーシャルブラン侯爵も以前からノワールに思うところがあったそうだ。

だが、ヌイエもノワールも巧みに主人の目を騙していたため、明確に疑うことはなかったらしい。

マーシャルブラン侯爵もマリウス侯爵も、菊の花の話をした直後、ものすごい形相で部屋を飛び出していったのだと、カレン神官長が話していた。

「――それにしても、女神様の花はすごいな」

クリスウィン公爵が感心し、改めて例のリストを眺めている。

食すことができ、薬になるだけでなく、咲く場所によって結果的に人の悪事を暴き出した。

「本当ですわね。女神様がこの世界を見ていらっしゃるということをはっきりと感じられた一件でしたわ」

カレン神官長が頷くと、王妃様がにっこりと微笑んだ。

「女神様の花が関係していることを教えてくれたのはアーシェラよ」

「うんうん。さすがだ」

デイン辺境伯が私の頭を優しく撫でる。

昨日、私と母様が王宮に泊まることになった時、デイン辺境伯には大まかな事情を伝えたのだそうだ。


さすがも何も、視えただけだよ？

首を傾げると、王妃様がふふふ、と微笑んだ。

「大きなヒントよ。そしてそれはアーシェラだから視えたの。そして真実だった。それまで誰も気づくことができなかったのよ」

おかげで一気に真実が視えたのだと言った。

私だから菊の花が視えた？　どういうことだろう？

クリスウィン公爵とカレン神官長がゆっくりと頷いている。王妃様の後ろではレイチェルお祖母様も。

――でも教えてくれるつもりはないらしく、カレン神官長がすぐに話題を変えた。

「デイン辺境伯。このリストをお渡しいたします。どうぞご活用ください。――ですが、リストを持っていることは内密にしてください」

「心得ております。――この女神様の花のリストはいろいろな判断基準になります。敬意を込めて使わせていただきます」

デイン辺境伯が女神様の花を植えた場所のリストをカレン神官長から恭しく受け取った。

◇◇◇

報告が終わり、休憩することになった。

クリスウィン公爵がくつろいだ表情になったので、渡すなら今だろう。

「かあしゃま。あれ、わたしゅ」

アルとアレンに約束したものだ。

「そうね」

ローズ母様にお願いすると、母様が綺麗な菓子箱をテーブルの上に置いた。

「クリスウィン公爵様。これをどうぞお孫様方に。――バター餅が入っております」

「なんと！　バター餅か！　アルとアレンにだな！　ありがたくいただこう」

とたん、クリスウィン公爵の琥珀色の瞳が喜色をたたえた。

バター餅はバーティア家の料理人で元菓子職人のハリーさんに作ってもらっていたもので、魔法鞄に入っていた。

デイン家の菓子店で販売するにあたって、レシピ作りのために、使うもち米の量、バターや砂糖の分量をはかりながらハリーさんが何度も作ったので、たくさん貰ったのだ。

大き目の菓子箱をレイチェルお祖母様に用意してもらって、可愛くラッピングした。

——ん？　クリスウィン公爵？

なんだか、ここで開けたい！　といったような目をしてるよ？

「……お父様。これはアルとアレンにですよ」

呆れたように王妃様に指摘されて、クリスウィン公爵がちょっとしゅんとなった。大人なのに、なんだか可愛い。

「ああ、分かっている。フィーネが美味い美味いと言っていたからな。私も食べるのをとても楽しみにしていたものだから……」

ああ、あの誘拐事件のせいで流れてしまっていたのか。

「クリスウィン公爵様、お茶菓子にバター餅を別にお持ちしていましたので、今お出ししますね」

ローズ母様がそう言うと、クリスウィン公爵の瞳が明らかに輝いた。

本当に王妃様によく似た笑顔だ。アルとアレンもそっくりだし。もしかしたら、クリスウィン公爵のご子息も、そっくりなのかな？

「菓子箱にはたくさん入れておきましたので、ご家族でご一緒に召し上がってくださいね」

「ああ。ありがとう、そうするよ」

すぐに女官を招き入れ、お茶と綺麗に盛られたバター餅の皿が配膳された。

お茶もバター餅も目の前で毒見された。

毒見係がバター餅を食べて瞳を見開いていたのが可笑しかった。

続けて「大丈夫です」と言って口を綻ばせていたので美味しかったのだろう。

毒見係が退出すると、王妃様がぽつりと呟いた。

「私たち『鑑定』を持っているから、別に毒見はいらないのだけど」

「クリステーア公爵家もですよ。ですが、毒見は形式上必要な事ですから仕方ありません」

そうレイチェルお祖母様が言った。

『鑑定』を持たない貴族もいるのだ。

母様は『治癒』を持っていても『鑑定』はできない。そういった人のためにも毒見は必要なのだ。

配膳係の女官が退出した後、改めて皆の視線が皿に向いた。

「「まああ」」

語尾にハートマークがつきそうな声は、王妃様とカレン神官長。

「これがバター餅なのだな！」

とこれまたハートマークがつきそうなクリスウィン公爵。

オレンジ色に近いバター餅を目で堪能し、フォークで弾力を確かめてから、一口。

「「「美味しい！」」」

クリスウィン公爵、王妃様、カレン神官長が満面の笑みを浮かべた。

「バター餅はいつ食べても美味しいですわ〜！」

カレン神官長が上品に、そしてものすごい勢いで食べていく。

「うむ。この食感は初めてだな！　ケーキとも焼き菓子とも違う、また別の美味しさだ。コクがあって美味いし、後をひくな。何個も食べたくなる」

クリスウィン公爵が頷きながら食べている。いっぱい食べるとは聞いていたが、甘いものもたくさん食べるらしい。おかわり用の大皿から面白いようにバター餅が消えていく。

「ただ、手に入れにくいのよね。定期的に食べたいわ！」

同じように綺麗な所作で、そしてすごい速さで王妃様の皿からもバター餅が消えていく。

「今は原料のもち米がないので数量限定での販売ですが、今年バーティア領でもち米が収穫できれば、その後は安定供給できますよ」

デイン辺境伯の言葉に、「来年は我が領でも、もち米を作ることにしよう！」とクリスウィン公爵が大きく頷いている。

「来週、リンクが米の作付けのための打ち合わせにクリスウィン公爵領に行くはずです」

「そうだったな」

クリスウィン公爵は私とローズ母様を見て言った。

「アーシェラちゃんもおいで。ローズさんも。歓迎しよう」

「あい！　いきましゅ！」

「ありがとうございます。……ですが私は」

ローズ母様は辞退しようとした。

本来なら、米の打ち合わせに行くのはリンクさんだけのはずなのだ。

王妃様の友人とはいえ、米の作付けとは直接関係のない母様は、行くべきではないと常識的に考えていたようだ。

「あなたはフィーネの友人だ。構わぬよ。それにアーシェラちゃんには、アルとアレンからきちんと礼を言わせてほしいのだ」

招く理由はちゃんとあるとクリスウィン公爵が告げた。

「ローズ。お受けしなさい」

デイン辺境伯がローズ母様を促した。

「そうですよ、ローズ。クリスウィン公爵は今回の件について、公爵家として筋を通そうとしてくださっているのです。あなたはアーシェラの母です。きちんと母として付き添いなさい。――それに、あなたもアーシェラも我がクリステーア公爵家の人間です。堂々と胸を張ってお伺いしなさい」

毅然としてレイチェルお祖母様がローズ母様に言った。

「お義母さま。……はい、分かりました」

ローズ母様は結婚してすぐにいろいろなことがあったせいで、自分が公爵家の人間であると思えずにいるのだろう。以前、貴族としては下位の子爵家の人間だという意識がまだ抜けていないと言っていたのを聞いたことがある。

「アーシェラ、あなたは（紛れもなく）我がクリステーア公爵家の人間ですよ。そのことを心に刻んで、堂々と行ってらっしゃい」

「あい。いってきましゅ！」

手を挙げて元気よく返事をすると、

「いい子ね」

とレイチェルお祖母様が優しく頭を撫でる。あう。気持ちいい。

——あ。そういえば。

「くりすうぃんこうしゃくしゃま。でぃーくひいおじいしゃまも、いっちょにいっていいでしゅか？」

「もちろんだ！　私もバーティア先生にお会いしたい！　願ってもないことだよ！」

クリスウィン公爵が満面の笑みで頷いた。

良かった。もうすぐディークひいお祖父様も王都に来てくれるのだ。

——こうして来週はクリスウィン公爵領に行くことになった。

15　綻びは見えていました（クリステーア公爵視点）

時は少し遡る。

「クリステーア公爵様、こちらの確認をお願いいたします」

王宮内の私の執務室には、内政の担当者がひしめき合っていた。

今、クリスウィン公爵家をはじめ、マリウス侯爵家やマーシャルブラン侯爵家の子息や令嬢たちが行方不明になっている。

そのため、クリスウィン公爵は仕事どころではなく、彼が担当している仕事を私とクリスティア公爵が手分けをして処理しているのだ。

今日は私のところには決裁すべき文書が回ってきていた。

折しも各地の決算報告書が上がってくる多忙な時期だ。税務官が確認したものを公爵家が追認することになっている。

今年は我がクリステーア公爵家が主にその確認作業についている。

やるべきはそれだけではなく、私の担当する外政の他に、内政の仕事と頭がフル回転状態だ。

特に今日は朝から決算報告書の確認が多い。

税収を算出するための大事な確認作業であるため、税務官たちはここ数日泊まり込みで仕事をしている。

「公爵様、こちらが本日最後の決算報告書になります」

筆頭税務官がそう言って執務机に置いたのは、かなりの枚数があるものだった。

「最後といっても、ずいぶんと分厚いな……」

書類の厚さは、統治する領地の広さと事業の手広さを意味する。おそらくは伯爵家以上のものか。

――これは確認に時間がかかりそうだ。

「やはり、大きい領地のものは確認するのも時間がかかりますので、最後に回ってしまうのです」

「それは仕方がないことだな。――どれ。……マリウス侯爵家のものではないか」

「はい。ご子息が行方不明になる以前に受理していました」

「なるほどな。――見よう」

マリウス侯爵領は色鮮やかな鉱石が産出される土地だ。それゆえに鉱石に関する事業が盛んである。特に宝飾品に関するものが多く、また領内の職人の卓越した技術もあって、宝飾品はマリウス領が一番だと言われている。

貴族たちはこぞってマリウス領の宝飾品を買い集め、結果、マリウス領は国内でも十指に入るほどの財力を持つ家となったのだ。

それでいて当代や先代のマリウス侯爵は、財力に頼らぬ考えの誠実な人柄で、好感が持てる人物だ。

逆に先々代は、財力と侯爵という身分を常に振りかざしていた。

娘のリリアーネを溺愛し、ディーク・バーティア元子爵に一目惚れしたという娘のために、彼の父親に侯爵家の権力でごり押しして、無理やり輿入れを実現させた。

さらに、娘の産んだ孫のダリウス・バーティアを贅沢三昧に育て上げた残念すぎる人物だ。

全く仕事をせずに贅沢三昧するダリウスの姿は、先々代のマリウス侯爵とそっくりだという。

そんな父親に嫌気がさしていた先代のマリウス侯爵は、父親を反面教師にして、家を守ってきた執事たちや叔父や親戚たちに教えを乞い、真っ当で信頼できる人物となった。

彼の息子である当代のマリウス侯爵も先代侯爵がしっかりと育てたため、信頼のできる人物である。

——子供の教育は大事だ。

誰がどのように行うかで変わってくるのが分かる。

——まあ、本人の元々の性質も関わってくるが。

私と同じように教育を受けたはずの弟のリヒャルトは、私とは全く別の道を歩んだ。

私が学んだ教師は、皆素晴らしい教師たちだった。

知識だけではなく、地位に驕らず公平な考えを持つことを教えてくれた、良き先生だ。

父が信頼し、私も教えを受けた結果、良い先生だと思ったため、リヒャルトにも同じ教師をつけたが、リヒャルトはそうは思わなかったようだ。

ずっと『考えが合わない』と、反抗的な態度を取っていたのを覚えている。

——リヒャルトといえば。

巨額横領の折に貴族位剝奪処分を言い渡した際、さすがに青褪めてはいたが、次の瞬間には不気味な笑みを浮かべていた。

その様子を、貴族牢の中を監視する部屋から『視た』カレン神官長は、

「クリステーア公爵、リヒャルトはクリステーア公爵家の血を受け継いでおりません」

と断言した。

そして、リヒャルトの『繋がり』は他に向いている——リヒャルトの血縁者が生きている可能性があるとも。

リヒャルトの母と祖父母はすでに亡くなっているし、他の母方の親族も同様だ。

つまり父方の、リヒャルトの母の浮気相手かその男の親族が生きているということだ。

母親の不義のことでリヒャルトを責めるつもりは毛頭ないが、リヒャルト自身が大きな罪を犯したことはまた別だ。

監視をつけてアンベール国国境にやったが、最後までおとなしくしているかどうかは分からない。

あの不気味な笑みは宣戦布告なのだろう。

——絶対に気を抜いてはならない。

簡単に一線を越えたリヒャルトはさらに残虐な行為を繰り返すだろう。

そして、あいつは粘着質だ。一度狙ったものを諦めるはずがない。

あいつがアンベール国側の国境に行っているうちに、あいつの手足になる者たちを突き止めて潰しておかなくては。


「――クリステーア公爵、気になることが、こちらの決算報告書にあるのですが」

筆頭税務官が私の意識を引き戻した。

指し示されているのは、マリウス領の全事業の収支を合計した決算報告書ではなく、そのもとになった個別の決算報告書の方だ。

それは、有名な宝飾店――マリウス宝飾店のものだった。

「私の妻や母も、この宝飾店を利用しているのです」

「女性は好きだからな」

マリウス領で採掘される結晶石は魔力をため込むことができず、魔力を込めたり魔法道具に使ったりすることはできない『鉱石』である。だが、職人たちの卓越した技術によって無二の輝きを放つ宝飾品となり、女性たちの心を摑んで離さないのだ。

ゆえにこの店は戦時中にもかかわらず、利益を出し続けている稀な宝飾店なのである。

「そうなのです……。この店のものは輝きがとても美しいのですが、ただ高額なのですよね」

と税務官は苦笑した。

筆頭税務官に促され、まずは今年の収支報告書に目を通す。

昨年マリウス宝飾店は度々窃盗の被害を受けたことで、大掛かりな設備投資をしている。

そのため昨年はほとんど利益が出なかったという。それは理解できる話だ。

「警備のための人員を増やしたり防犯設備を設置したおかげで窃盗犯も捕まり、その後は売り上げも順調だと聞いています」

確かに。窃盗被害にあったことで、店は貴族たちの注目を浴びていた。

窃盗犯のせいで、新作を出し渋っていたマリウス宝飾店は、窃盗犯が捕まった後に次々と新作を出し、懇意にしている貴族たちは「待っていた」とばかりにこぞってマリウス宝飾店を利用していた。元々海外での人気も高かったこともあり、一層需要も伸びている。

収支報告書に記載されている売上額は昨年より大幅に伸びている。不自然ではないように思えるが。

「黒字で利益は出ていて納税もきちんとしています。——なので、これまで気づけなかったのだと思います」

税務官は記載されている、ある経費を指して言う。

「この店ですが、腕のいい職人が揃っていると聞いております。実は先日、母が新作を予約してきた時に言っていたのです。熟練の職人が数人しかいないので、納品までに相当な時間がかかる、と。ですが、この報告書の人件費を見るに、母が聞いてきた人数の倍以上いなければ辻褄が合わないのです。——先ほど、裏付けも取れました」

なるほど、筆頭税務官はそこから気づいたわけか。すぐさま彼は秘かに工房の人員数を調べさせ、確証を得たという。

「人件費の水増し、か。横領でよく使われる手段だな」

そう、リヒャルトも使っていた手法だ。

書類だけでは普通横領を見抜けないだろう。――その実態を知らなくては。

そして、そういうことをする者は、あの手この手で横領を行うものだ。人件費だけのはずがない。

続いて、税務官が指し示したのは過去十年分の収支報告書。古いものはすでに書類の色が褪せている。

「こちらは十年分の収支を表にしたものです」

売り上げや経費などを抜粋したものを別に作成したらしい。

――筆頭税務官が怪しいと感じた場合、ほとんどの場合は『黒』だ。

表を見ると、彼の言っていることが分かった。

人件費以外の他の経費欄にも所々、妙な増減を繰り返す数字が見える。

確かに。この宝飾品店の決算報告書は――きな臭い。

――マリウス領のヌイエという者が代表を務めるこの宝飾店は、戦争が始まる前も後も黒字のままで、かなりの利益を生み出しているのだが。

だが、それ以上の『利益』を、ヌイエは自らの懐に入れているのだろう。

「改ざんし、利益を過少報告しているということか」

「はい、間違いないでしょう」

「税務官、そなたの言う通りだな。これはすぐに決裁せずにいったん保留にする。――詳しく調査しろ。――このヌイエという店主、横領の線が限りなく高い」

店主の年齢や経歴からすると、それこそ先代侯爵の時代から横領に手を染めていたに違いない。

私は仕事上、マリウス侯爵という人物をよく知っている。

あの真っ直ぐな気質のマリウス侯爵は、自ら横領をする人物ではないはずだ。侯爵家の内政を預かる者の中にヌイエの共犯者がいて、巧妙に主人の目を欺いている可能性が高い。

マリウス侯爵家は国内でもかなりの資産家である。

となれば、甘い汁を啜りたくなる邪な考えの者が内部にいてもおかしくはない。

「かしこまりました。すぐに調査いたします」

「さすが筆頭税務官だな。決算報告書の確認は毎年公爵四人での持ち回りだからな。四年に一度ゆえに気づかぬことも多い。そなたのようにわずかな情報から気づいてくれるのは、ありがたい」

「もったいないお言葉です。――ですが、税務官も、各領地の決算報告書をランダムに見ているので、そうそう気づかないでしょう」

各領地の担当を固定してしまえば、税務官の買収が行われ不正が生じるということで、提出された報告書を無作為に渡して処理を進めているのだ。

それでも、分厚い書類は処理能力が高いもの数名に割り当てられるのが常だ。

この筆頭税務官は能力を買われて昨年筆頭になった者だが、たまたま何年も続けてマリウス侯爵領の決算報告書が割り当てられたらしい。さらに最近母親から宝飾店の現状を伝え聞いたために気づいたということだ。

「分かっている。『なぜ今まで気づかなかった』と、税務官たちを責めるつもりはない。悪いのは、横領をする奴らだからな」

「ありがとうございます。――では、早急に調査を指示いたします。夕方にはもう一度参ります」

「分かった」

税務官が出て行った後、休憩を取ることにした。

とうに昼食を取る時間を過ぎている。

決算報告書の確認はいったん終わったが、他にもやることはある。

クリスフィア公爵がウルド国に行っているため、その分の仕事が回ってきているのだ。

昼食を取る暇もなく書類に没頭している文官たちを無理やり食事に向かわせた。忙しいのは分かっているが、休憩を取らなければ効率が上がらないからだ。


「――さて」

部屋に一人になり、軽食をつまんで休憩していると、扉がノックされた。

微妙な音の違いで、妻のレイチェルが来たことが分かった。

「どうした？　レイチェル」

扉を開けて招き入れると、女官長の装いをしたレイチェルが青褪めている。

「アーネスト！　アーシェラが……！」

「アーシェラがどうした?」

昼近くにもレイチェルが執務室に訪れて、王妃様のところにアーシェラとローズが来るのだと教えてくれていた。

時間を見て会いに行こうと思っていたのだが——なぜレイチェルは震えているのか。

「さっき、アーシェラが王妃様に同調して……意識《こころ》を飛ばしてしまったの」

「なんだと!?」

意識を飛ばした!?

「時間は十分くらいだったのだけど、『菊の花』と呟いた後、気を失ってしまったの。何度呼んでもゆすっても起きなくて——」

「すぐに行く!!」

——それは魔力切れだ!!

まだ四歳だというのに、あんなに魔力を使うようなことをしてしまえば幼い身体はすぐに限界がくる。

執務室を飛び出し、レイチェルと共に王妃様の部屋の方向へと早足で歩を進める。

途中、視線の先に早々に休憩を終えて戻ってきた文官がいた。

「そこの文官!　私は所用で今日は不在になる。皆には明日決裁すると伝えておけ」

夕方に会うはずの筆頭税務官には申し訳ないが、それどころではないのだ。

――魔力切れは、時には命にかかわるのだから。

◇◇◇

「――魔力切れだな。魔力を分けてやれば目を覚ますが、しばらくはだるくて起き上がれないだろう。――まずはベッドに寝かせてやろう」

そう告げると、ローズが涙を浮かべたままアーシェラを私に託した。

私が王妃様の部屋に入った時、ローズはアーシェラを抱きしめ、泣きながら娘の名を呼んでいた。

レイチェルの部屋のベッドにアーシェラを寝かせ、額に手を当て、少しずつ私の魔力を注いでいく。

魔力は同じ系統の者でなければ注ぐことはできない。

上級魔法を扱う者の魔力は強い。

強い魔力を弱い魔力の者に注げば、拒否反応を起こし、のたうち回って苦しむことになる。

だから、基本的に魔力は自分で回復しなければならないのだ。

だが、近親者、それも直系血族であれば別だ。そもそも魔力は血によって遺伝するのだから。

アーシェラは真にクリステーア公爵家の血を引いている。

だからこそ、王妃様に同調して意識を飛ばすことができたのだから。

――あれは王族と四公爵家の直系しかできないことなのだ。

アーシェラの額から、ゆっくりと時間をかけて魔力を注いでいく。

魔力が底をついていたのだろう。思ったより吸収が速い。

三十分もすると、アーシェラが目を覚ました。

薄い緑色の瞳がゆっくりと私の顔を捉え、ふわり、と笑んだ。

――ああ。なんて可愛いんだ。

「無茶をする……。魔力が底をついて倒れたのだぞ」

「ごめんなしゃい」

まだまだ舌足らずの言葉が愛おしい。


その日、アーシェラはクリステーア公爵家の部屋に泊まることになった。

入室する際にさりげなく扉にアーシェラの魔力を登録した。

今後何かあった時に、この部屋がアーシェラを守ってくれるからだ。

扉にはクリステーア公爵家の魔力を持った者しか鍵を開けることができないようにしている。

これからは、私とアーシュ、そしてアーシェラがこの扉の主であり、私たちが招いた者しか入室できない。

だからこの部屋は王宮の者ではなく、クリステーア公爵家の側近たちが日々管理している。

王宮内にあってもここはクリステーア公爵家なのだ。

「お帰りなさいませ。旦那様、奥様。――ローズ様、お久しぶりでございます」

部屋に入ると私の側近のルイドが頭を下げる。

撫でつけた金髪に青緑の瞳。その瞳が私の腕に抱かれているアーシェラを見た。

「ルイド。お前は初めて会うのだったな。この子はアーシェラだ。意識《こころ》を初めて飛ばして魔力切れを起こした。魔力を回復させるために今夜は私が側につく」

これだけ言えば、私付きの側近は理解する。

意識を飛ばせるのは、王族と公爵家の直系だけだ。

そして、私が魔力を注いだ際、それを受け止めることができるのは、私の血をひいた者だけだからだ。

私の言葉を聞いたルイドが目を見開いた。

我が公爵家にいる人間で、アーシェラを見たのはルイドが初めてなのだ。

ルイドはアーシェラの瞳を見ると、柔らかく目を細め、深く礼をした。

「アーシェラ様。――お初にお目にかかります。旦那様付きの側近で、ルイドと申します。こちらの部屋は私しか世話係がおりませんが、精一杯お世話させていただきます」

「はじめまちて。あーしぇらでしゅ。よろちくおねがいしましゅ」

私の腕の中でアーシェラがちゃんと挨拶をする。

ローズはきちんと礼儀《マナー》を教えているらしい。こんな状態でもきちんと挨拶することを忘れないとは――なんと賢くて可愛いのか。

心の中でアーシェラの可愛さに悶絶していると、ルイドが声をかけてくる。

「魔力切れということでしたね。では湯あみは身体に負担がかかるので、温かいお湯をお持ちしましょう」

「そうね。アーシェ、あったかいお湯で身体を拭いてあげるわね」

「あい」

「ローズ、私も手伝うわ」

「お願いします。お義母さま」

「では私も」

手伝おう、と続けると、

「「「それは駄目です」」」

一斉に否定された。

残念だ。アーシェラが赤ん坊の時は私が沐浴もさせていたのに。ルイドまで反対するとは。

◇◇◇

真夜中、アーシェラの寝顔を見ながら、そっと額に手を当てる。

私の寝室ではレイチェルも一緒にアーシェラを見守っている。

「だいぶ魔力が戻ったな……」

「ええ。顔色も良くなったわ」

白い肌に少し赤みがさしている。魔力と体力がある程度戻ったようだ。

王妃様の部屋で倒れていた時は、血の気が失せていたのだ。

「ローズの様子はどうだ？」

ローズは別の部屋で休ませている。義父とはいえ、一緒の寝室にいるわけにはいかないのだ。

「大丈夫ですわ。実は安眠茶を飲ませましたの。先ほど覗いたらぐっすりと休んでおりましたわ。ローズまで倒れたら大変ですもの」

「そうか」

「──驚きましたわ。まさか四歳になったばかりなのに意識を飛ばすなんて」

レイチェルがアーシェラの頬に手を当て、ため息をつく。

「今回はお導きだったのだろう。そうそうあるとは思えないが、アーシェラには興味本位でしない方がいいと言っておこう。まあ、魔力切れの大変さを体験したのだから、自らやりはしないだろうが」

「そうですわね」

そう言いつつ、レイチェルが今度はアーシェラの金色の髪を撫でる。

「なんて可愛いのかしら……。アーシェラはローズの美しさをそのまま受け継いだのね。将来が楽しみだわ」

確かに。アーシェラはローズにそっくりだ。

髪の色と瞳、魔力は、我がクリステーア公爵家の特色を受け継いでいるが、顔立ちはローズのものだ。

このまま成長すればそれが誰にでも分かることだろう。

「ねえ、アーネスト。この前陛下から言われた話、どうするか決めたの？」

突然レイチェルが嫌なことを思い出させた。

「――私に決定権はないだろう？」

貴族であれば喜ぶ話なのだが、アーシェラを取られるようで釈然としない。

そして、国王陛下といえども、この件に関して最終的な決定権はない。

「戦争が終わるまで――そして、アーシュが戻ってからということで返事は先延ばしにしましょう」

内々に進めたいとのことで、数日前に陛下から話があったのだ。

「――まだ、アーシェラは四歳だ。それに、クリステーア公爵家の後継者だと公にもしていないし――戻ってきたら、しばらくは手元に置きたいのだ」

「そうですわね……。それに決定権はアーシェラにありますわ。『嫌なこと』を強いられれば女神様のお怒りを買うでしょうし。それは陛下も望んではおりませんでしょう」

ふふふ、とレイチェルが微笑みながら続ける。

「――ひと月前、出兵式でローディン殿を見送った時のことですけど、アーシェラが泣き疲れて私の部屋で眠っていた時に、陛下がこっそりと隠し部屋の扉からいらっしゃいましたわ」

──出兵式の時、アーシェラがぼろぼろと涙を流していたのは知っている。

アーシェラと同じ年代の令嬢や子息たちは、戦争に行くという意味を分かっていない子が多い。

父親や兄、親戚が、軍服を着ているのを見て『かっこいい！』とはしゃぐだけだった。

今回の派兵が、ウルド国との決戦になることを知っている大人たちは、もしかしたらこれが今生の別れになるかもしれないということを分かっているため、表情が硬い。

そんな中、アーシェラはローディン殿の軍装を見て、その瞳を悲しみで翳らせた。

──アーシェラはローディン殿が『戦争に行く』というその意味を、正しく理解していた。

軍が門から出ていくその後ろ姿を、手をぎゅっと握りしめて、声を殺して、滂沱《ぼうだ》の涙と共に見送っていた。

そんなアーシェラを曽祖父であるバーティア先生が抱き上げると、アーシェラはバーティア先生にしがみついて声を上げて泣いた。

『おじしゃま、おじしゃま、おじしゃまあぁぁっっ……』

──アーシェラの悲痛な泣き声が、胸を抉った。

泣いて泣いて──そして、泣き疲れて眠ってしまったのだ。

どんなにローディン殿がアーシェラにとって大事な存在なのかを思い知らされた。

──その後、私はバーティア先生と話す機会を設け、アーシェラはレイチェルの部屋で寝かせていた。そこへ陛下がやってきたらしい。

「ローズには王妃様の相手をしてもらっていたから、私が一人でアーシェラについていたのですけど。――陛下ったら、昔と同じようにアーシェラの頬をつついていましたのよ」

「陛下……」

赤ん坊のアーシェラを隠し部屋で育てていた頃、陛下は合間を縫ってアーシェラを見に来ていた。

『この頬がぷにぷにしていて、気持ちいいな』

と言って、頬をつつくのだ。

それでアーシェラが目を覚ますと、

『おお、まぎれもないクリステーア公爵家の瞳だな。新緑の薄緑。女の子も可愛いな――どうだ？女公爵と王妃を掛け持ちしてみるか？』

と、呟いていた。

確かに血筋的には問題はない。

王家には、代々公爵家の姫が輿入れしている。

建国以来変わらず、その風習は脈々と受け継がれていて、数代前もクリステーア公爵家の姫が王妃になっている。

アーシェラより一歳年上の王子様であれば、年齢的にも身分的にも釣り合いは取れている。

今のところ他の公爵家には男子が多く、他に娘がいるのはクリスフィア公爵だが、王子様よりも十歳も年上なので釣り合わないだろう。

「クリスティア公爵のところで、姫がこれから生まれるかもしれんだろう……」

王子の妃はアーシェラでほとんど決定だろうが、王家に嫁ぐ娘は早くに王宮に入る。

今の王妃様も結婚する何年も前から、年の半分近くを王宮で過ごしてきたのだ。

私としてはこれまで一緒に過ごすことができなかったのに、戻ってきてもすぐに王宮に取られるのは抵抗がある。

「今悩んでも仕方ありませんわね。決めるのはアーシェラですもの」

王妃様が自ら乳母となり、陛下が子育てに（わずかながら）参加したがゆえに、両陛下ともにアーシェラに特別な感情を持っており、息子の嫁としてアーシェラを望んでいることを知っている。

常ならば王家が決定し、公爵家はそれを受け入れるだけなのだが、アーシェラに関しては後ろに女神様がいる。

王妃様のように、生まれた時から婚約し、のちに女神様の加護があることが分かったお方とは違う。

「アーシュが戻ってきて、もう一人生まれたら変わってくるのだろうが」

「不確実ですわね。とても強い魔力を持つ子が生まれると、その後は子が生まれないという前例があります。アーシェラはすでに強い魔力の片鱗がありますわ」

「そうだな……」

公爵家は大抵の場合、子供は一人か二人だ。三人以上生まれたことはない。その傾向は魔力を強く持つ家では顕著なのだ。

――そこに、私よりも不満たっぷりな声が響いた。

『――父上、アーシェラは嫁には出しません』

そこには、もう一つのクリステーア公爵家の瞳を持つ者が不機嫌そうに立っていた。

16　どうやら親ばかのようです（クリステーア公爵視点）

『――父上、アーシェラは嫁には出しません』

私と同じ淡い緑色の瞳が不愉快そうに細められた。

「――来たか、アーシュ。ずいぶんとタイミングがいいな」

さっと、レイチェルの手を握る。こうすればレイチェルにも見ることができるのだ。

そのとたん、レイチェルにも目の前に立っている人物が見えたらしく喜色を浮かべた。

「まあ！　アーシュ！　ずいぶんと今日は顔色がいいわね！」

レイチェルがアーシュの幻影に手を伸ばした。

意識《こころ》を飛ばしてきているので実体ではないが、こうして無事を確認できるようになったことについては、本当にアーシェラに感謝するしかない。

アーシェラが秋に王宮に来て、王妃様に促されてアーシュの無事を女神様に祈った時。

遠いアンベール国で魔術の届かぬ場所で、アーシュを捕えていた『檻』とも言える闇の魔術師の結界が、空から降りそそいだ光によって、外から破壊されたのだ。

闇の魔術師とは『禁術』——人の命を糧《かて》に禁じられた魔術を使う魔術師のことだ。

いつの時代でも、禁術に心を惹かれる者はいる。

魔術や魔法は、基本的に自分の中の魔力を練り上げて形にするものだ。

魔力が少なくても魔術陣を敷くことができれば同様の力を使える。

そこに魔法道具、力の強い結晶石などの『己の魔力を引き上げるモノ』を用いれば、己の負担も少なくて済む。

——その最たるものが、『生き物の命』なのだ。

命の持つ力は、結晶石や魔法道具を遥かにしのぐ。

そしてその強い力は、欲に弱い人間の心を誘惑し——それに手を染めた者は、やがて残虐な行為をも厭わない人間《モノ》に変わり果てる。

ゆえに、生き物の命を魔術の代償にする魔法や魔術は、『禁術』とされてきた。

そして『禁術』を使う者を、己の心の誘惑《闇》に負けて禁術に手を出した魔術師——『闇の魔術師』と呼ぶのだ。

どの国にも『闇の魔術師』は少なからず存在する。

だからこそ、『禁術』が行われたと確認されるたびに、その国は闇の魔術師を探し出してその存在を『消去』してきた。

だというのに、アンベール国王は自ら闇の魔術師を国に引き込んで居場所を与えた。

——五年前の開戦直後、不自然な犠牲者が出た。

不自然だと気づいたのは、戦闘で死亡する際は致命的な傷が身体に残るはずだが、ある一帯では剣戟《けんげき》の音が突然止《や》んだと思ったら、敵味方の兵が突然全員倒れてこと切れたという報告があったからだ。

そして調べてみると、全く身体に傷がない状態の遺体がたくさんあった。

魔術戦の魔術が逸れて、運悪く味方まで犠牲になったのかとも思われたが、魔術による傷の痕も見当たらない。そして、同様の状態の遺体がアンベールの戦場のあちこちで見られた。

その不自然な現象は、アンベール国側での戦闘に集中していた。

ジェンド国、ウルド国では一切同様のことが見られなかったことから、私はアンベール側の現場に足を運んだ。

私を含む公爵家の血筋には、四大属性の魔力の他に、光の魔力が宿っている。

だからこそ、現場に残された闇の魔術師の力の残滓が分かった。

——アンベール国は、禁術を使う闇の魔術師を囲っている。

その事実に気づき、すぐさまアンベール国にいる闇の魔術師への対策を講じた。

アースクリス国の魔術師たちには、闇の魔力を感知し対抗できる、光魔法が付与された結晶石を与え、軍の部隊長たちの剣にも同様の結晶石を埋め込んだ。

その対応は完全とはいかずとも、だいぶ闇の魔術師の命の狩りを防ぐことができたはずだ。

そして、二年ほど前、暗殺者としても闇の魔術師はやってきたのだ。

アンベール国にほど近い国境の砦にアースクリス国王が訪れた際に、奴はのうのうと砦に入り込んだ。

その時は、私が奴の気配を感じ取り、自ら対峙した。

闇の魔術師は、強い魔力を持つ高位魔術師でもある。生半可な魔術師では歯が立たないのだ。

だからこそ、我が国の魔術師たちを私の後ろに下がらせ、後衛とさせた。

『禁術』は使う者の魂をも闇に染める。

――闇を切り裂くのは、『光』。

風魔法と共に光の魔力を放つと、闇の魔術師は私が光の魔法を使うことに驚愕していた。

当然だろう。光魔法を使える者はごく稀と言われ、その名すらほとんど知られていないのだから。

私の後ろにいる魔術師も、私が光魔法を使役したとは分からないだろう。

――風魔法でフードに隠れていた顔が露になった。

この国の者ではない。この大陸の者でもない――浅黒い肌の中年の男だった。

この大陸よりずっとずっと南の大陸の特色である肌の色と顔立ち。

男はとっさに身をよじり、右半身を光魔法に灼かれ逃げていったが――あの時、その闇の魔術師がアーシュを閉じ込めていた結界の作り手だと知っていれば、そしてとどめを刺せていれば、もっと早くにアーシュを助け出せていたかもしれないと後から知って悔やんだ。

だが――それすらも『必然』であったかと、今なら思えるが。

◇◇◇

『だいぶ魔力も体調も元に戻りました。魔力持ちが魔力を封じられると体調不良になると身をもって知りました』

アーシュはレイチェルの問いに答え、にっこりと笑った。

あれから四か月近くが過ぎ、体調不良と栄養不足で痩せていた身体が、だいぶ前のように戻っているようだ。

アーシュが現在身を寄せているのは私が指定した所である。

アンベール国の中でも数少ない女神様の信仰をしている場所で、アンベール国王へ反旗を翻そうとしている貴族が管理している。その人物のもとにアーシュと、その仲間たちを預けることにしたのだ。

アーシュがベッドで眠っているアーシェラを見て首を傾げた。

『アーシェラのもとに意識を飛ばしてきたのですが、なぜここにいるのですか？』

私たち公爵家の直系は、繋がりがある者のところに意識を飛ばすことができる。

おそらく、アーシュはアーシェラがバーティアの商会の家にいると思っていたのだろう。

四か月前までアーシェラが生まれていたことを知らなかったアーシュだが、今はすでに父親の表情をしていた。

――四か月ほど前のあの日、アーシュとの繋がりを取り戻したと感じた瞬間、私はすぐにアーシュのもとに意識を飛ばした。

辿り着いた場所は、アンベール国の外れの森。見上げると崖が見えた。

――そこは、罪人の処刑場だった。

アンベール国王は、五年前のあの日、アーシュを幽閉するのではなく、最初から殺そうとしたのだ。

処刑場は切り立った崖。そして周りを深い森に囲まれている。

王宮の魔術師によって処刑場に転移させられると、崖の頂上に着く。むろん崖から下りる梯子などある訳がない。

崖の下の森には強力な魔術陣が敷かれ、その魔術陣は処刑場の命を吸うことでさらに強度を増すという、ずいぶんと質《たち》の悪いものだった。闇の魔術師が作ったと見て間違いない。

処刑方法は単純かつ確実なもの。

急峻な崖から下に突き落とすのだ。

崖の下に敷かれた魔術陣は、処刑場に連れてこられた人間を確実に屠《ほふ》れるよう、魔力を無効化するためのものだ。

よって魔力持ちが落とされても、魔術陣が魔力を相殺して、落下し――死亡する。

これまで皆そうして処刑されたのだ。

アンベール王宮で捕らえられ、魔力封じの魔導具を付けられたまま崖の頂上へと連れてこられたアーシュ。

崖から落とされた際、持ち前の運動能力と機転――そして、アーシュより先に処刑場で殺されかけて助かった人物に崖の中腹で助けられたため、なんとか無事だった。

だが、張り巡らされた魔術陣が厄介で、一切の魔力が使えなくなった。

そして、処刑場がある森を抜けた辺りには結界が張り巡らされており、その結界に触れると確実に命を取られる。

崖から落ちて万が一助かったとしても、闇の魔術師が作った結界で、確実に命を刈り取るというシステムだ。実に胸糞悪い。

アンベール国王は十数年前にこの森に処刑場を作ると、己の邪魔になる者たちを殺害し、闇の魔術師の禁術の糧としてきた。アースクリス国との戦闘にも、そして自国の内乱の際にも闇の魔術師を使ってきたのだ。

命を使った禁術によって張り巡らされた結界は強力で、森を抜け出そうとすることは死を意味する。

その中でアーシュたちは諦めずに命を繋いできたのだ。

――そして、アーシュが森の中に囚われてから、四年と七か月ほど経った、あの日。

アーシェラが女神様に祈りを捧げた時――光がアーシュの囚われている森に降り注いだのだった。

◇◇◇

あの日、王宮内での試食会が終了した後、仕事を早めに切り上げた私は、三年ぶりにアーシェラに会いに行くため王宮内のクリステーア公爵家の部屋で着替えをしていた。

その時――急に、途切れていたアーシュとの繋がりが戻ったのを感じた。

四年と半年以上途切れたままだった繋がり。

なぜ突然戻ったか分からなかったが。

――そんなことを考えている場合ではない。

すぐに目を瞑り、気持ちを集中させて、意識《こころ》を飛ばした。

――切れていた繋がりを再び手繰《たぐ》り寄せるためにアーシュの名を呼んだ。

『アーシュ!!』

『――父上!?』

めまいのような浮遊感が落ち着いた瞬間、私を呼ぶ声がした。

私を『父上』と呼ぶのは、私のたった一人の息子だけだ。

閉じていた瞳を開くと、目の前にずっと探し続けていた息子のアーシュが私を驚愕の目で見ていた。

痩せくたびれてはいたが、生きて歩いて話すアーシュに会うことができた。

これまで切れたままだった繋がりが戻ったあの時の安堵と感動、喜びは、一生忘れることはないだろう。

女神様に心の底から感謝をした。

そして、次に私の視界が捉えたのは、鈍色の曇り空を切り裂いて、金色とプラチナの光が降り注ぐ森だった。

流れ星のように光が降り注ぎ、黒い魔術陣が浮かび上がる。

その紋様から、森全体に敷かれたのは魔力封じの結界であり、森の周辺に張り巡らされたのは死の結界であることが分かった。

こんなところにアーシュは封じ込められていたのか。

そして今、その魔術陣は降り注いでいる光によって効力を失い、ボロボロになり消え始めている。

降り注いでいる光は、金色とプラチナ。

――かつて見た、女神様の水晶の光と同じものではないか？

何があったのかアーシュに問うと、『幼い女の子の声が聞こえた』という。

女神様の光と、幼い女の子――アーシェラだ。

その時女の子の言った言葉をアーシュが復唱する。間違いない、私の可愛い孫娘《アーシェラ》だ。

――そして。

その後、アーシュを閉じ込めていた結界を作り出した闇の魔術師が――二年前の暗殺者として私と対峙した魔術師が、私の目の前で光の矢に貫かれ、斃《たお》れたのだった。

◇◇◇

「今はクルド男爵のもとにいるのだったな。だいぶ顔色も良くなったな」

『ええ。あの森の結界を抜けてからはすごく体調がいいんです』

アンベールの処刑場の森にはアーシュの他に三人いた。

アースクリス国侵略戦争を決定したアンベール国王に反抗した貴族や軍関係者の者が、アーシュ以外に実に数百人も処刑場送りとされ――助かったのは、その四名のみであるらしい。

つまり、アンベール国王に考えを改めてもらおうとした心ある貴族たちが大勢処刑されたということだ。

そして生き残った者たちの中に軍関係者がいたため、アーシュたちは森の中でサバイバル生活をして生きてきたそうだ。

「まさか、戦争が始まる何年も前から、闇の魔術師がアンベール国に巣食っていたとはな」

命を代償にする『禁術』は強力だ。

歪んだ意識を持つ魔術師が、その魔術に魅せられて禁術に手を出す。

一度人の命を代償にした魔術の強さに魅せられると、狂気に取り憑かれたように次々と禁術を行う。そして命を奪うことに罪悪感を感じなくなる。

『状況に絶望した者が自殺しようと結界に触れるのを喜んで見ているような最低の奴です。――裁かれて良かったです』

闇の魔術師は、あの時、禁忌に触れた。

ゆえに光の矢に貫かれたのだ。

「あの森に関してはアーシェラの祈りに応えた、ということだろうな。女神様は加護を与えた者を通して世界に干渉する――それに、あの魔術師は禁忌に触れたからな。直接裁かれたのだろう」

あの後、アーシェラに会った時。

女神様に何と願ったのか改めて聞いてみたところ、無事を祈り、病気やケガをしているなら治りますように、と祈ったのだと、幼くたどたどしい言葉で教えてくれた。

――そして。


『――無事でいても未だ囚われているなら。どうかその鎖を断ち切ってほしいです』


――アーシェラの、この祈りこそが、女神様に聞き届けられた。

『鎖』とは魔術陣であり、結界であり、そしてそれを作り出した魔術師を指す。

それを『断ち切った』のだ。

『父上、母上。――先ほどの話ですが、アーシェラは嫁には出しませんよ！』

そう言うアーシュの顔は真剣だった。

まだ直接会ったことはないというのに、すでにアーシェラにメロメロなのだ。

あの日、アーシェラが生まれたことを知らせると、アーシュは喜びに涙を流した。

しかし、リヒャルトのせいで複雑な事情になってしまっていることを知ると、アーシェラとローズに申し訳ないと項垂れた。自分が側にいれば危険な目にあわせなかったのに、と。

そして、時折繋がりを持つアーシェラのもとに意識を飛ばして、アーシェラやローズの様子を見ているらしい。

アーシェラに自分の姿を見られないように細心の注意を払って。

どこにリヒャルトの間者がいるか分からないのだ。アーシェラがアーシュの実子であることが知られれば、リヒャルトはどんな手を使ってでも全力で亡き者にすべく動くだろう。

リヒャルトは蛇のように執拗なのだ。

――それは私もアーシュも身に染みて分かっていることだ。

だから、アーシュがアースクリス国に戻りリヒャルトを排除するまでは、アーシェラの出自を明かさずにいくと決めたのだ。

アーシュもまた、アーシェラに気づかれないようにと、こっそりとローズとアーシェラの様子を見ている。

数か月前、回復したアーシュは初めてアーシェラを見てきた後に私のところに飛んできて、滂沱の涙を流していた。嬉しそうに顔をくしゃくしゃにして。

アーシェラを見て、父親になった実感が湧いたのだろう。その後一本筋が通ったように、アーシュの顔つきが変わった。

今はアンベール国の有志と共にアンベール王室を内側から瓦解させるべく、そして無事にアースクリス国に戻るべく精力的に動いている。

「まあ、立派に父親になったわねえ」

レイチェルがアーシュの言葉に微笑む。

『まだ一度も抱きしめてもいないのに！　こんなに可愛い娘が生まれていたこともずっと知らずにいたんですよ！　その分戻ったらずっと側から離しません!!』

初めてローズに出会った少年の頃から、アーシュはローズ一筋だった。

◇◇◇

幼い頃からリヒャルトに命を狙われ、危険と隣り合わせの毎日だったアーシュ。

ショックな事件があったせいで人を信じ切れなくなっていたアーシュを、私の恩師であるディーク・バーティア先生に預けた。

アーシュはその一年間ほどで、驚くほど明るく、そして強くなって私たちのもとに戻って来た。

もともと仲の良かったデイン辺境伯家のホークやリンク、弟のようなローディンと過ごし、とてもいい体験をしたのだと嬉しそうに語っていた。

——そして何よりもアーシュを救ったのは、ローズだった。

アーシュがローズの可愛らしさに一目ぼれしたのはもちろんのこと、公爵家嫡子の妻の座目当てにすり寄ってくる他の令嬢とは違う無垢な優しさをローズから感じたのだという。

バーティア先生にアーシュを預けたきっかけは、アーシュについていた執事兼護衛がアーシュをかばって重傷を負った事件があったからだ。

リヒャルトがアーシュ専属の護衛を買収してアーシュを襲わせたのだ。

それを必死に護った執事が重傷を負い、アーシュもその際にケガを負った。

アーシュを襲った護衛は、その執事によって粛清されたが、それまで心を許し、信頼していた護衛に裏切られたアーシュは人《にん》間《げん》を信じることができなくなったのだ。

ふさぎ込み、人を拒絶するようになったアーシュ。

そんな時、デイン辺境伯からバーティア先生に子供たちを預けたという話を聞いて、同年代の子供と触れ合わせれば心が癒されるかもしれない、と思い、バーティア先生にアーシュをお願いしたのだ。

バーティア先生ならば私もレイチェルも信頼しているし、安全面でも信用できる。

さらに言えば、バーティア先生ならアーシュの中の魔力を早く引き出してくれるだろう。

うまく魔力を扱うことができれば、自分の身を守ることができる。

そう思って預けたが、大正解だったようだ。

バーティア先生は、アーシュに刺客を寄せ付けず、逆にリヒャルトが主犯だと突き止めて私たちに教えてくれた。それまではリヒャルトを疑ってはいたが確信を持てずにいたのだ。

アーシュの魔力についても確実に成長させてくれた。

他の教師ではあんな短期間で魔力操作を教え込むことはできなかっただろう。

アーシュがバーティア家で他の子供たちと一緒に学んだり遊んだりして、会いに行く度にどんどん明るくなっていったのは、親としてとても嬉しかった。

もともと仲が良かったデイン辺境伯家のホークやリンクとも、さらに仲良くなった。

デイン辺境伯家は明朗で裏表のない気質の者が多い。

それがアーシュの心の傷を癒したのだろう。

アーシュは、バーティア先生とそっくりな、真っ直ぐな気質のローディンにも心を開いていた。

だがそれよりも、ローズに出会えたことはアーシュに大きな変化を与えた。

我がクリステーア公爵家はいろんなものが『視える』。

アーシュはかつてそれに怯えていたが、信じられる大切な者を得た後は、視えるものを自分なりに受け止めることができるようになり、精神的にも強くなった。


一年ほど経ち、アーシュはバーティア家から公爵家に戻って来た。

その頃には、クリステーア公爵家の強い魔力を扱うことができるようになっており、リヒャルトの放つ暗殺者を返り討ちにできるまでに成長していた。

リヒャルトがアーシュに暗殺者を向けることをやめたのはこの頃だ。相次ぐ失敗により、いったん様子見に転じたのだろう。

だが、リヒャルトが規模の大きい横領をし始めたのはこの頃からだと思われる。

その後、無事に成長したアーシュが魔法学院を卒業し、成人した後は外交官として外国へ行くことが多くなった。クリステーア公爵家が外交を受け持つ家であったためだ。

一度別の大陸に行くと数か月戻ることはできないが、それでもアーシュはローズの誕生日には必ず戻るようにしていた。

ローズに初めて出会ってからずっと欠かしたことのない、バーティア家で行われるローズの誕生会に必ず出席するためだ。

ローズの社交会デビューの時も、同様だった。

ローズのパートナーを自ら志願し、そのために外交官の仕事を調整し帰国していた。きっちりと仕事をこなした上でのことだから黙認したが。

社交場でのローズのダンスの相手をアーシュとホーク、リンクに限定し、美しく成長したローズと踊りたがっていた他の貴族令息たちを牽制していたのを見て、『どれだけ独占欲が強いのだ』と呆れたものだ。

そんなアーシュだから、ローズの父親《ダリウス》という障害を乗り越えて、ローズとやっと結婚できた時は本当に嬉しそうだった。

結婚する前から将来生まれるはずの子供の名前を考えていたくらいだ。

待ち望んでいたその子《アーシェラ》がローズにそっくりなのだから、娘が可愛くて仕方ないのは、まあ当然のことだ。

抱きしめたくても抱きしめることができない現状は、親としてはとてもつらいだろう。

アーシェラを嫁に出したくない、側から離したくないと主張するアーシュに、私も首肯する。

「――そうだな。そのためにはアンベール国を落とさねばならん」

『分かっています。そのために動いていますから。――その前にそろそろ教えてください。なぜアーシェラがバーティアの商会の家ではなく、王宮のクリステーア公爵家の部屋にいるのですか？』

「こっちで事件があってな。女神様の導きで意識を飛ばして、魔力切れを起こしたのだ」

私の言葉を聞いてアーシュが目を見開いた。

『――まだ四歳なのに』

意識を飛ばすのは成人近くまで成長しなくてはできない。アーシュでさえも十七歳の頃だった。

それでも最初は魔力切れを起こすのだ。そのつらさもアーシュは知っている。

「魔力も体調もだいぶ回復した。ほら、もう時間がないだろう。ちゃんと顔を見ていけ」

私とレイチェルが身体をずらして、アーシュにアーシェラを見せる。

眠りは深く、気持ちよさそうに可愛い寝息を立てて眠っている。

『――ああ。可愛いな。ローズにそっくりだ……』

アーシュが愛おしそうに、アーシェラの頬に手を伸ばす。だが、もちろん触れることはできない。

『――悔しいな。陛下はアーシェラの頬をつついていたって聞いたのに。私にはできないなんて』

アーシュが悲しそうに眼を細める。

「戻ったら何度でもできるぞ。もうしばらくの辛抱だ」

「そうよ。それまでは何度だって会いに来ればいいのよ」

「今だって、ちょくちょくローズとアーシェラの様子を見に行っているだろうが」

その言葉にアーシュは当然だと頷き、『本当は毎日見たいのだ』と呟いている。魔力切れしないように調整はしているらしい。

今からこんな親ばかなら、戻ってきたら本当にアーシェラを側から離さないのではないか。

「いざという時に魔力切れにならないように気をつけろ」

『はい。――今日、アーシェラだけでなく、父上と母上にも会えて良かったです』

「隣の部屋にローズがいるわよ」

『ありがとうございます。一目見ていきます』

にっこりと笑い、別れの挨拶をした後、思い出したようにしっかりと念を押した。

『父上、母上も。言っておきますが、私が戻るまで、いや戻ってもまだまだ駄目ですが。とにかく！　アーシェラの嫁入りの話を勝手に進めないでくださいね！』


――やれやれ。

アーシェラの嫁入りも婿取りもアーシュが障害になりそうだ。

書き下ろし　呼び名は大事です（リンク視点）

いつも窓越しに外を見せているのだが、咲いている花に興味を示したアーシェのために庭に出て来た。

よく晴れた日の昼下がり。商会の庭でひなたぼっこだ。

ローズがアーシェの呼ぶ声に応える。

「母様はここよ、アーシェ」

「かあた」

この頃アーシェはローズのことを「かあた」とか「かーた」と呼び、ローディンを「おーお」と呼ぶ。『母様』『叔父様』と呼べるようになるまでにはまだまだ時間がかかりそうだ。

――問題は、俺の呼び方である。

アーシェはローズが母親であることをきちんと認識して、母様と呼んでいる（まだちゃんと呼べてはいないが）。

そして、ローディンのことも自然と叔父であることを分かっているらしい。ローディン自身が「アーシェ、ローディン叔父さんだよ～」とアーシェに話しかけているから当然だ。

だが、俺は『おじさん』と呼ばれることに抵抗があった。

アーシェと暮らすようになった当初、俺は十八歳。どう考えてもおじさんじゃない。お兄さんならまだしも。

俺より二歳年下のローディンがアーシェを溺愛して、日を追うごとに叔父ばかになっていく。アーシェが片言で話すようになると、ローディンは『おじさま』と呼ばせることに日々一生懸命になっている。

俺が抵抗感を覚えていた『おじさん』もローディンには全く抵抗がなかったらしい。

――確かに、アーシェは可愛いが。

さて、アーシェは俺をなんて呼ぶのだろうか。


アーシェは日中、商会の片隅で俺たちが仕事をしている姿をじーっと見ている。

たくさんの人の言葉が行き交う中にいるせいか、この頃アーシェは言葉を発しようとしている。

まだまだ理解できる言葉にはなっていないが、一生懸命何かを言っている。

すると商会の従業員たちもアーシェに名を呼んでもらいたいらしく、頻繁に声をかけていた。

「アーシェラちゃん、マールおねえさんですよ～」

「まぁう？」

「きゃああ、可愛いです」

「僕はスタン、スタンですよう～」

スタンの名は呼びにくいようだ。苦労して発した言葉が『った』だ。面白すぎる。

「リンク様だって発音しにくいのか、アーシェラちゃん苦労してるじゃないですか～」

確かに。アーシェが俺に手を伸ばして発する言葉が、『り』に聞こえない。どちらかというと『いー』だ。まあ仕方ない。そのうちちゃんと呼べるようになるだろう。


それからしばらくしたある日、アーシェの言葉に俺は一瞬固まった。

先日からアーシェが言葉をたくさん発するようになった。

「かーたま！」

「おーたま！」

「りーしゃ！」

——え？

ローズが『母様』で、ローディンが『叔父様』なのは分かった。

だが、リンク《俺》がりーしゃって、どういうことだ……？

固まっていたら、スタンが今にも噴き出しそうになりながら言う。

「あー。子供は周りの話し言葉を耳で聞いて覚えますからね。商会では誰もが『リンク様』って呼んでますから、それで覚えちゃったんですね～」

「りーしゃって、リンク様……」

——ものすごく複雑だ。いや、アーシェはまだまだ赤子に近い幼児。皆の話し言葉で覚えて、何の疑いもなく俺を『リンク様』と呼んでいるのだろうが。

――『様』って……

――それって、まるで『他人』じゃないか！

『リンク様』と呼ばれたショックで、これまで『おじ様と呼ばれたくない』と年齢にこだわっていた気持ちが一瞬で吹き飛んだ。

ローディンが『叔父様』なんだから、俺だって『おじ様』でいい。

――俺だってアーシェの家族なのだから。

◇◇◇

「ほうら、アーシェ。アイスクリーム買って来たぞ～」

「あいちゅ！」

アーシェはまだ一人でスプーンを使って上手に食べることができない。だから。

「さ、アーシェ。リンクおじ様が食べさせてあげような？」

「あい！　りー……おーた！」

「よしよし。だんだん言えるようになってきたな」

俺は、アーシェに「リンク様」と呼ばれたことがあまりに衝撃的すぎて、俺の呼び方を『リンクおじ様』に変えることにした。

ローディンがいつもしていたように、ごはんを食べさせる時や世話をする時に「リンクおじ様だ」と言って認識させることにしたのだ。

「リンク……自分でおじ様って」

「おじ様呼びは嫌だって言ってたわよね」

ローディンとローズが最近の俺の変わりように笑った。確かに二人にはさんざん『おじさん』は嫌だと言ってきたからな。

「アーシェに『リンク様』って呼ばれて、それが嫌だって気が付いた。その呼び方って、他人だろ。——アーシェはそんなこと分からなくて言っているだろうけど……俺が嫌なんだ。アーシェは家族だから——『おじ様』でいいんだ」

「ふふ、そうね」

「確かに、アーシェが『リンク様』って呼んだ時は僕も驚いたよ。それって商会の皆が話す言葉で覚えたってことだし。——子供って本当に人の話を聞いて言葉を覚えるんだなって認識したよ」

「アーシェは私たちのお話から言葉を覚えていくのね」

そう、アーシェは俺たちの言葉を真似て学んでいく。これからのアーシェの成長に俺たちの言葉が影響していくということだ。

そのことに気が付くと、ふと商会の従業員の言葉づかいや立ち居振る舞いが、このままではアーシェの教育上、良くないことに気が付いた。

アーシェは日中のほとんどを商会の中で過ごすのだから。

バーティア商会の従業員は地域住民を中心に雇っているので、平民が多い。

彼らが一生懸命敬語を使うようにしているのは感じているが、どうしても言葉遣いや作法は貴族のものには及ばないのが現実だ。

今まである程度は仕方がないと目を瞑っていたが、アーシェが彼らの影響で『間違ったもの』を身に付けてしまってはいけない。

それが間違っているかどうかも知らず、幼いアーシェは吸収してしまうのだから。

「アーシェの教育上、従業員の言葉遣いは改めさせよう」

そう言うと、ローディンも同様のことを思っていたのかすぐに頷いた。

「そうだな。セルトに立ち居振る舞いの指導をしてもらおう。今ならアーシェの『リンク様呼び事件』があるから、皆も納得してくれるだろう」

アーシェが俺を『リンク様』と呼んだあの出来事は、商会の中でも衝撃的な事件として認識されていた。ゆえに彼らもアーシェが自分たちの会話から言葉を覚えたことをしっかりと認識している。

おかげで最近、一層丁寧に話そうとしている様子が窺える。

いい傾向なので、これを機会にセルトに言葉遣いだけでなく、マナーもしっかりと教育してもらうことにしよう。その方がアーシェの教育にも、そして今後の商会や従業員のためにもなる。

黒髪碧眼で三十代のセルトは、数か月前に辺境伯である父ロザリオ・デインの紹介で商会に雇い入れた人物だ。

彼自身は平民出身ではあるが、貴族の屋敷で執事を務めていたほどの逸材である。その彼は、彼のことを気に食わない貴族の策略により、謂われのない罪を被せられ、一方的に解雇された。ただ彼を追い出すために事件をでっち上げたということだ。理不尽であり、腹立たしいことこの上ない。

冤罪であることが判明したため、そのまま屋敷に留まることもできたが、そこにいてはもっとひどい目にあうだろうと、父がバーティア商会に連れて来たという経緯がある。

バーティア商会は貴族であるローディンと俺が興した商会。ゆえに貴族との付き合いもある。セルトなら貴族社会のことも知っているし、対応する術も身に付いている。

実際に貴族が来客した時は、安心してセルトに任せることができているのだ。

彼なら平民の従業員の立場に立ちながら、マナーだけでなく貴族への対応などもしっかりと指導してくれるだろう。

「マナー教育は従業員にとっても、商会にとってもプラスに働く。アーシェのお手本になるならスタンやマールさんたちも納得するだろうしな」

「ああ、自分たちの立ち居振る舞いや言葉遣いがアーシェの教育にダイレクトに影響を与えると思えば一生懸命になってくれるだろうからね」

その後セルトによるマナー教育が始まってしばらくすると、商会の従業員たちの立ち居振る舞いが目に見えて洗練されていった。

身分の高い来客に対しても、臆さず適切な対応をすることができるようになったし、彼らの表情にも自信が見えている。

アーシェの『リンク様呼び事件』は、結果的に商会従業員のスキルアップに繋がり、取引先からの評価も上がることになった。

――何が好機になるか分からないものだ。

◇◇◇

「りんくおじしゃま、だっこ」

あの『リンク様呼び事件』からしばらくすると、俺の努力が実り、アーシェに『おじ様』と呼ばせることができた。

――うん、『リンク様』よりずっといい。

手を伸ばしてアーシェを抱っこすると、すぐに身体の力を抜き、すやりと眠りに落ちた。ああ、やはり眠かったのか。

アーシェは日中商会の中で過ごすが、眠くなった時はローディンや俺に抱っこをせがむ。

セルトにも手を伸ばすこともあるが、俺たちがいない時に限るのだ。

「ふふ、うちの弟や妹と同じですわ。眠る時は家族のもとじゃないと安心できないのです」

従業員のマールさんのその言葉が心に響いた。

アーシェにとって心から安心できる家族。

——そう、俺とアーシェは家族なのだ。

——たとえ、アーシェが俺を『リンク様』と呼んでも。

でも、『りんくおじしゃま』と呼ばれた時には、『リンク様』と呼ばれた時とは別の意味で固まった。

ショックではなく、嬉しくて——だ。

——やっぱり呼び名は大事だ、と思った出来事だった。

あとがき

こんにちは。あやさくらです。

『転生したら最愛の家族にもう一度出会えました　前世のチートで美味しいごはんをつくります』――タイトルが長すぎるので、略して『最愛の家族』の二巻をお手に取ってくださり、ありがとうございます！


一巻の最後にアーシェラの出生の秘密が明かされ、二巻ではいよいよローディンが出征し、三国との決戦の始まりとなります。

アーシェラの出生については、直接私に感想をくださった方たちが異口同音に「嬉しいどんでん返しでした！」と話していました。

そうです。拾い子だったアーシェラは、ちゃんと両親に望まれて生まれてきたのです。

そして、二巻の最後あたりにアーシェラの父である、アーシュがちらっと出てきます。

すでに親ばかです（笑）。

アーシュが敵国から戻ってくるまでまだ先は長いですが、彼は戻ってきたらアーシェラを側から離さないでしょう。そのシーンを書くのがこれから楽しみです。

お話が進むごとに、魔力や王家と公爵家の使命なども明かされていく予定です。もちろん美味しいごはんも！　どうかこれからもお付き合いいただければと思っております。


近況ですが、表紙袖のコメントに書いた通り、書籍化を機にツイッターを始めました。あ、今ではXですか。このあとがきを書いている頃に切り替わりましたね。

最近のデジタル化の波に乗り切れないアナログな私でしたが、書籍化の為に色んなツールを使うことになり、本当に便利だな～と実感しました。

Xも一歩踏み出してみるとなかなか面白い。イラストを担当してくださっているCONACO様とも繋がることができて本当に嬉しかったです。

始めたばかりですが、よければ覗いてみてくださいね。

そのXにも載せたのですが、先日アース・スター ルナの一周年記念フェアで有難くもサイン色紙を書かせていただきました。フェア期間中は東京の書店に掲示されて、この本が刊行される頃には当選された方のお手元にサイン色紙が届いていると思います。

私も編集様と一緒に書店へ自分のサイン色紙を見に行って来ました。嬉しくてマスクの下はずっとにやにやしていました！

編集様、その節はお世話になりありがとうございました。最後まで方向音痴で申し訳ありません（笑）。

アース・スタール ルナの皆様、打ち合わせの際、アーシェラをはじめとする登場人物たちを深く理解してくださっていることが伝わってきて、とても嬉しかったです。この場を借りて、編集様、アース・スタール ルナの皆様へ深く感謝を申し上げます。これからもよろしくお願いします！

また、素敵なイラストでアーシェラたちに命を吹き込んでくださったＣＯＮＡＣＯ様。今回もアーシェラがものすごく可愛い！　口絵の折り鶴を折るアーシェラのラフをいただいた時、私の中で想像していた世界がそのまま表現されていてとても感動しました！　本当にありがとうございます。

最後になりましたが、この本に関わってくださった全ての方々に心より御礼申し上げます。

そして「小説家になろう」の読者の皆様。この本を手に取り、最後まで読んでくださった皆様、本当にありがとうございました。

あやさくら

転生したら
最愛の家族にもう一度出会えました
2巻ハ、